ARY ECILAW

ROLAND

SEPTIÈME ÉDITION

FAC ET SPERA

PARIS

ALPHONSE LEMERRE, ÉDITEUR

27-31, PASSAGE CHOISEUL, 27-31

—

M DCCC LXXXV

ROLAND

POUR PARAITRE

DU MÊME AUTEUR :

LE ROMAN D'UNE SENSITIVE

Imprimerie Émile Colin, à Saint-Germain

ARY ECILAW

ROLAND

SEPTIÈME ÉDITION

FAC ET SPERA

PARIS

ALPHONSE LEMERRE, ÉDITEUR

27-31, PASSAGE CHOISEUL, 27-31

—

M DCCC LXXXV

A son Altesse Impériale

Madame la Princesse ***

A vous, Madame, qui n'avez pas voulu
que votre nom fût publiquement attaché
à ce livre, permettez à l'amitié de dédier
ce « Souvenir à une Martyre. »

ARY ECILAW.

Paris, Avril 1885.

ROLAND

PREMIÈRE PARTIE.

I

BATARD ! Il m'a appelé bâtard ! »
Ce cri éperdu, et qu'on sentait pro-
voqué par un outrage qui avait dû
cingler jusqu'au fond du cœur, c'était un garçon
de onze à douze ans qui le jetait, en se précipitant dans l'escalier d'une des grandes Institutions
de Paris.

Il monta d'un bond, enjambant les marches quatre à quatre, et, n'en pouvant plus, il arriva au long dortoir, désert à cette heure, où il couchait. Haletant, essoufflé d'indignation et d'émotion, il courut au tiroir qui contenait ses effets. Les mains tremblantes de colère, il empila hâtivement, pêle-mêle, tout ce qu'il possédait dans un petit sac de voyage, le ferma à double tour et le poussa sous son lit pour le cacher. Puis il se laissa tomber sur une chaise.

Environ quatre ans auparavant, un inconnu, qui semblait être un homme d'affaires, avait amené dans l'Institution Randoin un enfant de sept ans, timide et craintif. L'inconnu avait dit que cet enfant était *sans famille*; qu'il était assurément bien jeune pour être admis dans un internat, mais que M. Randoin serait largement indemnisé des soins qu'il lui donnerait.

Lorsqu'il s'agit d'inscrire les nom et prénoms du nouvel élève : « Mettez seulement Roland, mère et père inconnus. C'est ce que porte son acte de naissance. »

Ce court entretien terminé et après avoir payé une année à l'avance, et laissé dans le plus grand secret son nom et son adresse à M. Randoin, le mystérieux personnage était parti, sans presque dire adieu au pauvre petit et sans paraître remarquer les grosses larmes qui roulaient sur ses joues pendant ce dialogue à voix basse dont il était l'objet et qu'il comprenait à peine, mais qu'il avait écouté avec terreur. Alors même qu'on ne les a pas aimés, les enfants redoutent le changement et sont terrifiés de se trouver en face de l'inconnu.

Quatre ou cinq ans s'étaient écoulés depuis lors. L'enfant pâle et chétif était devenu un grand garçon élancé, d'une rare beauté physique. C'est par une belle journée de l'hiver de 187... que nous le mettons en présence du lecteur. Le soleil brillait sur le sol blanc de gelée, et les passants, animés par le froid piquant, traversaient d'un pas alerte les longues avenues qui se groupent autour de l'Arc de l'Étoile. Dans l'une d'elles se trouvait l'Institution Randoin. Les élèves, tout en faisant leurs devoirs et en mordillant le bout de leur porte-plume pour accélérer les efforts de leur pensée, regardaient avec envie ces heureux promeneurs, libres de s'ébattre au beau soleil de Février, mois qui cette année-là avait gardé toutes les rigueurs de Décembre et de Janvier.

Une voix, de l'autre pièce, appelle subitement:
— « L'élève Roland ! »
— « Présent ! »

Vingt paires d'yeux se tournent vers Roland, tandis qu'il se lève pour répondre à M. Randoin, car c'était lui qui l'interpellait ainsi.

Roland fut fort surpris de le voir, aussitôt qu'il fut entré, se déranger pour refermer derrière lui la porte de communication entre la salle d'étude et son cabinet. D'ordinaire, cette porte restait toujours ouverte.

M. Randoin était un de ces *pions* secs et raides comme des perches, contre lesquels on peut frapper sans que cela résonne nulle part. Toujours l'échine ployée devant les parents riches, il était dur comme barre pour les élèves, surtout pour les élèves pauvres, et plus encore si, sans appui dans le monde, comme notre malheureux petit protégé, ils avaient une flétrissure sur leur naissance.

— « Asseyez-vous, mon ami, j'ai à vous parler sérieusement, » commença-t-il, le regard embusqué derrière ses éternelles lunettes.

M. Randoin, dont le ton n'était généralement pas des plus doux pendant les classes, avait prononcé ces mots d'une voix pateline. Il s'arrêta un bon moment après ce début. Enfin, détournant un peu la tête et comme gêné de regarder l'enfant en face, il reprit :

— « Mon pauvre garçon, je crains que vous ne soyez obligé de nous quitter. La personne qui se chargeait généreusement de payer votre pension, est morte depuis environ deux mois. J'ai attendu, pour voir ce qui serait fait en votre fa-

veur. N'entendant plus parler de rien, je me suis
décidé à aller trouver les héritiers. Là... enfin...
là... on ignorait même votre existence... Et
la personne morte — morte très subitement —
n'avait ni dans son testament, ni dans aucun
autre écrit, fait la moindre allusion à vous...
Nous ne pouvons donc plus vous garder, — car
nous sommes pauvres, très pauvres, mon garçon;
il ne nous est pas permis de faire la charité...
Et puis, il faut bien le dire aussi, vous n'êtes
pas, par votre naissance, de ceux qui font honneur à une Institution... »

Eprouvait-il seulement, cet homme avide, au
cœur sec, le moindre sentiment de compassion
en s'adressant ainsi à l'enfant pâle et tremblant
qui restait muet devant lui, accablé par la cruauté
de ce qu'il entendait ?

— « Vous comprenez que voilà déjà deux
mois que vous êtes à notre charge. Ne croyez
pas que je vous mettrai à la porte pourtant. Oh !
non ! Nous verrons à vous caser. Il y a les Ecoles
de la ville... Dame ! je ne dis pas que dans les
premiers temps votre fierté n'y sera pas un peu
humiliée. Mais vous vous y ferez ! On se fait à
tout dans ce monde... Déjà, ici, vous avez bien
dû remarquer que vous n'êtes pas vu d'un bon
œil par vos camarades, et plusieurs fois vous nous
avez fait perdre des pensionnaires. C'est que,

voyez-vous, les mères ne voulaient pas que leurs enfants se trouvassent avec un bâtard ! ! »

Roland, qui s'était tu jusque-là, eut un frémissement. Il releva subitement la tête, comme si une lame lui traversait le cœur à cette dernière injure. Le mot de « Bâtard » avait sifflé à ses oreilles et y laissait comme l'empreinte cuisante d'une brûlure. De blème qu'il était, il devint pourpre. Habitué à dévorer bien des insultes,— ses camarades ne les lui ménageaient pas, — jamais pourtant il n'avait entendu M. Randoin s'exprimer ainsi, et jamais il n'aurait prononcé ce mot : Bâtard ! tant qu'on le payait régulièrement. Le cœur de l'enfant ne fit qu'un bond dans sa poitrine.

— « Assez, monsieur ! Je partirai dès ce soir. Vous n'aurez pas à vous occuper de me placer. »

— « Non, mon ami, non ! vous savez bien que je ne puis pas vous laisser partir ainsi... »

Roland n'eut pas l'air d'entendre.

— « Que vous payait-on pour ma pension, Monsieur ? » demanda-t-il tout à coup.

M. Randoin répondit par un chiffre, puis il ajouta : — « Et avec cela différents frais, les extras, que je serai obligé de garder à mon compte : argent perdu à tout jamais ! »

— « Monsieur, voici ma montre, celle que la

personne — il dit cela dédaigneusement — qui
se chargeait de mon sort se crut obligée de me
donner pour ma première communion, l'année
passée, par votre entremise... Car vous savez
que je ne l'ai pas revue depuis qu'elle m'a amené
ici. J'ai aussi quarante francs d'économie sur mon
argent de poche, que je vous remettrai. Quant
au reste de ce qui vous est dû, je vous le rembour-
serai avec le premier argent que je gagnerai. »

Il devenait de plus en plus cramoisi. L'orage
éclatait intérieurement et il le refoulait violemment, ne voulant rien trahir de ses tortures ; car
il avait de nobles instincts, ce pauvre enfant de
l'amour ! Tant de souffrances s'étaient accumu-
lées dans sa vie, si courte pourtant, que ce n'était
pas la première fois qu'il les renfermait en lui-
même, alors que d'autres, plus heureux, les épan-
chent dans le sein hospitalier d'une mère !...

M. Randoin, que la crainte du « qu'en di-
ra-t-on », si le fait de l'abandon de l'enfant venait
à être connu et du discrédit que cela jetterait sur
lui retenait encore, mais qui, d'un autre côté,
était fort effrayé, depuis deux mois, d'avoir à le
garder sans rétribution, essaya un compromis.

— « Vous avez sans doute des amis parmi les
parents de vos camarades ? »

— « *Personne* n'a jamais voulu être mon ami,
Monsieur ! »

Impossible de dépeindre l'amertume de l'accent de cette réponse. Roland ne pouvait plus parler. Débordant d'une indignation qui étouffait toute réflexion dans cette jeune tête, si complètement inexpérimentée, il lui semblait que mourir de faim et de froid au coin d'une borne était préférable à devoir la moindre chose à cet homme qui, de fait sinon de paroles, le mettait à la porte.

M. Randoin sentit cela vaguement. Il avait du reste dit tout ce qu'il voulait dire, et trouvait opportun de couper court à l'entretien :

— « Mon cher Roland, il faut que je vous quitte. La leçon de Philosophie va commencer. Surtout, rappelez-vous que je ne vous chasse pas. Non, je ne vous abandonnerai pas avant de vous avoir casé. »

Après ces mots, et sans une hésitation, sans l'ombre d'un regret, il ajusta ses lunettes et quitta son cabinet, laissant l'enfant seul, avec le sentiment poignant qu'il était désormais absolument abandonné sur la terre.

II

Ui, ce pauvre petit qu'on surnommait outrageusement le « Bâtard », avait été bien malheureux, toujours malheureux, aussi loin qu'il pouvait se le rappeler. Tout au début de sa vie seulement, dans le vague souvenir de sa première enfance, il retrouvait un rayon de lumière : la douce vision d'une mère se penchant tendrement sur son berceau. Il l'aimait tant aussi ! les petits cœurs d'enfant aiment si passionnément quand ils aiment, leurs bras autour du cou étreignent si fort, et il se rappelait si bien les baisers qu'il lui donnait.

Subitement, ce rayon s'était éteint et il était resté seul dans la nuit, une nuit bien noire qui se resserra autour de lui, puis son enfance abandonnée ne connut plus autre chose que méchanceté et perversité.

1.

Aujourd'hui, même l'asile où il avait passé de
si cruelles années se fermait. On l'en chassait !

Tandis qu'il réfléchissait tristement, assis là,
sur sa chaise, sa vie écoulée reparaissait devant
lui. D'abord, l'envahissement du désespoir qui
l'écrasa quand on l'avait arraché, tout petit, à sa
mère. Il demandait à grands cris alors quelque
chose qui pût mettre fin à ses jours, — la mort,
par exemple ! Il eût voulu être emporté par elle,
n'être plus jamais relâché de sa froide étreinte.
Il comprenait qu'elle était bonne et douce aux
pauvres petits enfants qui n'ont plus leur mère...

La revoir, sa mère, c'était sa seule pensée, il
la cherchait partout, et il lui semblait à tout instant, quand une porte s'ouvrait, quand il voyait
de loin une femme, toujours enfin, qu'elle allait
venir le reprendre... Chaque fugitif évènement
lui créait une espérance à laquelle son pauvre
petit cœur s'acharnait comme sur une proie, et
qui se dissipait en chimère sans assouvir ses ar-
dents désirs.

Et ce désespéré avait cinq ans ! Et Dieu avait
permis cela, Dieu qu'on dit *bon*.

Après cette séparation atroce de l'être chéri
dont la radieuse incorporation matérielle s'effaçait avec les années sans que son souvenir perdît
de sa puissance, il y avait eu pour lui une cruelle
époque. On l'avait mis chez deux méchantes

vieilles filles, les sœurs Delannoy. Un seul être était bon pour lui dans cette maison de désolation, une petite fille de douze ans, dont la mère était morte, et qui lui parlait du Ciel pour calmer ses cris incessants et déchirants qui retentissaient toujours des deux mêmes syllabes : Maman ! Maman !

Mais ce Ciel où l'on chante à jamais les louanges du Seigneur, où défilent seulement des anges en robes blanches, cette éternité morne, impassible et monotone, ne pouvaient satisfaire une petite âme remplie d'effusion, d'espoir et de terreur ! Ce qu'il voulait, c'était cette mère dont le souvenir le faisait tressaillir de transports de tendresse passionnée. Il ne voulait qu'elle, cette mère bien aimée qu'on lui avait prise. Quel séraphin céleste la pourrait remplacer ! Il n'avait soif que d'elle, soif de ses baisers et même de ses larmes, qu'il avait si souvent senties couler de ses yeux dans les longues boucles d'or bruni de sa chevelure, à lui, qui les recevaient et les gardaient en s'en imprégnant.

Ah ! si sa force avait égalé son désir, qu'il l'aurait vite retrouvée pour se blottir chaudement comme un jeune agneau contre la mamelle maternelle, et s'enfouir entre ces bras dont aucune puissance humaine ne le pourrait plus arracher jamais.

L'arrivée dans la maison qu'il fallait quitter maintenant lui revenait aussi.

— « Qui es-tu, toi ? » lui demanda-t-on dans la cour, grands et petits groupés avec curiosité autour du si jeune nouveau-venu.

— « Je suis Roland, « répondit-il, tendant sa petite main confiante et voulant déjà la mettre dans celle d'un ami.

— « Et ta mère? »

— « Je n'ai plus de maman. »

— « Et ton père? »

— « Je n'ai pas de papa. »

— « Et ta famille? »

— « Je ne sais pas... »

— « *Et ta sœur?* » s'écria un grand de douze ans, se servant de cette expression gouailleuse que le petit garçon ébahi ne comprenait pas, et lui faisant un pied de nez.

Tous les écoliers partirent d'un éclat de rire et tournèrent le dos en gambadant, tandis que l'un d'eux jugea plaisant de faire sauter d'un coup de pied la casquette de Roland, qui roula dans le ruisseau.

Quoique bien petit, Roland était brave et accoutumé à se défendre. Encore à présent, il se rappelait combien la colère maîtrisa sa peur et sa timidité, comment il s'était précipité sur son adversaire et avait eu le dessus, et comme, en un clin d'œil, toute la bande l'avait cerné et accablé de coups, cherchant vainement à lui arracher des cris que sa fierté retenait avec rage. Un maître d'études, survenu à temps, le tira des mains de ces jeunes forcenés.

Il n'avait rien oublié, allez! A partir de ce jour-là, il fut haï, comme lui, de son côté, haïssait les autres. Trop enfant pour raisonner son ressentiment, c'était d'instinct que sa petite nature se rebiffait. Il prit la détermination de se laisser mettre en lambeaux plutôt que de ne pas être l'ennemi de ses persécuteurs. Il faut avouer la navrante vérité... Quoique si jeune encore, le pauvre petit être était déjà un révolté!

Sans motif aucun, un des grands, un jour, essaya de le fouetter. Roland, ne desserrant pas les dents, alla au vestiaire, en rapporta la canne d'un des professeurs, et montant, cette canne à la main, sur une chaise, — il était si petit qu'il ne pouvait atteindre le grand autrement, — d'un coup violent qu'il lui asséna sur le dos, il le précipita violemment à terre. Sa pâleur, l'expression de sa figure étaient si terribles, que les autres s'enfuirent épouvantés. L'un d'eux, pourtant, s'approcha.

— « Ose me toucher, et je te tue! » siffla l'enfant blême et tordu par une fureur nerveuse qui le rendait effrayant.

A partir de ce jour-là, on le craignit. La bravoure inspire toujours le respect.

Il est facilement concevable qu'un caractère de cette trempe suscitât l'exaspération et la haine de ses camarades, ces hommes en herbe, déjà vicieux pour la plupart et pervertis par la corruption qui se dégage, fumée malsaine, des agglomérations. Qu'on ne cherche pas à défendre cette conséquence de l'internat! Que peut-on attendre de cette réunion des défauts naturels de l'humanité, centuplés par le nombre et la proximité d'enfants livrés à eux-mêmes, sans direction morale aucune, car quels sont ceux qui les surveillent, si ce n'est de malheureux êtres qui ne sont guères là, pour la plupart, que comme pis-aller, et parce qu'ils n'ont pas réussi ailleurs. Ces « pions, » généralement acidulés comme des fruits verts, irascibles, impatients, rageurs, épaves de la vie, ne sentent pas la beauté de leur tâche : élever l'âme de ce monde futur, faire éclore de cette semence d'hommes pendant les années de floraison, des instincts nobles et généreux. Celui qui élève forme à son image. Pourquoi livrer ces pauvres petits à la direction de ces découragés de la vie, qui n'apportent dans l'accomplissement de leur tâche que leurs rancunes et leurs déceptions?

Et les exemples aussi que se donnent ces en-

fants les uns aux autres, que sont-ils le plus souvent? Des conseils corrupteurs chuchotés de lit
à lit, dans le silence de la nuit, qui minent l'innocence, comme le ver dans un fruit en pourrit la
core, au moment même où la sève des passions
commençant à bouillonner dans les sens, rend
l'imagination inquiète de pénétrer les mystères
physiques de la vie.

L'internat n'est pas moins pernicieux pour le
corps que pour l'âme. Entassés dans d'étroits
dortoirs, dans des études sombres comme des
prisons, nourris avec une économie criminelle,
qu'attendre de la vigueur physique de ces enfants
pour réagir contre les influences morales qui les
empoisonnent? Aucuns jeux au grand air, comme
en Angleterre le cricket, le football, ne fatiguent
sainement leurs membres en les développant. La
récréation a lieu entre les quatre murs de cours
humides, ou bien on les mène en bandes dans ce
grand Paris, où, se poussant de temps en temps le
coude, ils regardent les femmes, et le désir prépare
alors déjà le triste emploi de leur prochaine liberté.

Les grandes ailes ne se développent pas entre
les barreaux serrés des cages; elles s'y blessent et
s'y meurtrissent. La vie ne se puise pas à large
et noble souffle dans un espace restreint. C'est
de l'entassement que se forme le fumier, où
germe et se gonfle le levain du vice.

On le voit, la vie de cet enfant de douze ans
à peine n'avait été qu'un long martyre. Aux
élans de sa chaude et généreuse nature, l'indifférence et la haine avaient seules répondu.

Et maintenant, on le chassait... Assis pour la
dernière fois dans ce long dortoir, ses préparatifs
terminés afin d'échapper par la fuite à l'École
des pauvres que M. Randoin lui offrait comme
unique ressource, il réfléchissait.

N'était-il pas instruit, intelligent, fort? Eh
bien! il gagnerait sa vie. Gagner sa vie semblait
si simple à cette tête d'enfant sans expérience!

Aussi attendait-il seulement l'heure où les
omnibus viennent chercher les externes; il profi-
terait de leur départ pour se faufiler dans la rue.
D'autres élèves, habitant le voisinage, quittaient
la pension à pied; rien ne serait plus aisé que de
disparaître dans le branle-bas général.

Quand six heures sonnèrent, ayant remplacé
son uniforme par ses autres vêtements, il prit à la
main le petit sac qui contenait tout ce qu'il possédait et se glissa dehors.

Son plan d'évasion avait réussi; nul ne le vit
partir. Avant la nuit, il errait dans Paris, sans
but, sans asile, car il n'y connaissait personne,
lui, l'enfant sans nom, le bâtard, qui n'avait
jamais été invité à passer une seule nuit de va-
cances hors de la pension depuis qu'il y était entré.

III

NZE heures sonnaient à l'horloge de Saint-Germain-l'Auxerrois. La nuit était noire et menaçante; des rafales de pluie et de neige balayaient Paris. Le vent s'engouffrait avec violence dans les cheminées, ébranlait les toitures, soulevait et faisait tourbillonner tout ce qui se trouvait sur son passage, avec un bruit assourdissant, autour des rares passants attardés qui regagnaient à la hâte leur logis, pressant le pas dès que l'ouragan leur permettait d'avancer.

Seul, un jeune garçon, pâle et émacié par la faim, accoudé sur le parapet des quais, semblait indifférent à cette tempête. Il regardait l'eau trouble et gonflée de la Seine avec de grands yeux enfiévrés par la misère et le désespoir. Aucun être humain ne faisait attention à lui, et si, par cette nuit obscure, il se fût jeté dans l'eau

rapide qui paraissait le fasciner et l'attirer, personne ne l'aurait vu disparaître et n'aurait entendu
le heurt de son corps tombant dans la rivière.
Une vie de moins, un cadavre de plus sur les
dalles de la Morgue, et tout serait dit!

Et ce qu'il y avait de plus déchirant, c'est que
le pauvre enfant savait tout cela et se le disait,
tandis qu'immobile et les yeux hagards et caves
de besoin, il ne pouvait détacher son regard de
la Seine qui lui offrait la mort, l'oubli, et qui
sait? peut-être ce Ciel radieux que sa petite
compagne lui décrivait autrefois.

Un Ciel! Quelque chose de doux, d'éclairé
et de beau! Était-il vrai que cela pût exister? Et
l'enfant pressait contre sa poitrine, qui battait à
se rompre, ses deux mains amaigries. L'horizon,
pour lui, avait toujours été si noir, que, comme
les aveugles, il ne pouvait se figurer qu'il existât
pareille lumière. Mais, s'il en était ainsi, pourquoi trembler alors devant la mort, unique moyen
de parvenir à ces cieux inconnus?... Ici-bas, il
ne connaissait que douleur et abandon, tristesse
et martyre, pourquoi donc la sève de sa jeunesse
bouillonnait-elle en lui et le faisait-elle reculer
avec effroi devant la délivrance? Là-haut, des
Anges viendraient le recevoir! Des Anges... Et
il lui sembla voir sa mère, sa mère vers laquelle
il tendait toujours ses petits bras. Qu'elle était

idéalement belle, cette blanche apparition lumineuse qui tout à coup, brusquement, disparut un jour de sa vie pour ne faire place qu'aux cruels et aux méchants ! Il se rappelait l'avoir appelée par des cris déchirants, l'avoir beaucoup pleurée, tant et tant pleurée qu'à la fin son petit cerveau s'était allumé des feux de la fièvre. Puis, quand il en guérit, tout était devenu morne et triste dans son existence, car celle qui répandait le bonheur autour de lui n'était plus là...

Et maintenant, plus rien qu'agonie et que mort dans cette tête d'enfant. Pourquoi ne pas l'avoir laissé mourir, par miséricorde, alors qu'il s'était trouvé seul sur la terre !...

Quelles tortures il faut avoir endurées pour se dire, à douze ans, avec cette résignation effrayante, qu'on n'a plus qu'une seule chose à faire : à se tuer ! lorsque la vie bat son plein, en ce corps à demi éclos, dans toute la force de sa floraison printanière. Aussi, ceux qui par négligence ou par un abandon criminel réduisent un enfant de cet âge à en venir là, sont plus coupables cent fois que l'assassin qui guette sa victime au milieu d'un bois.

— « Mourir, ou vivre encore !... » se murmura à lui-même le pauvre petit dans un profond soupir.

Vivre, c'était recommencer les cruelles tortures

des dernières journées, pendant lesquelles, frappant inutilement de porte en porte, la faim lui déchirait les entrailles et le froid lui glaçait les membres. Ce serait une lente agonie. Tandis que celle que la mort lui donnera sera si courte! Il n'y a pas à hésiter, il faut mourir.

Et, s'efforçant de fermer les yeux pour ne pas voir, il descend aussi vite qu'il le peut l'escalier noir et gluant qui conduit à la berge. Une bise âpre le frappe au visage et chasse vers lui de la rivière les odeurs de poulies, d'amarrages et de moisissure. Pendant une seconde, il s'arrête terrifié. Mais son caractère, si fortement trempé par l'adversité, domine la pusillanimité de la chair et l'entraîne... Il ferme de nouveau les yeux avec résolution et s'élance...

IV

LE docteur Ricard de Melcy est une de nos plus grandes célébrités médicales. On vient des pays les plus éloignés pour le consulter. Quoiqu'il fût, il y a une vingtaine d'années, un des plus beaux jeunes médecins de Paris, il ne s'est pas marié. « Bon comme le bon pain, » pour se servir de l'expression populaire, au lieu d'accumuler des millions ainsi que la plupart de ses confrères, il avait les mains si largement ouvertes qu'une bonne partie de ce qui entrait dans l'une découlait de l'autre en bienfaits et en charités.

Le lendemain de la lugubre soirée que nous venons de raconter, il entrait à son hôpital à l'heure accoutumée. Sur son passage, tous s'inclinaient respectueusement.

— « Qu'y a-t-il de nouveau Grangier? » dit-

il, en s'adressant à un des internes, venu au devant
de lui le visage bouleversé.

— « Un jeune garçon amené du poste voisin et admis d'urgence. Un batelier l'a repêché
cette nuit dans la Seine. Je le crois perdu. Si
vous vouliez bien commencer par lui... »

— « Certainement, Grangier ! » et il suivit
l'interne d'un pas rapide.

Ils traversèrent deux ou trois longs corridors
qui conduisaient à la salle où les cas d'urgence
sont reçus. Là, des malades étaient allongés
inertes sur leurs tristes couches numérotées.
Autour d'un de ces lits, plusieurs étudiants
étaient groupés. Le docteur de Melcy s'en
approcha vivement.

Les rideaux blancs soulevés laissaient voir un
garçon de onze à douze ans, plus pâle qu'ils
n'étaient blancs, et presque sans vie apparente.
Sa peau avait la finesse d'une peau de femme ;
ses cheveux brun-roux foncé, rejetés en arrière,
dégageaient un front haut et bombé traversé de
sourcils très noirs et très épais. Sous ses yeux
fermés, aux paupières démesurément gonflées,
s'estompaient de longs cils foncés, descendant
sur les joues amaigries. Cette tête d'enfant semblait une tête de Christ en ivoire, et quoique
émaciée, elle était d'une rare beauté.

Dès qu'il eut abaissé ses yeux pénétrants sur

le malade, le docteur tressaillit. Le pauvre petit
avait une fièvre ardente.

— « Il est calme seulement depuis cinq
minutes, — dit l'interne. — Quand on l'a
amené, on ne pouvait parvenir à le mettre au
lit. Il marchait de long en large, dans une agitation terrible. Il ne cessait de répéter que quelqu'un lui coulait du plomb dans les articulations
des jambes. Et il a déliré toute la matinée. »

Le docteur, quoiqu'il les écoutât, ne répondait
rien aux explications que les internes et les aides
lui donnaient tous à la fois. Il posa une main
expérimentée, cette main toute particulière du
grand médecin, sur le pouls de l'enfant. De l'autre,
il rejetait les cheveux restés sur son front brûlant.

— « Cent vingt pulsations! » dit-il brièvе-
ment, en soulevant les couvertures pour appliquer
son oreille sur le cœur du patient et sur sa poitrine râlante.

— « Il est au plus mal... Le sang bout dans
ses veines. Quelques degrés de plus, et c'est
fini, » Et le docteur fixa de nouveau cette face
blême.

Sous le magnétisme de son regard, l'enfant
ouvrit les yeux en gémissant douloureusement.
Il était en proie à un malaise violent. Profitant
à la hâte de cette lueur de connaissance, le docteur de Melcy, ainsi qu'un général sur le champ de

bataille, avec la netteté et la détermination auxquelles il devait sa réputation, donna des ordres
brefs et rapides et dirigea les mouvements des
assistants. Se chargeant lui-même des soins
immédiats, il arracha le col de l'enfant, posa des
sangsues à la nuque. Un sang lourd et foncé
s'échappa et tomba goutte à goutte sur la chemise entr'ouverte, formant un épais filet sangui-
nolant sur la poitrine féminine du pauvre petit.

— « La journée sera mauvaise. Sa vie est
gravement compromise. Qu'on ne le quitte pas
d'un instant. Le salut dépend des soins qu'il
recevra. »

Avec une émotion dont il s'étonnait lui-même,
le docteur de Melcy se penchait sur l'enfant. Il ne
pouvait pas s'en détacher.

— « Je reviens aussitôt que j'aurai vu mes
malades. En attendant, qu'on le surveille. »

Et, de nouveau, il se retourna vers le lit.
Enfin, faisant un effort, il reprit son air grave
et sortit.

V

A ronde d'hôpital terminée, le docteur revint précipitamment auprès de l'enfant.

Il n'était pas mieux. Le délire l'avait ressaisi ; il prononçait des mots sans suite. Reprenant cette main brûlante dans la sienne, le docteur de Melcy resta longtemps préoccupé et rêveur, tandis que ses élèves continuaient à suivre ses prescriptions.

Jamais on ne l'avait vu ainsi près d'aucun malade. Il questionna avec insistance sur les détails donnés la veille sur lui. Tout ce qu'on savait, c'est qu'un vieux marinier ayant vu l'enfant se jeter de la berge dans la Seine, s'était précipité à son secours, avait réussi à le saisir et, aidé de deux ou trois hommes, l'avait porté au poste voisin. Là, son transport immédiat au plus proche hôpital fut ordonné par le médecin de service.

2

— « On ne sait rien de plus? » demanda
encore le docteur. Il voyait dans ce récit navrant
l'épilogue d'une de ces affreuses tragédies dont
les grands centres sont le théâtre.

— « On a fouillé ses vêtements, et on n'a
trouvé dans ses poches qu'un porte-monnaie vide
et un petit carnet. Pas une carte, pas une lettre
qui puisse fournir le moindre indice sur lui. »

M. Ricard de Melcy n'ajouta rien.

Tout à coup, le malade se dressa sur son séant,
et, la main droite étendue, l'œil hagard :

— « L'eau ! — s'écria-t-il, — l'eau froide et
noire ! »

Puis il retomba, frissonnant, sur ses oreillers.

Le docteur se pencha vers lui, ne voulant
rien perdre de ce qui s'échapperait de ses lèvres.
Ses dents claquaient. Pendant quelques secondes,
on n'entendit que des mots sans suite. Enfin, se
débattant :

— « J'ai faim ! J'ai froid ! Dieu n'est pas
juste.... Pourquoi me fait-il tant souffrir ! »

— « Le voilà reparti, — murmura l'interne,
qui changeait les bandeaux glacés sur sa tête
enfiévrée. — Il continuera maintenant sans s'arrêter. »

Le docteur chercha doucement le pouls du
malheureux enfant, puis, 'avec une tendresse

paternelle, il passa la main sur son front, comme s'il eut voulu faire pénétrer dans ce cerveau troublé par la violence de la fièvre et dans ce cœur désolé, la sympathie d'un ami.

— « Il n'y a pas de Dieu ! il n'y a qu'un Diable ! — vociférait-il. — Ce grand homme noir dont me parlaient les méchantes sœurs Delannoy, Croquemitaine... oui, c'est le Diable ! c'est bien lui ! »

Au nom de Delannoy, le docteur tressaillit.

— « Oui, le Diable ! car s'il y avait un Dieu, on ne serait pas si malheureux, on ne souffrirait pas toujours... toujours... Pauvre petit !... Tu ne sauras pas te noyer... Il le faut, pourtant !... Et je n'ose pas. Je n'en ai pas le courage... J'essaye, je ne peux pas... Voilà trois nuits que je viens, que je le veux. Et je ne peux pas ! J'ai peur... Je ne peux pas ! Que l'eau est noire ! Ah ! qu'elle est noire ! »

Et il se cachait le visage dans ses mains pour ne plus la voir. Puis il recommençait :

— « Voilà cinq jours que je marche. Je cherche... Et rien !... Personne !... Rien !... Ils me disent tous : Qui êtes-vous ? Avez-vous des papiers ? Comment vous appelez-vous ?... Mon nom ? Je n'en ai pas !... Je n'ai pas de nom, je n'ai pas de papiers, je n'ai rien. Je suis le Bâtard, vous le savez bien ! M. Randoin vous l'a bien

dit. Je n'ai pas de famille, je n'ai pas de nom,
vous le savez bien!... »

Et il allait, il allait, il se désespérait avec cet
accent effroyable du délire qu'on n'oublie jamais
quand on l'a une fois entendu, et qui est plus
terrible mille fois que celui de la folie, car c'est
la mort qui s'avance et qui parle dans cette
folie-là.

Et les mots se succédaient, si rapides, si confus,
qu'on ne pouvait presque plus rien saisir.

Le docteur quitta l'hôpital singulièrement
troublé.

— « Si c'était lui ! » murmura-t-il, quand il
fut dans sa voiture, à l'abri des regards curieux.

VI

QUELLE rencontre!... Si c'était son fils! Son fils, à elle, ici!... Mais c'est impossible, je me trompe... Dans cet état navrant... Le marquis a certainement laissé des instructions. Et cependant, il est mort si subitement... N'importe, c'est cette ressemblance qui m'égare. Car il lui ressemble... Et ce nom qu'il a prononcé?... Je l'aurai mal entendu. Cela ne se peut pas!... Il ne peut pas être tombé dans cette misère et en être arrivé là... » Le docteur prit un journal pour changer le cours de ses idées, mais sans pouvoir fixer son attention; ses yeux lisaient machinalement, sa pensée était ailleurs. Entre les lignes et lui, une tête d'enfant aux étranges cheveux roux presque noirs, allait et venait. Il cherchait à réagir contre cette obsession. Bronzé à toutes les impressions, il s'en voulait de se laisser absorber par le souvenir du

2.

pauvre petit moribond dont le regard fixe le suivait sans relâche, remuant dans son âme toutes
les émotions énergiquement refoulées depuis des
années.

Sa consultation eut lieu, comme à l'ordinaire,
dès qu'il fut rentré. Comme toujours, il y avait
foule; mais hanté par l'image de l'enfant sur son
lit d'agonie, il congédia aussi promptement qu'il
le put ses clients, et, sans même prendre le temps
de dîner, il demanda sa voiture et repartit pour
l'hôpital.

VII

PENDANT vingt et un jours, le docteur disputa lui-même le malade à la mort. La fièvre tomba enfin; un peu de calme succéda aux alternatives de délire et de coma. Un matin, on lui apprit que depuis quelques instants il dormait. Et la joie qu'en éprouva le docteur parut tout à fait hors de proportion avec l'évènement qui le causait, l'enfant lui étant, après tout, absolument étranger.

— « Il est resté pendant des heures les yeux ouverts, — dit l'interne de service, — en proie à une stupeur effrayante. Puis, peu à peu, les potions ont agi et il s'est assoupi. »

Le docteur l'écoutait en marchant précipitamment vers le lit. Le petit dormait de ce sommeil troublé qui est seul donné au corps qu'un état de souffrance travaille.

On avait transporté l'enfant dans une des chambres réservées aux malades privilégiés qui peuvent payer des soins particuliers dans cet antre de la maladie et de la mort. Un grand feu pétillait dans la cheminée, et donnait seul un peu de clarté à la pièce. Les rideaux des fenêtres, hermétiquement fermés, empêchaient le froid perçant du dehors de pénétrer.

De temps en temps, un tison s'embrasant davantage jetait une lueur d'incendie sur le lit et sur l'enfant qui reposait. Puis la flamme s'éteignait, et le reflet projeté s'évanouissait; le lit retombait dans une pénombre pâle et blanche, jusqu'à ce qu'un nouveau mouvement de la flamme, rejaillissant de la braise ardente, éclairât tantôt l'un, tantôt l'autre des personnages présents et les détachât un instant sur le fond sombre.

C'était surtout quand la lumière donnait sur l'enfant et se jouait dans les ombres rouge foncé de sa chevelure, que le docteur, debout devant lui, semblait éprouver un tressaillement.

Pendant le délire de ces vingt et un jours, le malade avait prononcé plusieurs fois le nom de Randoin. Découvrir ce Randoin était devenu l'idée fixe du docteur. Ce que l'état du petit garçon ne lui permettrait pas pendant longtemps encore de savoir, il l'apprendrait ainsi.

— « Randoin, Randoin! mais ce nom-là est connu, » répétait-il en se frappant le front.

— « Sans doute, monsieur le docteur, l'Institution Randoin-Lavertu, » fit l'interne.

— « Comment ne l'ai-je pas compris tout de
suite! — s'écria M. de Melcy. — Mais nous
devons nous tromper. Ce n'est pas possible! La
pension Randoin-Lavertu est une maison de
premier ordre; comment un de ses élèves, si
jeune surtout, se serait-il trouvé ainsi errant et
seul dans les rues, la nuit, désespéré au point de
se noyer? Jamais on ne laisserait sortir un enfant
de cet âge-là sans le faire accompagner! »

— « Sortir? Non! Mais s'il s'est échappé...
On ne sait pas! Les enfants ont quelquefois de
ces coups de tête... »

Le docteur marchait de long en large, plongé
dans ses réflexions.

— « Grangier, — dit-il avec force, — la
vie de cet enfant n'est pas assurée encore. Sa faiblesse est grande. Il peut s'éteindre subitement.
Si vous le guérissez, — et avec des soins incessants, il peut vivre, — je n'oublierai jamais ce que
vous aurez fait pour lui. Vous pourrez compter
sur moi éternellement. Je vous le confie. Il
faut absolument que je le laisse... — Il con-
sultait son carnet. — Je suis attendu de plusieurs
côtés. Je reviendrai à la première heure demain.
Surtout, n'oubliez pas le calmant si l'agitation
reprenait. »

Il regarda une dernière fois l'enfant malade avec sollicitude, puis s'éloigna doucement.

———

VIII

QUAND le docteur remonta en voiture, après sa dernière visite, au lieu de le ramener chez lui le coupé fila le long des quais, traversa le pont de la Concorde, coupa la place et longea les Champs-Élysées.

La nuit, malgré un froid intense, était claire et belle. La pluie glaciale de l'après-midi avait cessé, la boue se durcissait, il commençait à geler. Les étoiles brillaient dans l'étendue du ciel, comme lorsque le froid pique et les excite.

Il était environ neuf heures et demie.

— « Ce ne sera pas encore fermé, — pensait le docteur. — Si c'était *lui !*... Ah ! si seulement la raison lui revenait, à *elle !* »

La voiture s'arrêta dans une des rues adjacentes de l'Avenue de ***. Le docteur interrompit sa méditation et sauta en bas du marche-pied. Il se trouvait devant la grille d'un jardin.

— « C'est bien l'Institution Randoin-Lavertu, Jean ? » demanda-t-il à son cocher.

Il n'y avait aucune indication sur cette porte.

La façade de l'Institution donnait sur l'Avenue populeuse, et en entrant par ce côté-ci, la maison se trouvait tout au fond du jardin.

— « Oui, monsieur le docteur, » répondit le cocher.

Le docteur Ricard de Melcy sonna. Les coups de sonnette étaient rares à cette heure avancée, et l'attente fut longue, par le froid, devant la grille. A la fin, des pas s'approchèrent et un vieux domestique se présenta.

— « Monsieur Randoin est-il visible ? »

« Je ne crois pas, monsieur. »

— « Il faut que je lui parle, mon brave homme, absolument ! — dit le docteur, en lui glissant une pièce d'argent dans la main. — J'ai une chose très grave et très pressée à lui demander. Un jeune élève s'est évadé... »

— « Seigneur Dieu ! Monsieur Roland, que j'aimais tant ! — s'écria le vieux serviteur, — et que j'étais bien tout seul à aimer, car on a été bien méchant pour lui ici, monsieur ! — ajouta-t-il. — Est-ce que monsieur saurait où il est?... Il n'a pas de parents, le pauvre petit mioche, et on n'a guères fait de démarches pour le retrouver. Il y a trois semaines qu'il s'est enfui, au moins. Je me le rappelle bien, allez ! »

— « C'est bien de lui qu'il s'agit, mon ami.

Il faut que je voie M. Randoin à l'instant même.»

« Entrez, monsieur, entrez!. Je vais vous annoncer. Venez avec moi. »

Il lui montra le chemin par une allée qui les conduisit droit à la maison, et l'introduisit dans le parloir.

Presque aussitôt, M. Randoin parut. Non le Randoin sec et dur qui avait parlé à l'enfant et décidé de son sort, le jour où, de fait sinon de parole, il le chassait de chez lui, mais un Randoin onctueux, patelin, poli jusqu'à l'obséquiosité.

— « Comment, monsieur, le voilà retrouvé ! ce cher enfant dont la mauvaise tête nous a fait mourir de frayeur ! Ah ! que nous avons souffert, monsieur, que nous avons été malheureux !... »

Et le petit homme se tordait les mains. C'était lui qu'il fallait plaindre, lui qui avait subi des tortures sans nom.

Les souffrances réelles de M. Randoin durant ces trois semaines se résumaient en une peur, assez grave, en effet, c'est que cette aventure, si elle s'ébruitait, serait funeste à la réputation de son Institution et plus encore à la sienne propre. Quant au sort de l'enfant, il n'en avait pas plus de souci que du Grand Turc. Mais l'homme qui était devant lui avait grand air, et, de plus, le brave domestique, afin qu'il descendît plus vite, lui avait décrit sa voiture et ses superbes chevaux

anglais. Ce devait être quelqu'un devant qui il
valait la peine de jouer un petit brin de comédie.
Cette comédie, le rusé compère l'improvisa en
un long discours larmoyant, et sans lui faire grâce
d'un mot ni d'une phrase.

Le docteur ne put par aucun moyen arrêter
ce flux de paroles, de cris et de gestes, qui tendait à démontrer clairement l'absence de cœur et
d'entrailles d'un enfant qui, gardé gratuitement
pendant des semaines et des mois, et ayant
profité des munificences du meilleur et du plus
charitable des hommes, ayant nom Léon Randoin, l'en avait ainsi récompensé en s'enfuyant.
Il se présentait lui-même à son interlocuteur
comme la victime de ce petit monstre d'ingrati-
tude.

M. de Melcy commençait à ne plus pouvoir se
contenir.

— « Mes instants sont comptés, monsieur. Je
suis venu vous demander quelques renseignements sur cet enfant, et peut-être ai-je un droit
plus puissant que vous ne le supposez à vous
interroger. »

M. Randoin eut un moment d'hésitation.
Après un silence, il se hasarda à quelques mots
sans importance : il n'était pas certain d'avoir le
droit de répondre ; il désirerait au moins savoir
qui le questionnait ainsi, être sûr de ne pas abuser

de la confiance qu'on avait eue en lui, etc, etc.
Au fond, il ne savait pas bien s'il était de son
intérêt de parler ou de se taire... A la fin, sur la
réflexion que si on lui ramenait Roland, comme
sa pension n'était plus payée ce serait fort oné-
reux pour lui, il se décida à parler.

« Ah ! — dit lentement le docteur, — la
personne qui s'occupait de l'enfant est morte ?...»

— « Oui, monsieur. »

— « Et qu'en fera-t-on, alors, si par bonheur
il guérit ? »

— « Voilà ce qui sera embarrassant... Certes,
ayant été confié à mes soins, je devrai le garder.
Mais vous comprenez que pour un homme dans
ma position... »

— « Mais, si l'on voulait vous en ôter la charge,
il serait important de connaître ses antécédents,
vous en conviendrez ? » ajouta le docteur avec
insistance.

Alors, seulement, M. Randoin avoua par qui
Roland lui avait été amené. C'était par le notaire
d'un grand personnage mort récemment. Inquiet de ne plus recevoir les mois de l'enfant, il
avait été chez ce notaire et y avait appris que
celui-ci était mort lui-même avant son mandataire.

— « Et quel était ce grand personnage ? »

— « Pendant des années, je l'ai cherché en
vain... »

Une dernière hésitation, et enfin M. Randoin prononça un nom tout bas à l'oreille du docteur.

Quoique très maître de lui, à ce nom, une pâleur subite couvrit les traits de M. de Melcy. Quand il eut un peu repris sa présence d'esprit :

— « Et l'acte de naissance, l'avez-vous ? »

— « Sans doute. Il nous est indispensable pour la première communion. »

— « Voulez-vous me le montrer, ou me dire comment il est rédigé ? »

— « L'enfant a été inscrit sous le nom de Roland Waldemar Raoul, né le 4 janvier 186... de père et mère inconnus, à Nancy, département de la Meurthe. »

La pâleur du docteur s'accrut encore.

— « Monsieur, je vous remercie, » dit-il en prenant congé de M. Randoin, après avoir échangé avec lui quelques phrases banales.

Il était en proie à une agitation qu'il ne pouvait plus dominer quand il remonta dans sa voiture, et il s'écria, tremblant d'émotion :

— « Mon Dieu ! je te rends grâces ! C'est son fils, c'est bien son fils que tu m'as permis de retrouver ! »

IX

LE premier soin de l'interne auquel M. de
Melcy venait de recommander l'enfant
si ardemment, fut d'éloigner tout le
monde. Maintenant que le sommeil lui était enfin
revenu, il fallait du calme à tout prix:

— « Est-ce drôle... — remarqua une des
filles de salle — cet intérêt du docteur pour le
petit?... »

— « C'est peut-être bien un fils à lui qu'il a
retrouvé... » dit une autre.

—« Ça en a bien l'air ! » — reprit la première,
qui avait vu bien des choses dans sa vie aventu-
reuse et n'en avait pas moins retenues. Et elle
prit une prise dans sa tabatière, en se dirigeant
vers un malade auquel elle donna toutes sortes
de soins excepté ceux qu'il réclamait, rappelant
en ceci ces femmes du monde dont l'obligeance
est extrême, justement pour tout ce dont vous
n'avez que faire.

Tandis que les langues marchaient ainsi dans
le couloir d'à côté, l'interne, avec les mots, les
phrases incohérentes échappées au pauvre petit
pendant son délire, reconstituait comme il pouvait sa lamentable histoire. Il le voyait errant,
affamé dans les rues, de jour en jour plus écrasé
sous le poids de l'abandon. Jamais un souvenir
doux dans ce flux de paroles. Comment aurait-
il pu en être autrement? Au moment même où
les jeunes têtes se bercent des plus douces illusions, les cruelles réalités de la vie avaient brisé
ce petit être, comme un coup de pied impitoyable broie un bourgeon qui va s'ouvrir.

Il se laissait soigner facilement, et dans les
moments lucides était reconnaissant de la moindre
marque de bonté.

— « Pauvre petit ! — soupirait le docteur chaque fois qu'il le voyait, — il est clair qu'il n'a
jamais connu ni affection ni bien-être!... »

M. Ricard de Melcy était peu démonstratif.
Il n'en avait pas le temps, chaque minute de sa
vie employée comme elle l'était à secourir
les autres. Sa nature réservée lui donnait les apparences de la froideur ; il n'avait rien de cette
volubilité de paroles, de cette hypocrisie démons-
trative qui font souvent croire à de la sensibilité,
qui, toute extérieure, ne vibre dans aucune fibre
profonde. Étant naïvement ignorant de sa valeur

réelle, il ne connaissait aucune susceptibilité d'amour-propre. Mais, dans ce cœur fortement trempé fermentaient les sèves des dévouements les plus puissants, et l'enfant avait remué en lui cette sève si riche.

Au bout de quelques jours, la fièvre tomba. Les soins, la jeunesse et la robuste organisation du malade aidant, Roland était non seulement hors de danger, mais presque guéri.

Il confirma au docteur tout ce que M. Randoin lui avait dit, du moins ce qu'il pouvait se rappeler de son passé, le suppliant de ne pas le renvoyer à l'Institution Randoin.

— « Soyez tranquille, cher enfant, vous ne me quitterez plus jamais ! — répondit le bon docteur. — Mais, en attendant, vous voici presque en état de faire de petites promenades en voiture. Je viendrai vous prendre un de ces matins. »

Et il laissa Roland confortablement installé dans un grand fauteuil, auprès d'un bon feu (il subvenait largement à toutes les dépenses), se retournant encore une fois pour contempler le doux spectacle de ce bonheur qui était son œuvre.

Le pauvre Roland se croyait au septième ciel. Et ce qui seulement l'empêchait de jouir complètement d'un si nouveau bien-être, c'est qu'accoutumé comme il l'était au malheur, il se disait avec effroi que cela ne pouvait pas durer.

L'interne remarquait que les attractions de Roland le portaient toujours vers la mélancolie et la rêverie. Ce corps d'enfant à peine rétabli n'ayant pas encore beaucoup de force pour l'action, il restait rêveur, perdu dans un immense fauteuil, pendant de longues heures, regardant le feu se consumer. Et ce qui navrait le docteur, surtout quand un jet de flamme mettait en évidence l'expression de ses traits tirés et pincés, c'était la sombre désespérance intérieure traduite sur cette figure juvénile.

Il ne riait jamais. Les livres et les journaux les plus faits pour l'égayer ne lui arrachaient pas même un sourire. N'ayant jamais éprouvé d'émotions joyeuses, cet enfant de douze ans *ne savait pas rire!*

Il avait été tellement humilié et maltraité que son caractère était devenu un mélange de fierté et de timidité invincibles. On lui avait tant dit de mal de lui-même, qu'il s'était pris tristement à se croire, par le fait de sa naissance surtout, un objet d'aversion et de mépris. Doué d'une exquise délicatesse native, et beaucoup plus sensible à une marque d'intérêt sincère qu'à un bienfait matériel, on l'aurait pourtant cru aisément ingrat, car il exprimait rarement sa gratitude, ayant trop peu

confiance en lui-même pour ne pas craindre que
ses paroles ne fussent déplacées.

Le mois de Février passa vite. Au milieu de
Mars, Roland avait déjà fait plusieurs promenades
en voiture avec l'interne. La voiture du docteur
venait les prendre, et d'après ses ordres les conduisait à l'Avenue du Bois de Boulogne, avec la
recommandation expresse de marcher du côté du
soleil. Même en plein hiver, de combien de ma-
tinées printanières ne jouit-on pas dans cet endroit, le plus sain de Paris.

L'enfant descendait de voiture, et, s'appuyant
sur le bras de son compagnon, faisait quelques
pas. Quand ils arrivaient, il y avait parfois encore
de la brume ; les branches des arbres dégarnis de
l'hiver étaient comme glacées d'une mince croute-
lette de gelée blanche, qui cristallisait aussi la verdure et les arbrisseaux de l'Avenue, et le sol se
durcissait, tout pâle, sous le givre argenté. Mais
bientôt le soleil apparaissait, et, dispensant ses
rayons, réchauffait tout dans cette gaie Avenue,
où débouchaient les joyeuses cavalcades des
amazones, accompagnées de cavaliers qui cara-
colaient à leurs côtés. — De petites voitures
basses, conduites par un gentleman ou par une
femme élégante et seule, la parcouraient à fond
de train. Les victorias, les coupés, les landeaux,
souvent le *buggy* américain et même un rare

drosky russe, excentricité de la saison, s'y entre-
croisaient.

Puis, vis-à-vis, au coin des décavés, pendant
ce défilé du « *Tout Paris* » de la *fashion* mati-
nale, les regards étaient attirés par les superbes
chevaux piaffant de deux voitures, attelés les
uns à une grande *charrette* anglaise du matin,
conduite par le chef d'écurie d'une riche maison,
les autres à un *mail coach.* Cette rivalité d'atte-
lages à quatre entre un petit duc, mi-français mi-
russe, très célèbre pour son *chic* et son *pschutt*
et qui conduisait lui-même, et le cocher anglais
d'un comte Israélite, faisait les délices du « Par-
terre. »

Parfois le duc, en toilette du matin très anglaise, descendait de son mail coach pour se
réchauffer les pieds en trépignant et allumer son
cigare, qu'il dégustait tandis que la *parlotte* allait
son train et qu'on *potinait* sur les faits du jour,
les scandales ou cancans de la veille.

Tous ces *racontars*, bien entendu Roland les
ignorait. Il jouissait seulement de cette vie, de
cette gaieté qui l'entouraient, de ce beau soleil, de
ce bon air, rempli des senteurs du matin. Puis,
au retour, une tasse de beef-tea bien chaud l'attendait près du grand fauteuil, au coin d'un bon
feu, et, sur une petite table à portée de sa main,
il trouvait des livres d'aventures et de voyages

choisis pour charmer cette imagination de douze ans.

Une après midi — depuis quinze jours environ Roland faisait ces sorties quotidiennes :

— « Mon enfant, — lui dit le docteur, — je voudrais vous faire faire une petite visite avec moi. Vous sentez-vous assez fort pour cela? »

— « Mais oui, monsieur. »

Le docteur, comme lorsqu'il était très préoccupé, marchait à pas rapides dans la chambre, les mains derrière le dos. A chaque instant son regard s'arrêtait sur Roland, allongé et amaigri par sa maladie. Il se demandait s'il était prudent d'exposer déjà ce jeune corps et cette âme qui avaient tant souffert à une violente émotion.

X

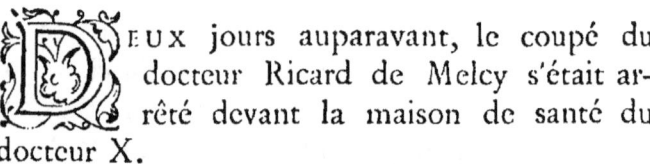EUX jours auparavant, le coupé du docteur Ricard de Melcy s'était arrêté devant la maison de santé du docteur X.

— « Et vous la croyez vraiment si bas? » avait-il demandé au célèbre aliéniste après quelques moments d'entretien.

— « Je ne crois pas qu'elle en ait pour plus de trois mois. Le corps s'affaiblit de jour en jour, et le moral s'attriste et s'assombrit de plus en plus. »

— « Malheureuse jeune femme! » fit le docteur avec un profond soupir, et une expression de pitié si émue traversa son regard que qui l'eût vu eût senti combien cette jeune femme lui était chère.

— « Elle reste des heures entières dans une sorte de stupeur, le visage couvert de ses mains. Souvent des journées se passent dans un mutisme complet. De temps en temps, elle lève des yeux

égarés sur sa gardienne et frissonne. C'est là le
seul signe de vie qu'elle donne alors; ou bien,
elle pousse des soupirs à fendre l'âme. Quand la
garde cherche à lui faire expliquer ce qu'elle
éprouve, elle secoue douloureusement la tête et
la cache de nouveau. Mais invariablement, chaque matin, elle descend au jardin et cueille des
fleurs pour orner *ses* reliques, à *lui*. »

—— « Mon Dieu! est-il donc trop tard? N'y
a-t-il rien au monde à faire pour rappeler sa
raison, pour ranimer son pauvre corps? Car si
seulement elle était en état de la supporter, vous
savez quelle immense joie l'attend! »

—— « Je crains qu'il n'y ait plus rien à faire. »

—— « Mais elle est si jeune! Trente ans, c'est
la force de l'âge chez une femme. Pourquoi
n'espérez-vous pas en cette grande émotion : le
retrouver! Ce ne serait pas le premier exemple
de guérison à l'aide d'une violente secousse. C'est
de l'avoir cherché si longtemps en vain qu'elle
est devenue folle; je ne puis croire que sa vue
n'opère pas un miracle! Le bonheur alors la sau-
verait... Voyons! il faut tout tenter. Il faut que
je l'amène, lui, le plus tôt possible, n'est-ce
pas? »

—— « Oui, le plus tôt sera le mieux. »

—— « C'est aujourd'hui jeudi... Eh bien, samedi? »

— « C'est bien. »

— « Et à quelle heure? »

— « Il est préférable que ce soit le matin.
Elle est toujours plus mal dans l'après-midi. »

— « Soit. Samedi, alors, vers onze heures et
demie. »

Les deux confrères se serrèrent la main et le
docteur de Melcy quitta cette demeure, si riante
en apparence. Elle était située à l'entrée d'un
jardin à longues allées plantées d'arbres. Des
bancs y étaient placés de distance en distance, bien
à l'ombre, et les pauvres malades y venaient
pleurer ou rire, se taire ou babiller sans suite,
sans relâche, selon ce qui hantait leurs cerveaux
disloqués. Pénible contraste que celui-là, dans
ce gai jardin, avec ses massifs de fleurs et le jet
d'eau, au Triton joufflu, crachant de longs fi-
lets cristallins dans lesquels les rayons du soleil
s'arrêtaient, irrisant chaque gouttelette de mille
nuances féeriques. En partant, le docteur jeta
un dernier regard autour de lui, puis remonta
dans son coupé. Il se fit ramener rapidement vers
Paris, peuplé de ces milliers d'âmes jouissantes
ou souffrantes, se débattant dans cette grande
ruche, réceptacle de la vie humaine avariée, et
n'ayant d'autre force que celle que leurs nerfs
surexcités y imprime par saccades. Ainsi que
des griffes assassines, les sentiments factices ont

chassé tout souffle fortifiant hors des cœurs, dans cette civilisation faussée où le vrai sens de l'existence est dénaturé.

L'après-midi étant belle, les Champs-Élysées fourmillaient d'équipages, montant et redescendant à perte de vue. Cette foule élégante était doublée par une autre foule, moins « *chic* », qui allait, venait, passait, repassait, de nourrices, de bébés, de guignols à musique criarde, de voitures aux chèvres surchargées d'enfants affublés, dont souvent les petites figures palottes et vieillies semblent exprimer des préoccupations, des sensations au-dessus de leur âge. Heureusement, le bébé d'antan, à la mine innocente et joufflue, agitant sérieusement son fouet, des guides à la main, n'y est pas encore tout à fait une rareté. Et toute cette cohue riante et bourdonnante s'écoulait dans les voies adjacentes, grands débouchés de l'avenue principale.

Le soir du jour où le docteur avait demandé à son jeune malade s'il se sentait en état de sortir pour faire une visite, il retourna près de lui.

Il était déjà au lit. Les veilles, comme la lecture, comme tout effort quelqu'il fût, lui étaient interdites.

— « Dort-il, le petit? » demanda le docteur à voix basse, en entr'ouvrant doucement la porte.

Non, quoiqu'au lit, Roland avait les yeux grands ouverts.

— « Grangier, vous pouvez me le laisser un instant », ajouta-t-il.

L'interne obéit. Quand la porte fut refermée, le docteur s'approcha du lit, avança une chaise et s'assit :

— « Mon cher enfant, dites-moi, ne vous rappelez-vous pas du tout votre mère? »

Roland releva vivement la tête et s'appuya sur son coude.

— « Ma mère! Je n'ai jamais cessé d'être hanté, jour et nuit, par une vision! Cette vision, qui serait-ce, si ce n'était pas elle! »

Il parlait très bas, d'une voix suffoquée, les yeux baissés.

— « Comment est votre vision, mon pauvre petit?... Comment est-elle?... »

Une rougeur fugitive colora le visage de Roland, comme si une pudeur étrange l'eût retenu.

— « Elle est très belle, très douce... » murmura-t-il, si bas que le docteur l'entendit à peine.

— « C'est bien elle! — dit-il, presque aussi bas que l'enfant. Il semblait que tous deux craignissent de profaner la sainte vision, d'en effleurer le charme. — Croyez-vous que vous la reconnaîtriez, si elle était là?... »

— « Oh! oui! je ne pense jamais qu'à elle...
J'avais si peur de la perdre! Je fermais les yeux
pour la voir tout le temps. — Bien souvent, elle
s'effaçait... je ne la retrouvais plus! Alors, j'é-
tais si malheureux! je n'avais qu'elle! Et puis,
Dieu avait pitié de moi, il me la rendait en rêve,
et je la gardais là... » — Et il montrait son cœur
et son front.

L'émotion de l'enfant gagnait l'homme. Il leur
fallut, à tous deux, un moment pour se maîtriser.

Le docteur, alors, doucement : « Eh bien!
vous la reverrez, mon enfant, vous la reverrez...
Elle vit... Dès samedi, vous la reverrez. »

A peine ces mots furent-ils prononcés, qu'il
eut peur. Roland, dont toutes les premières années s'étaient écoulées à songer à sa mère comme
à l'ange de la délivrance, avait fini, dans l'excès
de ses souffrances, par renoncer à cette suprême
espérance. Passer du désespoir à une joie folle,
délirante, inattendue à ce point, c'en était trop :
un tremblement convulsif s'empara de lui, ses
dents s'entre-choquèrent et il tomba sans connaissance sur ses oreillers.

Le docteur lui prodigua les soins les plus tendres. Bientôt, il rouvrit les yeux.

— « Oh! dites-moi que ce n'est pas un rêve!
dites-moi que je reverrai ma mère, que j'aurai
une mère, une mère à moi, comme les autres! »

Son exaltation était effrayante. Le docteur se reprochait amèrement d'avoir agi si vite, sans le préparer à une telle émotion. Il se demandait aussi quelles seraient les conséquences de la déception qui l'attendait, lorsque cette mère, adorée et idéalisée dans son souvenir, il la retrouverait belle, encore, assurément, mais folle et presque mourante.

Et pourtant, pour elle, la seule chance de salut c'était la vue de son enfant.

Aidé d'une potion efficace, le docteur parvint à force de tendresse, lui parlant de sa mère, la lui promettant, à calmer Roland.

Plus que jamais, la douce vision lui apparut cette nuit-là, et, pour la première fois, ce ne fut plus une vague espérance seule qui le consola.

XI

Le samedi tant désiré par Roland arriva enfin.

A midi moins un quart sonnant, la voiture de M. de Melcy, qui était venu le chercher, s'arrêta devant l'établissement du docteur X. En quelques instants, ils traversèrent le jardin. On les fit entrer dans la maison et monter un étage. Une femme de service les reçut.

— « Si ces messieurs veulent bien attendre ici. Madame la marquise est au lit. La nuit a été mauvaise ; elle n'a pas encore eu la force de se lever. » — Et elle leur ouvrit une porte.

A peine entré, Roland recula tout ému.

Les deux fenêtres de la pièce, qui n'était pas très grande, donnaient sur le jardin, en plein midi. Elle était inondée de soleil, et meublée comme un boudoir élégant. Mais ce n'est pas là ce qui frappait si vivement Roland.

Sur l'un des murs, et disposés comme des armes en panoplie, des vêtements d'enfant s'étalaient. Un de ces grands cols carrés de guipure que portent les bébés de quatre à cinq ans, était posé sur une petite robe de velours blanc. A côté de cette robe, un petit manteau de promenade en drap marron, taché comme si l'enfant venait de rentrer à l'instant même, tout ébouriffé et sali, d'une course folle. Surmontant le manteau, un chapeau de feutre. Au-dessous, deux mignonnes paires de guêtres en cuir, puis, suspendus à l'entour, différents joujous : trompettes, sabres, tambours, guides, cerceaux.

C'était son premier duvet, au petit oiseau arraché du nid... Mais peut-on, sans l'avoir vu, deviner le poème d'amour créé ainsi par la pauvre mère qui pleurait son enfant... Dans l'arrangement de ce qui lui restait de l'infortuné petit et dont elle avait voulu s'entourer, on sentait une touche si artistique que l'âme toujours présente se devinait derrière cet esprit plongé momentanément dans les ténèbres.

Sur une table, comme sur un autel, et devant ces reliques sacrées, elle avait placé des photographies. La première montrait un tout petit enfant de quelques mois à peine, dans les bras

d'une jeune femme vêtue d'un élégant peignoir
de dentelle blanche. Radieuse et souriante, elle
se penchait vers cette grosse face ronde, émer-
geant des longues robes du premier âge. Des
années s'étaient écoulées depuis lors et avaient
démodé la toilette, mais on sentait qu'elle avait
été jolie, et la femme l'était tellement !

Après cette photographie, beaucoup d'autres.
Toutes portaient, écrit au bas, l'âge de l'enfant.
Quelques-unes, même, une légende plus longue.
Par exemple : *Bibi, le jour où on lui a coupé ses
premiers cheveux* ; ou : *Rollo, au second anniversaire
de sa naissance*...

Puis, par groupes de cinq et de six, noués ou
épinglés ensemble, des portraits encore, toujours du
même petit, artistiquement réunis et entrelacés
de rubans de moire bleu de ciel et de guirlandes
de fleurs.

— « Tous les jours, *elle* renouvelle ces fleurs
elle-même — dit la femme qui avait intro-
duit Roland et le docteur. — C'est elle qui
époussette, et qui arrange et réarrange journellement ces objets, sans qu'il soit permis à qui
que ce soit d'y toucher. Quand, pendant quelque
temps, elle a été trop malade pour se lever, s'il
n'y a pas de poussière sur tout cela elle s'en
aperçoit et se fâche, en demandant qui a osé
l'enlever : « Il n'y a que *moi* — s'écrie-t-elle —

« qui doive les toucher! Ces choses-là sont
« sacrées! »

« Et si ces fleurs — ajouta la garde en
montrant du doigt celles qui étaient éparpillées
parmi les photographies, — sont un peu fanées
ce matin, c'est qu'*elle* n'a pu se lever comme
à l'ordinaire. Son premier souci, chaque jour, est
d'aller au jardin les cueillir et de les disposer là,
même lorsqu'elle est dans ses plus mauvais moments. »

Pâle comme la mort, Roland ne prononçait
pas une parole. Il comprenait que c'était lui,
l'enfant si cher et si pleuré, que ces portraits
étaient les siens.

Tandis que, rejeté et maudit de tous, le malheur l'écrasait, les moindres vêtements lui ayant
appartenu étaient l'objet d'une telle dévotion!
Ah! quel bonheur perdu à jamais, pour sa mère
comme pour lui. Et il ne s'étonnait plus de l'obsession de son désir, de cette vision d'une douce
et tendre mère qui l'avait partout accompagné,
non pas toujours précise, mais toujours intense.
Leurs deux âmes ainsi n'avaient pas cessé de
s'unir : elle, en larmes et en prières, recueillie dans
son souvenir, et lui, misérable et seul, criant son
nom nuit et jour.

Son cœur débordait, sa gorge se serrait. Il
crispait ses deux mains l'une dans l'autre et cachait

obstinément son visage au docteur, fixant le jardin avec effort pour ne pas éclater en sanglots.

Le docteur voyait tout cela, affectant de feuilleter son carnet pour bien laisser Roland à lui-même.

Au bout d'un certain temps, la garde qui les avait quittés rentra.

— « Madame va se lever. Monsieur le docteur prie ces messieurs de descendre au jardin. Dès que sa toilette sera faite, elle ira y cueillir ses fleurs. Monsieur le docteur rejoindra ces messieurs dans peu d'instants. »

Une demi-heure se passa pourtant avant que le docteur X parut.

— « Vous savez, mon enfant, dans quel état le désespoir de vous avoir perdu a mis votre infortunée mère, — dit-il, en arrivant, à Roland. — Peut-être ne tient-il qu'à vous de ramener cette raison errante. Pour cela, il faut conserver tout votre sang-froid, ne pas vous troubler quand elle s'approchera. Elle est déjà descendue par l'autre porte. Allons à sa rencontre. »

L'enfant tremblait de tous ses membres. Comment allait-il la revoir! Son aspect serait-il grimaçant, effrayant, comme il se figurait celui des folles? Une sueur froide perlait sur ses tempes et autour de ses lèvres, trahissant seule ce qui se passait en lui, car il ne proférait pas une parole

XII

L'ATTENTE dans le jardin se prolongeait. Roland, absorbé dans la préoccupation de ce qui allait se passer, regardait autour de lui machinalement, lorsque, tout à coup, une femme à la taille aussi svelte, aussi mince que celle d'une jeune fille de quinze ans, et vêtue d'une longue robe de laine blanche qui la dessinait, traversa comme une ombre le sentier conduisant de la maison à l'allée principale.

Elle était seule, et marchait avec une grâce si ondoyante et si silencieuse qu'il semblait que des ailes fussent attachées à ses talons : on eût dit un souffle traversant l'espace. Elle n'avait rien de la démarche saccadée et mécanique des folles. Longue et frêle apparition, sa tête se courbait comme si ce cou si fin, entouré d'un collier de perles qu'elle ne quittait jamais, avait peine à soutenir son léger fardeau. Cette tête était toute petite et enfantine d'expression. Deux yeux, d'un noir intense, fixes et froids comme ceux d'une somnambule, saillaient de ce visage si blanc et si mat qu'on l'eût cru en albâtre. Quelle que fût sa démarche, on lisait son triste sort dans ces prunelles qui avaient l'automatique rigidité propre à la démence.

Un rayon de soleil se prit dans sa chevelure. Presque foncée dans le lointain, quand elle traversait l'ombre encore, elle ressortit alors, sur ce teint blanc comme du lait, toute rouge, du superbe rouge d'or que le Titien prête à ses créations immortelles et qu'aucune teinture ne peut donner. Cette chevelure fauve ressemblait aussi peu aux chignons coloriés qui courent les rues, qu'une pluie d'or ne ressemble à une poignée de crin rouge brique. Elle rayonnait! Mille lueurs jouaient dans ses ondulations soyeuses, y faisant jaillir des éclairs, ainsi qu'au moindre choc éclate la lumière d'un briquet phosphorescent. C'était comme un enchevêtrement de soleil et d'or, comme si cette chevelure luxuriante avait retenu en elle toute la vie qui semblait partie de cette forme aérienne qui allait, passait, venait, d'allée en allée, se penchant sur les fleurs et les cueillant, en brisant leur tige, sans même y arrêter son regard.

Roland croyait voir une jeune fille dans cette fuyante apparition. Il était loin de supposer que

4

ce pût être sa mère, et il éprouvait un tel trouble
devant cette créature si belle qu'elle lui semblait
évoquée par la magie, que l'anxiété même de
l'attente en était presque étouffée.

Les deux médecins, ainsi que Roland, la suivaient, comme attirés par un irrésistible aimant.
Arrivée près d'une charmille, elle disparut.

— « Elle cherche une solitude absolue. Attention ! — dit le docteur X. — Tâchons de la
surprendre sans qu'elle s'en aperçoive, car elle
nous échapperait. Ces malheureux privés de raison sont si soupçonneux ; cela gâterait tout. »

Ils avaient déjà suivi sa trace dans plusieurs
allées, lorsqu'au détour d'un sentier caché, au
bruit de leurs pas, une femme assise à terre et
qu'ils ne voyaient pas releva la tête. Presque
couverte par les fleurs cueillies par elle, elle en
éparpillait, toujours sans les regarder, les pétales,
qui tombaient en fine pluie parfumée dans les
plis mous de sa blanche robe de laine, glissant
entre ses longs doigts effilés.

La souffrance avait vainement creusé les lignes
du visage que Roland avait devant lui. La marquise paraissait au moins de dix ans plus jeune
qu'elle n'était. Et cependant elle était si changée,
si amaigrie depuis que M. de Melcy l'avait
vue !

Subitement debout, elle s'approcha de lui et

de Roland, et les fixa de ce regard vague dont
la raison est absente.

— « Chère madame, me reconnaissez-vous ? »
dit M. de Melcy, lui souriant tendrement, toute
la pitié de son cœur se lisant dans ses yeux.

— « Oui. Vous êtes bien le chevalier de
Maison-Rouge, et vous m'apportez enfin les
moyens de m'échapper du Temple, n'est-ce
pas ? »

— « Oui, madame. »

— « Et quand je serai libre, je retrouverai
alors le dauphin ? »

Depuis longtemps, elle s'imaginait être Marie-
Antoinette.

Et avant que le docteur eût pu lui répondre :

— « C'est qu'il était si beau, cet enfant qu'ils
m'ont arraché !... Et comme je l'aimais ! si vous
saviez... ajouta-t-elle avec un soupir navrant.
— Voyez-vous ! c'était la joie, le rayon de
soleil de la maison. Je l'habillais, je le câlinais,
je le dorlotais. Et je me sentais toute perdue
quand il me fallait rester quelques heures loin
de lui... Quand je plongeais mes lèvres dans
cette chair rose et potelée, elles y restaient attachées, tant j'en savourais le parfum et la douceur.
Ma vie en débordait de bonheur ! Qu'aurais-je
pu demander de plus à Dieu ! »

Elle s'arrêta et soupira profondément. Elle

parlait avec la naïveté d'un grand enfant, disant
ce qu'elle disait si simplement que c'en était plus
navrant encore et plus pathétique. Elle était si
belle, si touchante, avec ses immenses yeux noirs
et cette bouche si mignonne, qu'elle garda rose à
l'extérieur comme à l'intérieur jusqu'à sa mort,
qu'ils restèrent tous trois muets d'admiration.

Le docteur passa sa main sur ses yeux humides.

— « Vous avez peut-être aussi perdu un petit
être chéri que vous voudriez retrouver ? — lui
dit-elle, en penchant sa tête en avant vers la
sienne d'un air interrogatif, comme l'eût fait un
enfant, afin de bien le regarder dans les yeux.
Vous pleurez ! Oh ! n'essayez pas... On ne les
retrouve jamais. Les méchants les brûlent, les
enfouissent, les cachent. Ah ! mon Dieu ! On
les perd, on ne les retrouve jamais... C'est horrible ! Que j'ai pitié de vous ! Je voudrais vous
voir bien pleurer pour que vous n'en deveniez
pas fou ! — Et s'échauffant de plus en plus :
— Ah ! je m'en souviens comme si c'était
hier, de ce jour où on m'a enlevé le mien !...
J'avais été malade... N'est-ce pas ?... je crois
que j'avais été malade... »

Et elle se retourna comme pour questionner
la garde.

— « Alors on vint me dire qu'on l'avait

pris, l'enfant... que je ne le reverrais plus
jamais! D'abord, je restai pétrifiée... Un homme
fort être si cruel pour une femme si faible!
C'est vrai qu'ils ne savaient pas que j'étais sa
mère, à cet enfant. Je ne pouvais pas le leur
dire! — (Ici, la malheureuse femme retrouvait
sa personnalité.) — J'étais forcée de ne pas
pleurer!... pour garder les apparences, de ne pas
pleurer, de ne pas pleurer!... C'était effroyable,
c'était monstrueux! Tout ce qu'on peut souffrir,
je l'ai souffert... Si j'avais pu pleurer, je ne serais
pas devenue folle, non!... Mais cela ne se pouvait pas, cela ne m'était pas permis... —
(Tout à coup, changeant de ton :) — J'étais
la reine, vous comprenez!... Avez-vous jamais
vu une lionne à laquelle on a pris ses petits?
Voilà comme j'étais, une fois seule! ruante,
hurlante, échevelée. Quand tout le monde fut
endormi, je courus hors du château. Je connaissais une issue secrète. Ah! que je me rappelle
cette nuit-là! Je courus, courus, courus, comme
une bête qu'on traque, flairant, cherchant, ram-
pant, allant de porte en porte, demandant partout si on avait vu mon enfant. On me l'a volé!
Ameutez la populace! Appelez la gendarmerie!
Un crime affreux a été commis, je veux qu'on le
tue, lui! le criminel!

« Prenez des torches! brûlez le château! mettez

4.

le feu ! Tuez ! brûlez-les, les lâches ! Déchirez
leurs entrailles avec vos ongles, je vous montrerai
comment il faut faire ! et jetez-les leur sanglantes
à la face !

« Tout cela, je le criai. C'était déchirant.
Tout le monde pleurait. Les hommes aussi. Les
hommes les plus forts. Les sanglots s'échappaient
des gorges comme l'eau bouillonnante d'une
digue que l'on crève. Songez donc ! son enfant,
son enfant à soi, sa chair, son sang !... Le perdre vivant !

« Ah ! mon Roland, mon dauphin chéri ! Et
quelques semaines avant, en t'endormant, un
soir, je t'avais dit, en te couvrant de baisers : Fils de mon âme, si je te perdais jamais !... »

Alors, sa voix devenue toute rauque, brusquement elle s'arrêta. Roland et le docteur de Melcy
ne pouvaient retenir leurs larmes.

La pauvre folle était retombée dans un anéantissement complet, et l'on vit presque se dessiner
dans l'affaissement de sa pose, comme une arête
fine sous l'étoffe de sa robe, les anneaux de sa
colonne dorsale.

— « Sa douloureuse plainte habituelle, » —
murmura le docteur X.

Quand le docteur de Melcy put vaincre son
émotion :

— « Et si les amis dévoués qui ont travaillé pour vous nuit et jour, venaient vous dire : On a retrouvé votre enfant?... » et il s'approcha doucement de la folle, lui touchant le front pour la faire sortir de sa torpeur.

Elle se mit à rire d'un rire plus déchirant que mille sanglots.

— « Est-il fou, cet homme? » — demanda-t-elle au docteur X., en désignant du doigt le docteur de Melcy.

Alors, prenant une voix basse et lugubre, coupée par de soudains éclats :

— « Mais, s'il y avait l'ombre d'un espoir, je ne me sentirais pas cette tentation, tenez... toute puissante!... de courir fracasser ma tête contre le tronc de ce grand arbre... pour voir au moins la couleur de mon sang, les éclaboussures de mon cerveau!... »

Le pauvre petit Roland frissonna, car les yeux fixes et hagards de la folle flamboyaient, et ce corps si souple, il n'y avait qu'un instant, était raidi et s'arc-boutait en arrière comme se dresserait une tigresse prête à bondir.

Le docteur X., d'un signe, écarta Roland et M. Ricard de Melcy. Quand il l'eut enfin calmée, il les rappela :

— « Essayez de l'écouter et de le comprendre madame, — lui dit-il très fermement en dési-

gnant son confrère, — car il tient votre bonheur
dans ses mains. »

Mais elle rit de nouveau avec égarement, ne
parut rien comprendre et retourna à ses fleurs.

Tout à coup, une voix bruyante et des chants
se firent entendre, et le gravier cria sous des pas
pesants.

— « Allons, enfants de la Patrie ! » — hurlait
une voix d'homme.

— « Tiens, Robespierre qui s'approche, »
dit en souriant le docteur X.

L'homme qui venait, suivi de deux gardiens,
s'arrêta net devant le petit goupe, cessa de chan-
ter et fit un salut profond à la marquise.

— « Tiens ! c'est toi, Marie-Antoinette ? Il
est donc retrouvé ton dauphin ?... »

Les fous ont une certaine lucidité en ce qui
touche les misères des autres. Tous, dans l'établissement, s'intéressaient à la pauvre mère et
savaient sa triste histoire. Elle était entrée peu à
peu dans l'esprit des autres pensionnaires qui la
lui entendaient raconter. Car elle n'était pas
toujours taciturne, et dans ses bons jours elle
allait de tous côtés, suivie seulement de loin par
sa gardienne, qui ne la perdait pas de vue. Le
docteur X. donnait à ces malheureux affligés
toute la liberté qu'il leur pouvait accorder sans
danger.

La marquise entendit d'abord sans comprendre, mais le fou répéta plusieurs fois sa
phrase en ricanant et en désignant très nettement Roland.

— « Le dauphin ! — murmura-t-elle enfin,
en portant son regard sur lui. — Non ! il était
plus petit... » — Elle dit ceci avec un soupir
navrant.

— « C'est qu'il a grandi alors, car cet enfant
est bien le dauphin, — répéta celui qu'on appelait Robespierre. — Tout le peuple l'a reconnu ! »

— « Le dauphin... le dauphin... Tout le
peuple l'a reconnu?... » continuait à dire tout
bas la marquise, pressant la paume de ses mains
contre sa tête pour y rappeler la mémoire absente.

Était-ce le sang qui, remontant dans cette
tête affaiblie, la faisait rêver éveillée, ou bien lui,
lui! celui qu'elle avait aimé, revivait-il dans cet
enfant?... Mais, dans le silence qui entourait la
jeune femme, un cri terrible, le cri de la Nature
affamée fit résonner les échos :

— « Mon fils ! »

Roland se jeta impétueusement sur sa mère:

— « Maman! Maman! »

En un instant, il fut enlacé dans ses bras, qui
se refermèrent hermétiquement sur lui.

Mouillée des pleurs de son enfant, les buvant

à leur source même dans les deux beaux yeux
qui les laissaient échapper, puis quittant ces
yeux pour les suivre jusqu'à la bouche entr'ouverte, la pauvre folle frissonna. Et, pour la première fois depuis si longtemps, ses yeux fixes,
qui regardaient sans comprendre, *virent* et *com-
prirent*.

Elle tint un instant son fils écarté d'elle,
pour le mieux voir, plongeant son regard dans ce
visage d'enfant tourné vers le sien, puis, relevant
d'un geste fébrile ses beaux cheveux ondulés :

— « Son enfant, à lui ! » — dit-elle lentement,
et d'une voix si étrange que Roland en eut la
chair de poule.

Alors, comme si elle se rendait bien compte
de ses paroles et que la raison et la mémoire
revinssent dans cette pauvre tête vide :

— « Oui, c'est bien cela ! Ce sont ses yeux,
à lui, son nez, sa bouche... — Et, se dressant :
— Va ! cherche ton père, enfant mille fois
chéri ! — s'écria-t-elle, — car tu portes aussi
la trace de mes souffrances, car ton jeune front
est déjà creusé des rides de la préoccupation et de
l'anxiété, tes pauvres mains amaigries, ta pâleur
mortelle montrent que tu as connu la faim et le
froid ! Et lui, pendant que nous agonisions ainsi,
lui, l'infâme, vivait calme, dans son égoïsme,
heureux, vautré dans le bien-être. Le maudit !!!...

Mais son tour viendra! Car tu nous vengeras,
ce sera le but de ta vie. Tu me le promets! tu
me le jures! tu le chercheras sans relâche...
n'est-ce pas?... »

Et, serrant l'enfant contre sa poitrine frêle et
nerveuse et l'étouffant sous la violence de ses baisers, l'œil troublé des plus noirs cauchemars de
la folie, elle cria:

— « Et, quand tu l'auras retrouvé... » Puis,
soudain, elle baissa la tête, appliqua ses lèvres
sur l'oreille de l'enfant, et, avec un chuchotement
rauque, elle y siffla quelques mots que lui seul
entendit.

Pâle comme la mort et sans paraître la comprendre, il avait écouté.

Le souffle chaud et parfumé de la marquise,
qui le tenait toujours enlacé, fouettait les tempes
de Roland, ses mains cherchaient les siennes,
elle les baisait, les caressait, pleurait sur elles,
brisée, affolée.

XIII

L'ÉTAT de la marquise après avoir retrouvé et reconnu son fils, était-il un retour définitif à la raison? Il eût été difficile de le dire. Sans doute, il se fit en elle un changement complet. Sa lugubre mélancolie, son indifférence absolue se transformèrent en une douce vie à deux. Elle ne se lassait pas de regarder, d'embrasser son fils, de l'avoir près d'elle. La femme la plus raisonnable n'aurait pas donné avec plus d'intelligence les soins nécessaires au jeune garçon, tant l'instinct de la mère est puissant et domine souvent même la démence.

Roland, d'accord avec le docteur, lui cacha sa tentative de suicide. Mais eut-elle bien compris? Ce n'est pas probable. Elle ne questionnait jamais, d'ailleurs, sur les années qu'il avait passées loin d'elle. Elle ne voyait que le présent et y pensait uniquement. Dans cette tête défaillante, qui vivait au jour le jour, le passé avait disparu.

Quant à Roland, son caractère devint méconnaissable. Sombre et replié auparavant sur lui-même, les caresses de sa mère lui apprenaient à rire et à s'épancher. C'était si doux, si nouveau, ce chaud et bienfaisant enveloppement d'amour maternel. Quoiqu'elle ne sût d'abord que l'embrasser et lui sourire, cette chère créature qui lui avait donné le jour, brisée par les tortures passées, appelait la pitié de cet enfant déjà si viril et si chevaleresque d'une façon si déchirante, que sa tendresse en était doublée.

— « M'aimes-tu beaucoup, petite mère? » — lui demandait-il cent fois par jour, lorsqu'ils étaient seuls tous deux, jouant comme des enfants.

Elle lui répondait: « Si je t'aime! » Et l'accent avec lequel elle disait ces trois mots, entrecoupés de mille caresses affolées, était à jamais inoubliable pour Roland.

Mais, hélas! l'enfant lui était rendu trop tard. De jour en jour, ses forces diminuèrent, son pas léger s'appesantit. Elle déclinait à vue d'œil. Après le 5 mai, elle ne quitta plus ce petit lit à rideaux blancs dont la première vue avait si fort touché Roland. La prédiction du docteur X. commençait à s'accomplir, elle n'avait plus que quelques semaines à vivre. En avait-elle conscience, ou l'apprenait-elle par l'anxiété visible

sur le visage de ceux qui l'entouraient? Elle
s'écriait incessamment :

— « Je ne veux pas quitter mon fils! Il faut
qu'on me sauve! Ne me laissez pas mourir ! »

Cependant, ce désespoir déchirant s'adoucit
peu à peu. Dieu pénétra sans doute dans l'âme
troublée qu'il allait rappeler à lui, et y ralluma le
foyer de lumière si longtemps éteint. Car il semblait qu'elle se dominât de nouveau pour épargner
l'angoisse de ses dernières agitations à Roland et
à M. de Melcy. Elle attendit la mort avec résignation.

Ou bien, peut-être se trompaient-ils autour
d'elle en se la figurant éclairée sur son sort, et
Dieu, las de frapper, permettait-il qu'elle s'en-
dormît en paix et qu'elle pût ignorer que de
nouveau elle allait se séparer de son Roland?

Elle restait des heures la main dans sa main.
Un soupir, un mot, une pression plus tendre,
dénotaient seuls que la vie n'avait pas abandonné
encore ce corps transparent et immobile qu'elle
ne semblait plus animer.

Le chaud soleil de mai filtrait en lignes jaunes
et rougeâtres à travers les barres des persiennes,
et s'accrochait aux mille riens touchants qui
décoraient la pièce dans laquelle on avait transporté le lit de la malade. Il étincelait, tantôt sur
la robe de velours blanc, tantôt sur la grande

collerette de guipure, ou encore sur les nombreux jouets du bébé chéri et pleuré, s'y marquant
en taches lumineuses mouvantes, dont le contraste faisait ressortir les ombres en grandes
plaques noires. Vers le soir, les taches s'évanouis-
saient dans le crépuscule.

La mère et l'enfant passaient de paisibles
journées étroitement enlacés; aucun autre bruit
que celui des pas des allants et venants dans
les corridors ne troublait leur recueillement. Ils
vivaient repliés sur eux-mêmes, comme s'ils
avaient voulu s'entendre penser et sentir dans ce
peu de temps qui leur restait, et comme si les
paroles eussent été impuissantes à exprimer ce
qu'ils éprouvaient.

Parfois, Roland quittait sa mère assoupie et
allait sur la pointe des pieds coller tristement son
front aux vitres d'une des croisées, guettant
l'arrivée du docteur pour descendre le mettre au
courant de ce qui s'était passé en son absence.

Et la malade souvent rêvait tout haut dans son
sommeil troublé, et c'était le nom de l'enfant
qui revenait sans cesse. Sa pensée s'échappait et
remontait aussi vers les premiers jours de son
néfaste amour. Alors, elle parlait d'une certaine
ville d'eaux et de forêts environnantes, de la
rivière, de la rivière cristalline où le soir, au clair
de lune, une petite barque les emportait, *lui* et

elle, frôlant les roseaux et les nénuphars dans le
silence de la nuit...

Elle y revenait sans cesse, à ces nuits, remplies
de Poésie et de *lui*. Son cœur semblait encore
battre des ailes dans sa poitrine amaigrie, tandis
qu'elle répétait avec incohérence quelques mots
qu'il avait dû lui dire.

Elle le voyait encore avec son grand air, sa
mâle beauté, et tout en rêvant, soit à demi
endormie, soit réveillée et de nouveau sous le
coup de la folie, ses joues se coloraient, ses yeux
brillaient, et, toute en feu de ces souvenirs, elle
redevenait une jeune fille de dix-huit ans, et si
belle, que Roland sentait que cet être radieux ne
sortirait jamais de sa pensée.

Puis elle jetait un cri aigu. Elle se rappelait la
trahison du lâche... Elle cherchait à se lever
pour le frapper. D'un bond, Roland était auprès
d'elle, enlaçant de ses bras ce pauvre corps tremblant et palpitant comme un daim blessé à
mort, et le calme revenait. Sa tête tombait
lourdement sur la mince épaule du jeune garçon
penché sur elle, et, le reconnaissant à travers ses
larmes, elle lui demandait pardon de l'avoir
effrayé, l'assurant que ce n'était rien, un cauchemar seulement. Et elle pleurait, elle l'embrassait plus fort que jamais, lui disait qu'elle
n'avait jamais aimé que lui, qu'elle était mieux,

qu'elle vivrait, qu'ils partiraient tous deux, qu'ils iraient loin, bien loin, qu'on ne les détacherait jamais l'un de l'autre.

Peu à peu, la lassitude de sa faiblesse la reprenait; elle essayait de se rendormir. Mais elle changeait d'avis tout à coup, disant qu'elle voulait qu'il dormît à son tour, et qu'elle allait le veiller comme il la veillait depuis trois semaines. Et elle l'obligeait à poser sa tête sur un des oreillers du lit, et, ramassant son corps affaibli, se mettait sur son séant, le câlinant, le dorlotant, lui chantonnant une vieille chanson avec laquelle elle berçait autrefois ses cris d'enfant.

Si quelqu'un, par hasard, ouvrait la porte, mettant son doigt sur ses lèvres: — « Chut! il dort. Il est si las! ne le réveillez pas! »

Ainsi s'écoulaient ces tristes et pourtant si douces journées. La nuit, le pauvre enfant prenait un peu de repos, mais seulement sur un lit dressé dans la chambre. Pour rien au monde ils ne se fussent quittés, pas même un instant.

Le docteur de Melcy appela successivement à son aide tous les autres grands médecins de Paris, tentant un suprême effort pour arracher à la mort cette femme qu'il eût voulu sauver au prix de sa propre vie. La malade les regardait de son air triste et résigné. Elle poussait un navrant soupir après chaque nouvelle visite...

Sentait-elle que rien ne la guérirait, et que l'enfant serait bientôt seul encore?

Etaient-ce ces allées et venues de nouveaux
visages qui troublaient son cerveau et lui faisaient
croire que, comme dans un kaleidoscope, les
personnes autour de son lit changeaient constamment? mais, tantôt le docteur X., assis près
d'elle et lui tâtant le pouls, se transformait en
l'interne de service. Puis celui-ci lui semblait
prendre insensiblement la forme de la garde. Et
cette même figure grandissait, s'allongeait, et
devenait le docteur de Melcy, penché sur elle
et appuyant une main fraîche sur son front
brûlant.

Dans toute cette fantasmagorie, un seul être
ne changeait jamais. C'était l'enfant, — *son*
enfant! Toujours cette taille fluette d'adolescent
en herbe, et ce regard si jeune, et pourtant si
chargé déjà de cruelles angoisses ; il était là, il
ne la quittait pas, elle, *sa mère!*

Elle croyait sans cesse l'entendre parler aux
médecins, les suppliant de la sauver : « parce
que, voyez-vous, il n'avait qu'elle au monde! »
Puis quelque chose se brisait dans son âme, et,
d'une voix éperdue, elle s'écriait :

— « Roland! Roland! »

Et elle lui murmurait, d'une voix presque
râlante, qu'il ne devait pas se désespérer, qu'elle

était mieux, et heureuse, et qu'il allait l'être.

Une nuit, l'agitation fut plus violente encore.
Elle gémit tout à coup : « J'étouffe ! j'étouffe ! »
se cramponnant aux draps du lit.

En un clin d'œil, Roland fut auprès d'elle, la
soulevant et appelant la garde, qui ne s'était pas
éveillée, lui donnant l'ordre de courir chercher
le docteur.

La malade râlait, mais respira un instant plus
facilement. Dès que la garde eut quitté la chambre, retrouvant pendant un instant la parole :

— « Sommes-nous seuls, Roland ? »

— « Oui, mère adorée ! »

— « Il ne faut pas qu'avant tes vingt et un
ans tu saches le nom de ton père... Promets-
moi que jusque-là tu ne le demanderas jamais !...»

— « Je le jure ! »

— « Vite, donne-moi du papier, un crayon,
une enveloppe ! Il faut que cet écrit lui prouve,
si jamais tu le rencontres, que tu es bien son
fils ! »

Toute sa raison lui revenait à ce moment
suprême. Roland obéit. La malheureuse traça
fiévreusement quelques lignes sur le papier, le
poussa dans l'enveloppe et la colla de ses lèvres
qui s'entrechoquaient.

— « Tu remettras ceci à ton père, toi-même,
de la main à la main, si tu le retrouves ! »

Roland le lui promit encore, essaya de l'apaiser, la maintenant sur son séant pour qu'elle pût un peu respirer. Le pauvre petit était aveuglé par ses larmes. Ce fut à la mourante, à son tour, de le consoler.

— « Ne pleure pas! — soupirait-elle d'une voix rauque et saccadée. Elle pouvait à peine parler. — A cette heure suprême, je pardonne même à l'être que nous appelons le Tout-Puissant, et dont l'œil éternel a pu se fixer sur mes angoisses sans s'apitoyer un instant! J'essaie de croire que ce qu'il fait est bien fait, afin que tu puisses regarder ta mère s'éteindre sur une pensée d'amour et non pas de révolte. Pauvre petit! je vais tant te manquer... Mais « à brebis tondue Dieu mesure le vent, » et puis, s'il y a un Ciel, vois-tu, où je sois recueillie après la tempête que voici, je te verrai de là-haut, je serai avec toi!... » — Elle avait parlé par saccades et très lentement.

La chambre mortuaire était pleine, à présent. Le docteur X., l'interne, les gardes étaient accourus. On cherchait à la soulager.

Soudain, une grande silhouette parut à la porte. C'était M. de Melcy. Elle poussa un faible cri de joie et, mettant dans sa large main les petits doigts tremblants de l'enfant, elle dit encore:

— « Le protéger... le protéger toujours... »
Ce furent ses dernières paroles intelligibles.

Le prêtre, appelé en grande hâte, commençait
à réciter les prières des mourants. Elle seule
semblait résignée, au milieu de tous. Elle impo-
sait à son pauvre corps ce dernier effort de
volonté, voulant éviter à l'enfant foudroyé de
douleur devant elle l'agonie des luttes suprêmes,
et lui laisser un brillant exemple.

C'est ainsi qu'elle recevait le Roi des Épou-
vantements : la Mort !

Une sueur froide perlait sur ses tempes. Elle
essaya à plusieurs reprises de joindre ses mains,
comme pour prier. Son regard voilé cherchait
l'enfant. Elle leva un moment les yeux au ciel,
puis les baissa vers lui une dernière fois et ses
bras le cherchèrent. Il s'avança sans trembler,
viril et fort, quoique si jeune encore, et se laissa
étreindre dans cette caresse de la Mort, posant
ses lèvres vivantes sur celles qui se glaçaient déjà.

Soudain, les bras ne le serrèrent plus... ils
battaient l'air.

Roland s'était redressé. Un long soupir se fit
entendre. C'était le dernier : — « Waldemar... »
L'enfant avait saisi distinctement ce nom à travers
ce dernier râle. Jamais la résonnance n'en quitta
son oreille.

Quand, les yeux agrandis par la terreur, il la

5.

regarda de nouveau, elle ne respirait plus
L'Ange était envolé.

Le docteur de Melcy s'avança. Il abaissa les
paupières sur ces deux grands beaux yeux noirs.
La sœur prit un crucifix et joignit les mains de
la morte sur cet emblême sacré.

Alors, Roland, perdu dans son désespoir, se
sentit entraîné. M. de Melcy l'emmenait hors de
la chambre.

— « Dieu châtie ceux qu'il aime! » disait le
prêtre, jetant une poignée d'eau bénite sur le
corps.

FIN DE LA PREMIÈRE PARTIE

DEUXIEME PARTIE

XIV

Aussitot après la mort de la marquise, le docteur installa Roland chez lui comme s'il eût été son propre fils, l'entourant de soins et d'affection.

Mais l'enfant, quoique plein de reconnaissance et de respect, se tenait à l'écart, et son caractère devenait plus sombre et plus concentré de jour en jour. Le changement que le contact de sa mère avait produit en lui pendant les semaines d'expansion et d'amour passées à son chevet, n'était qu'une trêve. Son cœur se referma de nouveau, comme une fleur épanouie par le soleil et que la nuit replie sur elle-même après quelques heures radieuses.

En vain l'excellent homme cherchait-il à gagner sa confiance. Quand il lui avait ouvert ses bras, au moment où sa mère venait d'expirer, pour qu'il s'y pût blottir et pleurer, Roland, feignant de ne pas s'en apercevoir, s'était enfui dans une pièce voisine et en avait fermé précipitamment la porte derrière lui. Le docteur l'entendit tirer le verrou et un corps tomba lourdement sur le plancher.

Il voulait pleurer seul.

Cette défiance, triste résultat des mauvais traitements subis jusque-là, ne devait-elle donc jamais se dissiper? Il sentait bien toute la bonté et le dévouement du docteur, Mais, *quien sabe?*

Et ses premières impressions lui revenaient en soupçons, en terreurs, toujours en éveil. Le docteur, lui aussi, pouvait devenir un malveillant, un haineux. Ingrat par la force des choses, le petit Roland se renfermait en lui-même. Pour croire au bonheur et à la tendresse, il faut y avoir été accoutumé.

Le docteur voulut qu'il reçût une brillante éducation. Il lui fit suivre comme externe un des meilleurs lycées de Paris. Soir et matin, avant l'heure des classes, il entrait dans sa chambre, l'embrassait et s'informait des moindres détails. Roland répondait respectueusement, mais sans chaleur.

Fort intelligent, il avait de grands succès et travaillait assidument. Il aimait le travail, peut-être parce qu'il y voyait l'élément de la puissance future, peut-être parce qu'une vraie soif de « savoir », que des connaissances superficielles ne pouvaient satisfaire, le dévorait.

Il grandissait et devenait plus beau à vue d'œil. Quatre ans après la mort de sa mère, il avait presque six pieds. Mince comme une gaule et quoique la croissance eût sapé ses forces, au lieu de se tenir penché ainsi que les adolescents qui ont grandi trop vite, il avait un vrai port de roi.

Le docteur le regardait fièrement aller et venir.

— « Est-il assez beau, le petit ! » pensait-il. Et une larme vite essuyée brillait dans le coin de son œil.

Un père n'aurait pas eu plus de sollicitude et de plus touchantes préoccupations. Roland allait passer son baccalauréat. Sachant quels dangers s'offrent aux jeunes gens aux premières libertés,

il choisit un professeur d'élite pour sortir avec lui
et diriger ses études. Ce professeur intéressait
son élève sans le fatiguer, abordant sans cesse
dans leurs entretiens de nouveaux sujets, formant
ainsi son cœur et son esprit.

Le temps s'écoulait, et Roland ignorait toujours le nom de celui qui avait si lâchement abandonné sa mère, et dont il était le fils.

Presque inconsciemment, poussé par une soif
impérieuse de savoir, et malgré la promesse faite
à sa pauvre mère mourante, il questionna une
fois le docteur. Celui-ci lui ferma la bouche en
lui disant simplement :

— « Le jour où vous aurez vingt et un ans,
je vous dirai tout, mon enfant. D'ici-là, ne me
demandez rien. Vous le savez, c'est la volonté
de votre mère. »

Quoique dévoré par une curiosité poignante,
Roland se tut.

Parfois, il lui prenait des envies folles de sonder son professeur, M. Durand. Peut-être, ce
secret, le connaissait-il, et l'obtiendrait-il de lui ?
Mais une loyauté innée le retenait, et au moment
de parler il s'indignait d'avoir même pu y songer un instant. Sa mère et son bienfaiteur devaient avoir leurs raisons pour lui cacher la vérité
jusqu'à sa majorité.

XV

EPENDANT, les neuf années qui separaient la mort de la marquise de sa majorité s'écoulaient rapidement.

Il n'y avait rien de changé dans les relations de Roland avec le docteur. Celui-ci restait toujours le plus tendre des pères, et Roland se montrait un fils respectueux, mais froid et réservé.

Était-il heureux ? Les fatales impressions de son enfance s'étaient-elles dissipées ? Non ! mille fois non !

Même le changement de vie complet de son année de volontariat — fait à dix-neuf ans, dans un régiment de cavalerie en garnison dans le Midi, — n'avait apporté aucune diversion aux pensées cruelles qui le poursuivaient sans relâche.

Plus il allait, au contraire, et plus une colère sourde, mal définie, prenait corps en lui contre

ce père inconnu. Les mots que la pauvre folle
lui avait murmurés à l'oreille le premier jour,
dans le jardin de l'établissement du docteur X.
le hantaient.

Les coups, les insultes, les mépris humiliants
dont on l'avait abreuvé, lui, le « Bâtard, » tous
ces souvenirs formaient en lui comme une lave
bouillante qui le secouait et cherchait un passage.

Cette rage sourde qui le labourait le suivait
jusque dans ses études. Malgré l'ardeur qu'il y
portait, « *l'autre chose* », cette soif de vengeance,
ce rugissement de colère sans cesse grandissant, le
travaillait comme le cratère d'un volcan érafle et
laboure le sol qui le contient. Cette agitation
ne lui laissait jamais le contentement, la paix de
l'âme. Venger sa mère ! Il ne voyait que ce but
à sa vie.

M. de Melcy appartenait à une des plus anciennes familles du Faubourg Saint-Germain.
Fils cadet d'une famille pauvre, il n'en était pas
moins bien reçu dans l'aristocratie la plus élevée,
et, d'autre part, sa haute situation médicale lui
ouvrait toutes les portes du monde intellectuel et
savant et des riches salons de la finance. Roland,
accueilli partout comme s'il avait été véritablement son fils, profitait peu de ces avantages et ne
sortait guères que pour aller à l'Opéra, où le docteur avait deux stalles de quinzaine.

C'eût été là pour un autre une vie souriante, mais son âme à lui, comme celles des damnés du Dante, était toujours en peine !

Un revirement était proche, pourtant, à son insu. Il allait entrer dans sa vingt et unième année. Il n'avait pas, comme la plupart des jeunes gens de Paris, déjà goûté ces plaisirs malsains et dégradants qui souillent trop souvent la jeunesse dans les grandes villes et la déflorent avant même qu'elle n'ait vu « *luire cet éclair sublime,* » l'amour, qui, par ses nobles vibrations, purifie les plus aveugles sensations.

Son imagination préoccupée n'avait pas suivi cette pente. D'ailleurs, le souvenir de celle dont le charme céleste et à jamais ineffaçable vivait toujours présent en lui, l'eût préservé.

On était en septembre. Roland avait profité de la journée, belle et très chaude encore, pour faire une longue promenade en longeant les quais. En passant devant Notre-Dame, accablé par la lourdeur de l'atmosphère et l'âme plus oppressée, plus troublée et plus « en peine » encore que d'habitude, il entra dans la grande cathédrale déserte. Quelques rares visiteurs, des étrangers surtout, leurs Guides à la main, l'arpentaient paisiblement, levant les yeux pour examiner les vitraux, s'arrêtant aux chapelles, admirant à droite, critiquant à gauche, tombant à faux géné-

ralement, aussi bien à droite qu'à gauche, dans
leur admiration comme dans leurs critiques.

Roland se laissa tomber sur une chaise, perdu
dans la tristesse de son cœur.

Tout à coup, l'étoffe moelleuse d'une robe de
foulard le frôla, et il y eut dans l'air comme un
vague et suave parfum de femme, qu'il devinait
sans la voir. Se retournant vivement, il aperçut
deux dames, agenouillées presque devant lui. Le
profil de la plus jeune, lorsqu'elle se releva, se
détachait lumineusement dans l'ombre de l'église,
et ressemblait d'une manière si étrangement frap-
pante à celui de sa mère, qu'il tressaillit.

La jeune fille s'assit, tandis que sa compagne,
d'un âge beaucoup plus avancé, paraissait encore
plongée dans sa prière. Ses lèvres remuaient toujours, son regard, tantôt tourné vers l'autel avec
une expression suppliante, tantôt retombant sur
son livre, dénotait un recueillement profond.

Roland resta debout à quelques pas, si ému
qu'il lui sembla que tout son sang lui montait au
visage. C'était comme si un choc électrique eût
convulsé son cœur et l'eût laissé vibrant, troublé,
non par cet amour filial, exalté et profond qu'était
son adoration perpétuelle pour sa mère, mais par
une sensation toute nouvelle, qui le subjuguait.

Ses yeux ne se détachaient pas de cette blonde
chevelure, relevée droit sur la nuque et tordue

sous un petit chapeau de paille marron, et quand les deux femmes se levèrent, il fut frappé par l'exquise minceur d'une taille élancée et souple à désespérer « l'artiste en robes » qui eût entrepris de tendre une étoffe sur ce corps ondoyant, qui se dérobait comme un roseau ployé par la brise.

Sans s'en rendre compte, il fit une chose qu'il n'avait jamais eu l'idée de faire jusqu'ici : il suivit ces dames. Marchant à distance, il descendit la nef avec elles.

Un valet de pied, en livrée élégante mais grave et discrète, les attendait à la sortie de l'église. Il s'élança à leur approche.

Au moment où la jeune fille dépassait le portail, qui l'en préservait encore, le soleil tomba en plein sur elle, l'inondant de ses rayons. Sa fraîcheur en défiait l'inquisition indiscrète. On eût dit une main invisible qui les eût groupés pour les projeter tous à la fois sur cette jeune tête, dont ils faisaient saillir les moindres détails.

Roland put bien la voir. Dans ce visage de fleur qui s'entr'ouvre, aussi jeune, aussi duveté que les pétales d'une rose blanche au moment même où elle vient d'échapper à la mystérieuse étreinte qui tout à l'heure en faisait un bouton encore, deux grands yeux noirs rayonnaient d'une lumière si intense qu'ils semblaient éclairer ceux mêmes qui la contemplaient.

En attendant la voiture, elle adressa deux ou trois mots à sa compagne. Elle parlait en français, mais avec un léger accent étranger qui parut délicieux à Roland.

— « Oh! Nani! As-tu assez prié dans cette église catholique, toi si fervente dans ta religion grecque! »

La réponse de la gouvernante intéressait médiocrement Roland, et il n'en écouta pas davantage.

Le valet de pied avait fait avancer la voiture. La jeune fille ramassa les volants *froufrou* de sa robe, et deux tout petits pieds, emprisonnés dans des bas de soie marron et dans de fins souliers mordorés à bouts et à talons pointus, se dégagèrent des mille feuilles d'artichaut formées par les dentelles des jupons, et, légers comme deux oisillons, s'élancèrent du marche-pied dans la voiture.

Une petite main, gantée de marron, abattit la glace du coupé, qui fila au trot de deux grands alezans brûlés. Le rêve s'était envolé.

Quelques tours de roue, et les chevaux s'arrêtèrent brusquement; la jeune fille mit la tête hors de la voiture. Chose inouïe! c'était le docteur, dont le coupé avait croisé le sien et qui avait fait signe au cocher d'arrêter. Roland le vit descendre hâtivement et s'appuyer quelques instants à la portière en parlant à la belle inconnue, dont on voyait la jolie tête de profil, face à face avec lui. La conversation se prolongea un peu, puis le docteur de Melcy, remettant son chapeau, prit congé, et ils repartirent, chacun de leur côté.

Quoiqu'il n'en voulût pas convenir, même vis-à-vis de lui-même, Roland ne cessait de penser à la ravissante étrangère. Il n'avait qu'un mot à dire pour savoir qui elle était, et ce mot lui brûlait les lèvres, mais son malheureux caractère était si douloureusement timide et réservé qu'il gardait le silence.

Enfin, tout ému, le soir, à table, il hasarda en tremblant :

— « Je vous ai vu tantôt, monsieur, devant Notre-Dame. Vous êtes descendu de voiture...»

— « Ah ! vous étiez là, cher enfant ? »

— « Oui, monsieur, et j'allais vous rejoindre, quand je me suis aperçu que vous étiez en grave conversation, probablement avec une de vos clientes, et j'ai craint de vous déranger...»

— « C'est vrai ! C'était la petite comtesse de Vorsalska et sa gouvernante... Une adorable jeune fille ! Elle est ici avec la baronne de Rosenthal, sa tante. Le climat de la Pologne lui est mauvais cet hiver; elle a la poitrine un peu délicate. Ces dames sont si ravies de Paris qu'elles

vont y passer quelques mois, à moins que le Midi
ne devienne nécessaire à Mlle de Vorsalska.

Roland mourait d'envie d'en apprendre davantage, cependant il eut peur d'éveiller l'attention
du docteur et de lui laisser voir son trouble.

Mais le hasard, cette bonne fée qui se mêle à
notre vie et si souvent vient à notre secours, servit le craintif Roland. A quelques jours de là,
un soir, à l'Opéra, comme l'ouverture faisait
entendre ses derniers accords et que les loges se
garnissaient peu à peu, il vit, en se retournant
instinctivement, plusieurs femmes qui entraient
dans une avant-scène de première.

L'une d'elles, longue et flexible, vêtue de flots
de tulle blanc, des marguerites dans les cheveux,
d'autres, en longue gerbe, posées en biais sur le
sein gauche, et un collier de perles blanches em-
prisonnant son cou délicat, fit bondir son cœur.
C'était *elle* !...

Elle resta d'abord debout au milieu de la loge,
tout en se débarrassant du nuage de gaze qui
enveloppait sa tête et ses épaules ; ses bras levés
laissaient voir une taille élégante. La pression
du doux et seyant voile avait ébouriflé sa vapo-
reuse chevelure. D'une petite main finement
gantée de blanc, au poignet pris dans un serpent
de brillants, elle y chercha les marguerites égarées et ramena les blondes mèches soyeuses en

avant. Puis elle vint s'asseoir sur le devant de la
loge auprès d'une autre jeune fille, brune et sans
beauté, mais dont le voisinage ne lui était pas
nécessaire pour qu'elle parût idéalement jolie.

Roland se sentit rougir et fut pris d'un tremblement nerveux. Il n'osait même pas se retourner, il lui semblait que leurs regards allaient se
croiser et qu'il ne pourrait plus maîtriser son émotion. Ce soir-là, il n'aurait pu dire quelle musique
on exécutait.

Au second acte, M. de Melcy le rejoignit.

— « Je peux me donner une ou deux heures
de repos, et j'en profite, » dit-il, en prenant place
auprès de Roland.

C'était un opéra à succès. Le quatuor sur lequel le rideau se baissait souleva de grands applau-
dissements. Une fois le tumulte apaisé et la salle
un peu désemplie, le docteur se mit à lorgner
autour de lui.

— « Tiens ! la marquise de Péthisy ! — fit-il.
— Ah ! madame Vassarini, la belle des belles,
plus « chic » que jamais, moulée à nu dans sa
tunique de satin saumon. Tiens ! et les Romi-
guière... Ne les voyez-vous pas, dans la petite
baignoire à droite ? »

Un petit salut de la main à l'adresse du docteur partit de l'avant-scène dont la contemplation absorbait Roland.

— « Mlle de Vorsalska ! — s'écria-t-il en saisis-
sant son chapeau. — Roland, je vais faire un
tour de visites, venez-vous avec moi ? »

Et Roland, qui d'ordinaire préférait rester à sa
place ou aller fumer une cigarette au balcon du
foyer, le suivit avec empressement.

Il dut subir d'abord plusieurs corvées de politesse avant d'atteindre au Paradis de ses rêves.
A la fin, cependant, ils se trouvèrent devant l'a-
vant-scène.

Un frais éclat de rire s'entendait à travers la
porte. Le docteur frappa deux petits coups.

« Entrez ! » firent plusieurs voix de femmes à
la fois, et Roland franchit le seuil après lui.

La loge était bondée de visiteurs. Dans le
petit salon qui la précédait, assises sur le canapé,
deux jeunes filles causaient avec un des beaux du
jour. C'étaient Mlles de Vorsalska et de Rosenthal.

— « C'est comme je vous le dis ! La petite
de Rosemberg s'est sauvée avec son grand-père
par alliance, M. de Dicon, et le jeune couple
prolonge sa lune de miel sans qu'on ait pu le
découvrir !... »

Il prononçait cette phrase du bout des lèvres,
de ce ton bête à la mode, tandis que les nouveaux
venus faisaient leur entrée dans la demi obscurité
du salon.

Roland, s'entortillant dans les traines, trébu-

cha contre le petit pied, chaussé d'un soulier de
satin rouge brodé de perles, de Mlle de Vorsalska.

Elle poussa un cri de douleur. Les perles
étaient entrées dans la chair. Roland, très hon-
teux de sa maladresse et ému du cri de la jeune
fille, devint rouge jusqu'à la racine des cheveux
et perdit contenance.

— « Voilà une entrée en scène ! » dit en souriant le docteur.

Et, après s'être inquiété de l'accident : —
« Mademoiselle, permettez-moi de vous présenter
mon fils adoptif, le baron Roland de Melcy. »

La jeune fille inclina légèrement la tête, et
Roland s'excusa de sa maladresse.

— « Je vous pardonne de grand cœur, monsieur ! — dit en riant Mlle de Vorsalska. — Pourquoi ai-je des souliers de la couleur des tapis et
une robe aussi envahissante ! N'est-ce pas, Martha ? nous avons des traines trop longues. »

Elle se retourna, riant et babillant toujours :
— « Mademoiselle de Rosenthal, Monsieur le
baron de Melcy, » ajouta-t-elle en les présentant
l'un à l'autre.

Après quoi, Roland pénétra dans la loge pour
être présenté à une dame d'un certain âge,
effroyablement maigre, vêtue d'un fourreau de
satin dans lequel ses os, toujours en branle, mus
par une excitation incessante, semblaient clapoter

6

comme des castagnettes. Les salières du cou,
protubérantes sous l'avalanche de perles dont le
but devait être de les dissimuler, craquaient en
s'entrechoquant contre les rangs du riche collier
qui les garnissait. L'ensemble de ces ossements et
de ce mouvement perpétuel, était la baronne
de Rosenthal.

Assise auprès d'elle, en sobre uniforme de faille
noire, Roland reconnut la gouvernante russe de
Notre-Dame.

La nerveuse douairière parlait sans cesse, cri-
blant son débit de points d'exclamation.

— « Ah ! que vous avez là un beau garçon,
docteur ! » dit-elle, en examinant Roland.

Le « *beau garçon* » de six pieds rougit, tout
comme s'il eût été une timide jeune fille à sa première sortie du couvent.

— « Et cette musique, madame, qu'en dites-
vous ? » demanda M. de Melcy, prenant derrière
le fauteuil de la baronne une place vacante.

— « Vous savez que je ne suis pas juge en ces
matières, docteur. Mais on a beaucoup applaudi,
ce doit être beau. Ah ! Duprez dans ce rôle-là,
quand j'étais jeune ! ! ! ...

— « Oh ! ma tante, cette musique est bien
banale, — interrompit Mlle de Vorsalska, qui
s'était rapprochée. — Je l'ai souvent entendue
au théâtre de Varsovie. »

— « Petite toquée des vieux maîtres ! » cria la baronne à sa ravissante nièce, qui semblait plus fraîche, plus féerique que jamais, près de cette vieille coquette flétrie.

— « N'est-ce pas, monsieur ? — dit la jeune fille, debout devant Roland, — vous préférez Mozart, Beethoven, Weber, Gluck et Hændel ? »

— Oh ! quel pot-pourri de noms, comtesse Marguerite ! » exclama la duègne en l'interrompant.

— « Ma chère Kleist, je sais que vous faites votre possible pour me former au calme et à la modération, mais c'est un *« Erbfehler* ! » (défaut héréditaire.)

Elle prononça ce mot en allemand, n'en trouvant pas en français pour rendre exactement ce qu'il y avait en elle de multiple et d'inattendu.

— « C'est un *« Erbfehler* » que cette habitude de penser à tant de choses et à tant de personnes à la fois ! Venez ici dans le fond, monsieur, avec Martha et moi, c'est le coin des jeunes. » Et elle entraîna Roland.

La langue maternelle de Marguerite parut à Roland devoir être l'allemand, quoiqu'elle fût Polonaise. C'était toujours dans cette langue qu'elle conversait avec Mlle de Rosenthal. Mais cette dernière étant allemande, la chose s'expliquait tout naturellement.

Roland passa un quart d'heure délicieux dans
ce réduit, faiblement éclairé d'une seule lampe à
la lueur amortie, entre les deux jeunes filles et
le personnage qui leur racontait des « farces à
l'heure, » comme disait Marguerite de Vorsalska.

Cette enfant — elle avait à peine seize ou dix-
sept ans — d'un caractère si opposé au sien, le
ravissait. Dans ce bavardage, rieur et mutin, il y
avait une telle poésie et une si grande élévation
d'idées que quoique son extrême jeunesse dût la
pousser à se joindre au persiflage de mauvais
ton de son interlocuteur, — persiflage que les
jeunes filles et surtout les étrangères se figurent
être le comble de l'élégance parisienne, — elle restait d'une convenance charmante. Roland voyait
que cet esprit pétillant cachait une âme riche en
beaux élans.

Mais elle se dépensait trop. Il souffrait de la
voir se livrer ainsi à la conversation, car non seulement elle avait par moments une petite toux
sèche qui la prenait après les éclats de rire, mais
il entendait M. de Melcy demander à la baronne
si le nouveau traitement auquel on l'avait soumise
semblait opérer un changement dans sa santé.

— « La petite est mieux, certainement. Mais
elle est comme moi, trop nerveuse, trop active.
Tenez, docteur, ce matin, j'ai dû me fâcher.
N'a-t-elle pas imaginé de faire, par ce grand

soleil de midi si dangereux, une promenade à cheval de deux heures pour tenir compagnie à Martha ! En rentrant, elle avait si chaud et elle était
si exténuée qu'elle a eu un nouveau crachement
de sang. »

Roland écoutait la baronne, tout en ayant les
yeux fixés sur Marguerite. Il se sentit envahir
par cette même douleur lancinante qu'il avait
éprouvée si souvent lorsqu'il essayait en vain d'empêcher sa pauvre mère de commettre une imprudence.

— « Mademoiselle, ne riez pas tant, je vous
en prie ! » s'écria-t-il tout à coup.

A peine eut-il parlé ainsi qu'il fut effrayé de
sa hardiesse, et un fou rire échappant à Martha
et au jeune farceur salua ces mots, qu'il avait
un peu trop solennellement prononcés.

— « En voilà, une espèce de croque-mort ! »
glissa le mauvais plaisant dans l'oreille de Mlle de
Rosenthal.

— « Et pourquoi ne dois-je pas rire ? » demanda Marguerite.

— « Parce que cela vous fait tousser. Et
quand on a craché le sang le matin... »

— « Qui vous a dit que j'avais craché le sang
ce matin ? »

— « Madame votre tante vient de le dire à
M. de Melcy. »

6.

— « Comment, monsieur! vous écoutez aux
portes ? » dit Martha, le regard moqueur de son
compagnon braqué comme le sien sur Roland.

— « Je vous demande pardon, mademoiselle,
il n'y a pas de porte entre madame votre mère et
nous. »

— « Mais il y a le rideau... »

Il jugea inutile de répondre.

Quelques instants après, le docteur s'étant
levé, l'entr'acte touchant à sa fin, Roland le
suivit. Comme la porte se refermait sur eux,
de nouveaux éclats de rire retentirent; mais
Roland, dont l'ouïe était fine, ne distingua pas
la voix de Marguerite dans ce bruit moqueur,
pour lui discordant et désagréable.

XVI

E lendemain de cette soirée d'Opéra, Marguerite de Vorsalska était étendue, vêtue d'un adorable fouillis de soie et de dentelles blanches, sur un fauteuil de satin rouge capitonné, auprès d'un grand feu de bois.

Qu'il nous soit permis, avant de continuer ce récit, de donner quelques détails sur la famille et l'origine de la jeune fille.

Sa mère, une belle et ambitieuse comtesse des provinces de la Baltique, avait échangé sa jeunesse et sa beauté contre les millions et les vastes possessions d'un comte Polonais de soixante-quinze ans, presque décrépit, marquis de Carabas de ce petit pays vassal de la Russie. Le vieillard s'était pris de folle passion pour la blonde Moscovite au corps de Junon, dont la gorge opulente et blanche étincelait comme les neiges de ses landes, lorsque le décolletage du soir lui permettait d'en dévoiler les charmes.

La jeune comtesse Marie Féodorowna avait

bien hésité cependant avant de devenir comtesse
de Vorsalska. Elle aimait éperdûment un de ses
cousins, le fils d'une tante maternelle qui avait
épousé un comte Prussien. Mais il ne restait à
ce bel homme, qui avait été un Lovelace des
plus consommés, que les restes d'une fortune très
ébréchée jusqu'au jour où le titre et les terres
d'un oncle richissime lui reviendraient par héritage. Et les oncles à héritage sont généralement
éternels. Marie Féodorowna appartenait à une
famille pauvre et nombreuse. Assoiffée de luxe et
de richesse, elle en avait assez des privations de
la pauvreté. Elle se maria donc avec la grande
fortune que ce vieillard lui offrait, et... se donna
à son jeune cousin.

Dix mois après le mariage, il naquit une fille,
cette Marguerite qui nous occupe aujourd'hui.
Etonné et plus fier qu'un roi, le septuagénaire ne
soupçonna même pas que le vrai père de la petite
pouvait bien être ce bel officier, cousin germain
de sa femme.

Deux mois après, usé par les infirmités et la
maladie, déjà presque un cadavre lorsque sa jeune
fiancée l'avait suivi devant l'autel, il mourut tout
doucement comme une chandelle qui s'éteint,
laissant à sa femme et à sa fille son immense
fortune. Marie Féodorowna, plus passionnément
éprise que jamais du cousin dont les nombreuses

infidélités, les aventures galantes, ne faisaient qu'a-
viver son amour, détermina de s'attacher à tout
jamais le volage. Deux ans presque jour pour
jour après son premier mariage, et un an après
la mort de son vieil époux, elle l'épousa.

Chose étrange! Ce Don Juan fit mine de
devenir un mari modèle. Il paraissait adorer sa
femme, et surtout être pénétré d'une profonde
tendresse pour la fille de celle-ci, une délicieuse
petite créature intelligente et douce, qui charmait
tous ceux qui l'approchaient. Il la gâtait beaucoup, la voulant toujours la plus parée, la mieux
mise parmi les enfants et les jeunes filles. Il forçait Marie Féodorowna, quand elle faisait venir
des toilettes de Paris, d'en faire venir aussi pour
Marguerite, et l'enfant élevée dans le fin fond de
la Pologne était aussi élégante que si elle eût été
une petite Parisienne pur sang.

Tout réussit à Marie Féodorowna. L'oncle de
son nouveau mari mourut peu d'années après leur
mariage, et elle devint princesse de Gravenitz,
son mari héritant à la fois du nom et de la fortune de son oncle. La famille de Gravenitz était
très féconde en princes, mais Marie Féodorowna
n'en fut pas moins princesse, titre qu'elle ambitionnait depuis longtemps.

C'était à Ragowitz, dans une de leurs superbes
terres en Pologne, que presque toute la vie de

la petite Marguerite s'était écoulée. Très frêle,
supportant mal les déplacements et le manque de
confort en voyage, elle restait à Ragowitz avec
sa gouvernante russe, Mlle Nani Kleist, qui avait
élevé sa mère, pendant que ses parents allaient à
Berlin chaque hiver, son beau-père, maintenant
grand propriétaire en Silésie, étant obligé de sié-
ger à la Chambre des Seigneurs (Herrenhaus).
Marguerite n'était même jamais allée ni à Berlin,
ni en Silésie, où ses parents, malgré leur grande
fortune, n'avaient pas d'habitation propre et de-
meuraient chez un cousin du Prince, du même
nom que lui et portant le même titre. Elle n'eût
probablement pas vu Paris encore, si, pour soigner une bronchite venue à la suite d'un chaud
et froid, les médecins ne lui avaient défendu
de passer l'hiver dans le froid climat de la Pologne.

Le mari de sa mère, que Marguerite considérait comme son père (et de fait il l'était), pouvant difficilement quitter Berlin à ce moment de
l'année, la fit conduire en France par une de ses
cousines à lui, cette baronne de Rosenthal, parente commode, adorant les voyages et toujours
prête à tout, pourvu qu'elle ne fût pas tenue à
rester chez elle, cervelle détraquée, toujours em-
brouillée d'idées qui jetaient le trouble dans la vie
très réglée d'un mari méthodique. Aussi, ce brave

homme bénissait toutes les circonstances qui lui enlevaient momentanément sa remuante moitié.

Quant à la princesse de Gravenitz, ayant perdu successivement les trois fils nés depuis son mariage avec le mari aimé, elle en avait presque voulu à la petite Marguerite de leur survivre, souffreteuse comme elle l'était, tandis que ces robustes gars s'en allaient l'un après l'autre, dans les convulsions de la dentition. Égoïste et sensuelle créature, elle ne songea même pas un instant à quitter l'homme dont elle restait l'amante acharnée quand elle n'avait pas d'autres engouements sur la planche, pour accompagner sa fille souffrante. Étant elle-même très coquette, très infidèle, la jalousie la torturait, et elle ne pouvait être tranquille qu'en exerçant sur son mari une surveillance de tous les instants.

Elle en voulait encore à sa fille pour une autre raison que celle d'être vivante lorsqu'elle n'avait pu conserver aucun de ses fils : Marguerite ne ressemblait ni à elle, ni au prince ; elle avait un type tout à fait différent de ceux de sa famille.

— « Il aura pensé à une femme aimée et non à moi, quand il me la donna ! » — C'était là la préoccupation constante que sa folle jalousie lui suggéra, surtout quand elle vit la tendresse de son mari pour l'enfant devenir de jour en jour plus idolâtre. Cette préoccupation ne la quitta plus.

Le premier plan formé pour la santé de la
jeune fille était un séjour hivernal à Nice ou à
Cannes. Mais le changement de climat lui ayant
déjà fait beaucoup de bien, et Paris enchantant
les trois voyageuses et donnant à l'excitabilité de
la baronne d'incessantes occasions de se dépenser, on s'installa pour l'hiver à l'hôtel. Le midi de
la France était si près, que, s'il devenait nécessaire à Marguerite, on serait vite à la gare de Lyon
et débarqué vingt-deux heures après à Nice.

Puis, l'air de Paris était bien moins rude que
celui de la Pologne, et les excellents professeurs
y abondaient. Marguerite, arrivée en septembre,
aurait tout le temps de prendre des leçons profi-
tables tout en se soignant, si elle y restait jusqu'au
printemps. Ce projet ravissait surtout la baronne
de Rosenthal et Martha, de beaucoup l'aînée de
sa cousine. Cette jeune fille, déjà un peu mûre,
avait pratiqué Berlin pendant six à huit saisons
et y avait épuisé le ban et l'arrière-ban des danseurs, sans y découvrir le mari rêvé. Elle était
éveillée, hardie comme une cantinière de la vieille
garde, et savait sur le bout du doigt tous les
bons mots débités par les lieutenants, un « sui
generis » très important dans la société de Berlin,
car c'est dans cette catégorie que se recrutent les
seuls danseurs de bonne volonté et les plus vo-
races engloutisseurs de champagne aux soupers.

Mais retournons à Marguerite, que nous avons laissée assise, les mains vides, inoccupée et rêvassant près du feu.

Marguerite de Vorsalska était de taille moyenne, quoiqu'elle parût très grande, tant ce fin corps élancé, où l'on sentait la race, se dressait fièrement. Elle n'était pas de ces beautés éclatantes comme la mère de Roland, et n'éblouissait pas le regard, mais elle le charmait, pour ne pas dire *l'empoignait* toujours. Mince jusqu'à l'exagération, de cette minceur fragile de l'adolescence qu'on craint presque de voir se briser au moindre choc, elle avait toujours été délicate. D'une impressionnabilité maladive, chaque évènement faisait vibrer les fibres de son organisation nerveuse, affinée comme les cordes du plus merveilleux stradivarius, et les moindres souffrances comme les joies les plus élevées trouvaient en elle des forces vives. Ses cheveux du blond pâle de l'or indien, — cet or sans alliage, — ses grands yeux noirs comme la nuit, donnaient une étrangeté divine à cette petite face mignonne, et son nez droit, aux fines narines, sa bouche souriante, achevaient l'ensemble gracieux que ne gâtait en rien un teint de la blancheur du lys. Quoique noirs, ses grands yeux candides, et toujours perdus dans le rêve, rappelaient ceux qu'on prête à la vraie Marguerite de Gœthe.

7

Et, de fait, cette petite Marguerite était une
sensitive... Non que ce fût l'ignorance qui remplissait de superstitieuses pensées cette tête mignonne, mais les langoureuses vibrations de son
âme y faisaient naître de douces et étranges
fictions auxquelles elle croyait comme à sa
religion et aux saintes Icones, images dont la
religion russe qu'elle tenait de sa mère est
hérissée.

Qu'y avait-il dans cette jeune âme, pleine de
poésie et de roman, le lendemain du soir où elle
rencontra Roland pour la première fois. Le savait-
elle bien elle-même?... Mais elle avait le sentiment que *quelque chose* lui était arrivé !

Ce grand beau garçon brun et pâle, aux
allures altières et réservées, qui tranchait par ses
manières avec les jeunes gens bruyants et de
mauvais ton du moment, lui apparaissait comme
Roméo ou Hamlet, — ce mélancolique prince
du Danemarck si poétiquement tracé par Sha-
kespeare.

Jamais aucun être vivant n'avait incarné jusque-
là les héros de ses rêves, car, il faut en convenir,
les hommes en général, surtout de nos jours,
fumant, buvant, parlant haut, se tenant mal
presque tous, taillés dans le même moule, sont
banals comme les bornes sur les grandes routes.
Il faut une bien grande dose d'imagination à la

femme qui s'en amourache, pour qu'elle se puisse croire attirée vers lui, et non entraînée par les inévitables lois de la nature.

Oui, Marguerite était absorbée dans sa rêverie, et elle, d'ordinaire si vive, si remuante, si appelée par ce grand Paris, nouveau pour elle, et dans lequel elle aimait tant à aller pour voir, revoir, courir, jouir de tout et en jouir encore, elle, venue du fin fond de son grand château *sauvage* de la Pologne perdu dans ses vastes landes, elle trouvait plus de charme, ce matin-là, à la solitude du coin du feu, qu'à cette vie du dehors à laquelle elle mettait généralement tant d'entrain.

Pourquoi s'en serait-elle défendue? Elle avait ressenti une étrange commotion, la veille, lorsqu'après l'avoir priée, de sa riche voix timbrée, de ne pas rire, Roland, presque involontairement, avait pressé sa petite main en prenant congé d'elle.

— « Es-tu assez distraite, ce matin ! — dit Martha de Rosenthal à sa cousine, comme elles déjeunaient seules entre la baronne et la fidèle gouvernante. — Tu ne te figures pas la bonne promenade que j'ai faite à cheval, pendant que maman courait les magasins ! Il y avait *tout Paris* au bois ! D'abord, Mme Stephenson, avec son éternel mari, dans leur dog-cart; l'impassible comtesse Sotocka, descendue d'une élégante victoria,

et qui promenait son petit chien noir ; la belle
Mme Sultan, dont le nom vient de ce qu'elle est
si classiquement laide et sans expression, mais
peinte, par exemple, comme une affiche ! avec
son chapeau trop petit sur sa tête trop grande.
Mon Dieu Seigneur ! pourquoi les femmes à large
masque l'agrandissent-elles encore en le passant
au blanc, et ont-elles la rage de chapeaux qui
tiendraient dans le creux de la main et qui sont
juste épais comme un ruban ! Et si tu avais vu
Jourdain, — (le conversationiste du petit salon de
l'Opéra),—sur son cob gris ! Quel type ! il singe
tout ce qui est anglais. Ses *sporting gloves* sang
de bœuf, et ses grosses chaussures plates à
clous !... Non ! il était d'un *pschutt !*... un vrai
« *masher* », comme on dit ici ! »

— « Martha ! Martha ! à quel langage tu t'ha-
bitues ! Comme on va te trouver changée à ton
retour ! » interrompit sa mère.

— « *Tant mieux* pour moi, *tant pis* pour Berlin ! Et si tu crois que je vais continuer à me fago-
ter là-bas comme les autres ! — dit-elle en se
retournant vers la baronne, plongée dans l'étude
d'un journal de modes qu'elle feuilletait tout en
mangeant, y cherchant de nouvelles combinai-
sons pour la décoration de ses os. — Tiens !
C'est pour se donner le vernis parisien qu'on fait
le voyage de Paris, n'est-ce pas, maman ? »

— « Ma fille, au fond, tu as raison : si l'on vient à Paris c'est pour y acheter des robes et y prendre du chic. Oh ! le chic ! Ces couturiers, qui vous ouvrent des horizons nouveaux pour le rehaussement de la beauté féminine, qui méditent leurs costumes, s'absorbent dans leurs créations, au lieu de nous flanquer n'importe quelle horreur sur le dos comme nos fagoteurs allemands, indignes de ces fonctions sacrées, et dont les œuvres ne sortent que de leurs mains maladroites et pas plus de leur cerveau que moi du ventre de la baleine. »

C'était, au contraire, absolument du ventre d'une baleine qu'on aurait pu croire sorti cet amoncellement d'os qui formait la pauvre baronne !

— « Si vous les aviez vues, mes enfants, les robes que Worth a composées pour la marquise Santiago de Rio de Janeiro et qu'il exposait aujourd'hui ! »

— « Cette *cocotte* qui distribue des ivresses à taux coté qui font prime ! » interrompit Martha, que l'innocente Marguerite regardait avec des yeux étonnés sans rien comprendre.

— « Mon Dieu ! mon Dieu ! quel ton tu as, quel langage ! » dit sa mère, ne pouvant pas s'empêcher de sourire.

Après cette double invocation à son Créateur, lancée avec des cris stridents d'exclamation, la

baronne se replongea dans la lecture édifiante de
son journal de modes. Tout à coup, son esprit
prit feu à un trait nouveau de génie, car, levant la
tête : « Lisez ceci ! ah ! lisez cet article ! »

— « Que Paris est grand et intelligent !
Comme l'esprit s'y développe et s'y forme ! Et
le moral donc ! » fit en écho l'incorrigible Martha.

Toute la substance intellectuelle de ce vieux
vif argent de baronne Rosenthal était une crème
fouettée des idées les plus détraquées ; son unique
labeur, un effort perpétuel pour satisfaire ce qui
seul était immortel en elle : la vanité d'embellir
sa personne clapotante, qui suait le faux par
tous les pores, depuis son corsage rembourré
jusqu'à son cerveau faussé et dérouté, écrasé sous
l'immense poids d'un chignon acheté.

On comprendra facilement que le naturel élevé
et poétique de Marguerite, qu'une délicieuse
préoccupation distraisait en ce moment des plaisirs de Paris, ne pouvait sympathiser avec la
futilité creuse de la cervelle de perroquet de sa
tante, ni avec l'esprit vif, mais très terre-à-terre
de sa cousine.

— « Je ne sortirai pas tantôt, — dit Marguerite langoureusement. — J'ai un peu mal
à la tête, et le bruit du Bois ou des rues me fati-
guerait. Au fait, ma tante, le docteur vient-il
aujourd'hui ? »

— « Non, ma chère. Tu sais bien qu'il vient le mercredi et le samedi — puisque ton père exige que ta santé soit surveillée ainsi par un grand médecin, — et c'est aujourd'hui mardi. »

Le lendemain, le docteur de Melcy fut surpris de se voir accueilli par sa petite malade avec un empressement dont il ne se rappelait pas avoir encore été l'objet.

La femme est, d'instinct, fine et subtile. Si jeune et si innocente qu'elle soit, elle en arrive à ses fins tout naturellement, sans une méprise ou une imprudence, là où l'homme tâtonnerait lourdement sans jamais atteindre son but.

Comment Marguerite, qui ne parlait d'ordinaire au docteur que par monosyllabes et seulement de ce qui concernait sa santé, trouva-t-elle moyen, avant même la fin de la conversation, d'organiser une rencontre avec Roland? Mais, quand il la quitta :

— « Ainsi, c'est entendu, docteur? Vous nous permettez, à Mlle Kleist et à moi, de venir visiter vos fameux bibelots? »

M. de Melcy tenait de l'héritage d'une de ses tantes une collection d'objets provenant de la Reine Marie-Antoinette.

— « Certainement, mademoiselle! J'espère même, puisque vous dites que votre plus grand désir serait de boire du lait dans une tasse ayant appartenu à la malheureuse Reine, que vous voudrez bien accepter une collation chez un vieux garçon. Mon fils adoptif et son professeur me remplaceront auprès de vous, si l'on m'appelait au dehors comme cela m'arrive presque incessamment. »

Marguerite, en effet, avait insisté avec une singulière persistance sur le désir que le docteur lui rappelait ainsi. La petite rusée, réfléchissant qu'une simple visite à la collection l'exposait à ne passer qu'une heure chez le docteur en tête à tête avec la vieille Kleist, *cicéronée* tout simplement peut-être par son valet de chambre, avait imaginé le bol de lait qui le forçait à une invitation à jour fixe et obligerait son fils adoptif à se trouver là.

Le déjeuner, auquel bien entendu la baronne de Rosenthal et Martha furent aussi priées, eut lieu le dimanche suivant. Marguerite, assise auprès de Roland, combina les choses de telle façon qu'il fut engagé par elle et sa cousine à les accompagner à cheval dès le lendemain matin.

Notre héros, quoiqu'il travaillât alors assidûment, faisait journellement, pour obéir au docteur, beaucoup d'exercice. Nous l'avons déjà dit, l'excellent homme ne négligeait rien dans l'éducation de son fils adoptif, et Roland, comme s'il eût voulu, au moins par les actes, satisfaire son

bienfaiteur, qu'il affligeait en lui refusant toujours
sa confiance, se prêtait avec une aveugle obéis-
sance, à ce qu'il exigeait de lui. Il excellait dans
les exercices du corps : gymnastique, équitation,
natation, tir, escrime.

Marguerite et Martha eurent, le lendemain, à
leurs côtés, un cavalier accompli. Tout à fait inconnu des fashionables du Bois, n'ayant pas le
temps d'y aller aux heures du *chic*, Roland fit
retourner plusieurs fois les têtes. Il ressemblait
maintenant à ces grands peupliers dont les hautes cimes jettent leurs ombres sur les eaux tristes
des rivages déserts. Marguerite remarqua, en
plein soleil, la nuance saisissante et très belle de
ses épais cheveux chatain-roux, ondulés naturellement et rejetés en arrière. Elle nota aussi que
ses grands yeux bleu-foncé comme les turquoises
d'Égypte, qui avaient une expression sinistre
et farouche quand un pli se creusait entre le
front et les sourcils, prenaient un air rêveur et
très tendre en la regardant.

C'était, ses yeux le disaient bien, un impres-
sionnable et un sensitif, que ce beau grand garçon aux traits d'Antinoüs, au port de roi, qui ne
pouvait être issu que d'une race de preux. Elle vit
aussi que la bouche, généralement dédaigneuse,
s'entrouvrait par éclair en un doux sourire de
femme, quand, comme à présent avec elle, une

fugitive sensation d'attendrissement, de gaieté ou
de joie, traversait son cœur. Mais ce sourire et
ces sensations étaient rares. Il parlait fort peu,
moins encore que l'autre soir à l'Opéra. Souvent
elle le surprit, pourtant, la regardant fixement
comme s'il pensait avec intensité, et elle fut frap-
pée aussi de l'expression d'amertume qui dominait sur ce visage si jeune. Expression résignée,
extérieurement, mais qui trahissait une révolte
intérieure. Elle en fut doublement étonnée, car
elle savait combien Roland était aimé du docteur.

— « Mon Dieu ! avez-vous l'air assez sinistre ? »
lui dit-elle tout haut, en riant.

A partir de ce jour-là, les jeunes gens se virent
constamment, et la sympathie réciproque, le
charme qui les attirait l'un vers l'autre, s'accrut
d'heure en heure.

Octobre passa comme par enchantement.
Quand novembre commença, une véritable
intimité s'était établie entre eux.

M. de Melcy, tout heureux, constatait le
changement qui s'opérait petit à petit en Roland.
Son âme, triste et repliée sur elle-même, semblait,
comme pendant les quelques jours que vécut sa
mère, s'ouvrir et se réchauffer aux rayons de ce
bonheur nouveau. Mais occupé, affairé comme
l'était le docteur, et Roland réservé vis-à-vis de
lui plus encore que par le passé, ne prononçant

jamais le nom de Marguerite autrement que dans
le hasard d'une conversation banale, son père
adoptif ignorait complètement quel était le foyer
de lumière dont son enfant bien-aimé reflétait la
clarté.

La baronne, absorbée par ses couturiers et
par une innombrable suite de fournisseurs, et
Martha fort occupée d'elle-même, ne s'aperce-
vaient de rien. D'ailleurs, l'extrême jeunesse de
Marguerite écartant pour longtemps encore toute
idée d'amour ou de mariage, et la certitude qu'on
la réservait pour une grande alliance en Allemagne, tous ces motifs réunis la préservaient de
la surveillance de sa tante, qui ne songea point
à la possibilité d'un sentiment sérieux en
France. Nani Kleist, vieille fille enracinée sans
aucune notion romanesque, n'y vit aussi que du
feu. Et, pendant les soirées où ces dames restaient
à la maison et où l'on venait prendre une tasse
de thé chez elles et deviser sur les menus cancans
du jour auxquels la baronne et Martha s'intéressaient, Roland, assis tout près de Marguerite,
causait à voix basse avec elle dans un petit coin
préféré du salon.

XVII

L'ÉVEIL de l'amour, la vie éclata radieuse, ensoleillée, pour Roland comme pour Marguerite. Ce temps délicieux, sans renouveau dans l'existence, où le premier amour prend possession de notre être, qui pourrait jamais l'oublier? Tout se résume alors en sourires, en bénédictions, en espérances. Les lugubres réalités disparaissent, l'avenir béant est oublié. Le bonheur a tout effacé! L'âme ne vibre plus que dans une autre âme, n'est plus, hors de cette âme adorée.

L'intérêt irrésistible de Roland pour Marguerite, qu'il n'avait pu s'empêcher de manifester le premier soir, à l'Opéra, s'était augmenté, agrandi, transformé en ce soleil immense qui illuminait leurs deux vies. Il sentait tellement avec elle, qu'il la pénétrait dans ses plus secrètes pensées. Il l'enveloppait d'une sollicitude incessante, et la jeune fille en jouissait d'autant plus qu'elle ne recevait de sa tante et de Martha que les marques d'une affection banale, témoignée en phrases vides, en lieux communs et en caquetages aussi exagérés que creux.

Quand Roland arrivait, sa voix chaude et grave pénétrait en Marguerite, lui donnant ce tressaillement intérieur qui est un des plus grands charmes de l'amour, et laissant en elle l'empreinte indélibile de ce qui est vrai et sincère.

Chaque insaisissable incident entre eux devenait un évènement d'une saveur étrange. Leur cœur y revenait toujours pour le recommencer par le souvenir, tant on voudrait sans cesse revivre les instants où l'on était heureux. Le son de cette voix mâle berçait la jeune fille dans les rêves les plus langoureux, dont elle ne pouvait sortir sans la sensation que tout le reste lui était indifférent.

Roland, parfois, lui faisait peur, tant son regard reprenait tout à coup cette sinistre expression des rages et des combats intérieurs qui le labouraient. Mais, dans cette peur même, elle puisait des délices, car ses yeux noirs, plongeant dans le sombre bleu marin des siens, y dissipaient la nuit, ramenant la lumière de l'amour naissant qui le secouait, le charmait, lui aussi, autant qu'elle. L'ivresse les en inondaient tous deux, ces

enfants aussi inconscients, aussi neufs, aussi vier-
ges l'un que l'autre à ces premiers bégaiements
des sens et du cœur.

Attirés tout d'abord, ils s'asseyaient l'un près
de l'autre. Puis, leur trouble devenant plus grand,
ils se fuyaient, tout en se cherchant toujours.
Tandis qu'ils étaient encore ensemble, ils ne
songeaient déjà qu'à faire naître des circonstances
pour se retrouver le lendemain.

Et lorsqu'ils se revoyaient, leurs deux cœurs
battaient si follement que la respiration leur man-
quait et qu'un voile leur couvrait la vue.

Après quelques semaines, ils ne se parlaient
presque plus, car ils se troublaient trop. Mais
leur silence avait des éloquences passionnées que
la parole n'a pas, et les délicieux désirs de la
passion encore vierge naissaient en eux rien qu'à
se regarder, rien qu'au contact le plus léger.
Roland n'osait plus prendre la main de Marguerite, soit en arrivant et en la quittant, soit pour
l'aider à monter en voiture ou à en descendre,
tant cette petite main dans la sienne le boulever-
sait. Avec quelle joie délirante il s'apercevait
qu'elle aussi palpitait, s'alanguissait au moindre
rapprochement. A l'Opéra, chez la baronne,
dans des maisons tierces, aux réceptions, aux
concerts, aux bals surtout où ils se rencontraient
et où, pendant ces valses qu'ils dansaient ensemble,

entraînés par le rhythme nettement marqué à
l'orchestre et éperdus tous deux, elle de la pression des bras qui l'enlaçaient, lui de la serrer
contre son cœur, ils devinaient les orages inconnus de la passion. Aveuglés, assoiflés, ils s'aban-
donnaient tout entiers à ces inquiétudes des sens,
se taisant, se repliant, leur soif non étanchée,
elle dans sa pudeur de vierge, lui dans son respect pour elle.

Leur amour était né sous une fatalité cruelle :
Marguerite ne faisait que passer à Paris. Le mot
de départ revenait souvent; ceux du midi, de
Nice, prononcés par la baronne ou le docteur
lorsque Marguerite semblait plus fatiguée, tombaient dans l'oreille des amoureux comme un
cauchemar. Roland sentait que si elle partait, il
partirait aussi. Il ne pouvait plus vivre sans elle.

Il avait des examens à passer et travaillait
plus que jamais. Il s'était décidé pour la carrière
diplomatique, et en ce moment il eût été funeste
pour lui de s'éloigner, mais aucune considération
n'aurait pu le retenir. Là où Marguerite serait,
sa destinée était désormais d'être avec elle.

Roland reportait alors sa pensée vers sa mère.
Il comprenait qu'elle avait dû aimer et souffrir
comme lui, dans ce passé qu'il entrevoyait à
peine. Comme il la plaignait et lui pardonnait ce
que devait être le secret de sa naissance !

L'image de sa mère était tellement toujours
devant ses yeux, que Marguerite elle-même s'y
trouvait mêlée et que sa pensée les réunissait
presque. N'avait-elle pas été surtout pour lui un
rêve, un idéal plutôt qu'une mère? Et ces phases
ardentes qu'il traversait et qui l'entraînaient à
supposer celles qui avaient traversé sa vie, à elle
aussi, en la brisant, n'assimilaient-elles pas ces
deux créatures divines qui personnifiaient pour
lui l'amour.

Par une étrange coïncidence, les deux femmes
se ressemblaient. Celle qu'il adorait vivante,
ravivait le souvenir de l'absente, — si toutefois
ce souvenir demandait à être ravivé dans l'enfant
pour qui elle avait été l'émotion, la préoccupation,
l'évènement unique de toute sa vie.

XVIII

ÉLAS ! l'ivresse des amoureux touchait à sa fin, et une fin bien plus cruellement subite qu'ils n'auraient pu l'imaginer.

Un soir, aux beaux yeux de Marguerite, rouges et gonflés, Roland vit qu'elle avait pleuré.

— « J'ai reçu une lettre de mon père. Il désire mon retour en Pologne... »

Roland pâlit et chancela. Marguerite s'en aperçut.

— « Une fois partie, je ne reviendrai sans doute plus jamais dans ce cher Paris, — dit-elle. Vous le savez, monsieur de Melcy, depuis la guerre franco-allemande mon père n'est pas venu en France... et à moins qu'un mari ne m'y ramène... »

Un mari l'y ramener ! Roland se sentit indigné de ce que Marguerite pût prononcer une telle phrase. Comment ! cette jeune fille qu'il

aimait avec toutes les forces de son âme, un
autre la lui ravirait? Jamais! Et sa nature virile
et forte lui inspirait de lui dire tout simplement:
« Je t'aime, il faut que tu sois à moi. »

Dans son inexpérience totale des conditions
de la vie, il n'avait jamais songé que sa naissance
fût un obstacle et que le père de Marguerite
pourrait le repousser, lui, un Bâtard. Plusieurs
fois, elle l'avait timidement questionné sur ses
parents à lui. Ressentant une vague honte de
cette naissance irrégulière dont son enfance avait
tant souffert, il avait su éluder l'entretien, et, ne
voulant pas parler, il ne lui avait jamais rien
demandé sur elle-même non plus.

Il ne savait donc rien de la grande fortune
de Marguerite, tandis qu'au contraire il n'ignorait
pas que le docteur de Melcy était fort à son
aise, et l'avait fait son unique héritier. Il croyait
donc naïvement que sa situation pouvait être
offerte à Marguerite, surtout si elle l'aimait et
s'il réussissait à prendre dans la diplomatie la
place qu'il espérait y occuper un jour.

Un combat intérieur se livra en lui. Parlerait-
il, ou la laisserait-il partir sans lui dire ce qu'il
savait bien qu'elle avait deviné! Sa réserve, sa
timidité maladive, lui conseillèrent d'abord le
silence. Mais, quoique le caractère, le plus souvent, soit plus fort même que le sentiment,

l'amour se fraya impétueusement un passage à
travers ses hésitations, et il comprit qu'il n'était
pas seul à aimer et qu'il devait avoir le courage
et le bonheur de tout avouer à la femme adorée.

Comment et quand lui parla-t-il?... Ce qui
est certain, c'est qu'il le fit, et que Marguerite,
pour toute réponse, se blottit dans ses bras.

Elle lui jura de ne jamais accepter un autre
mari que lui : « Seulement — dit-elle, en écartant sa face lumineuse de la poitrine palpi-
tante de Roland, — je ne voudrais rien écrire
à mes parents... Maman est si froide... Et, si
j'écris à mon père, à qui je puis tout dire, car
il m'aime tant, comme elle ouvre les lettres qui
arrivent pour lui, elle le saura et se fâchera.
Elle veut que j'épouse un allemand, un polonais
ou un russe, et elle viendrait m'arracher à toi.
Avec mon père, je fais *ce que je veux*. Dès que
je serai là-bas, je lui dirai tout. Il t'ouvrira ses
bras. Il est si tendre et si bon, mon père bien aimé ! »

— « Mais moi, je ne puis taire tout ceci à
M. de Melcy, ma Marguerite chérie ! »

— « Tu le lui diras seulement après que j'aurai
parlé à mon père, car, vois-tu, si tu le lui disais,
il t'obligerait à me demander tout de suite à mes
parents, et, crois-moi ! si tu le faisais avant que
je ne me sois confiée à mon père, tout serait
perdu ! Ma mère est inflexible : tout mon bon-

heur ne serait rien, comparé à ses projets d'ambition. Je t'en supplie, laisse-moi faire! Je sais
mieux que toi... Alors, peut-être avant même
un an, je serai ta petite femme chérie! »

Quelque récalcitrant qu'il soit, et fût-il d'un
scepticisme aussi invétéré que Suétone ou Scho-
penhauer et toute la phalange des héros philoso-
phiques réunis, quand donc un homme éperdûment amoureux a-t-il jamais été autre chose que
l'humble esclave de la femme aimée? Roland ne
fit pas exception a la règle. Il se tut ainsi que
Marguerite le lui ordonnait.

XIX

EUX motifs déterminaient le subit départ de ces dames. Le premier, c'était la lettre dont Marguerite avait parlé, et dans laquelle son père exprimait le désir, sa santé s'étant affermie, qu'elle retournât de suite en Pologne. Il avait répondu ceci, courrier par courrier, à une lettre de la baronne de Rosenthal, donnant quelques détails pour la première fois à Marie Feodorowna sur leurs nouvelles connaissances. La baronne et Martha étaient, comme Marguerite, de paresseuses correspondantes. Elles n'écrivaient le plus souvent que des phrases vides, sans s'étendre ni sur ce qu'elles faisaient ni sur qui elles voyaient.

Le mois de décembre touchait à sa fin. Dans sa lettre, le prince déclarait que Marguerite devait revenir aussi promptement que possible. Cependant, les prétextes pour retarder un départ abondent pour les femmes quand elles le veulent, et

Roland et Marguerite auraient pu jouir encore quelques jours du bonheur d'être ensemble, sans ce second motif mentionné plus haut, et qui surgit brusquement.

La baronne, Martha et Mlle Kleist, qui, à elles trois, n'avaient rien vu des commencements de ce petit roman d'amour, ouvrirent les yeux tout à coup.

C'est Martha qui s'était écrié à bout portant, le jour même de l'arrivée de la lettre du prince de Gravenitz:

— « Mère! Marguerite aime Roland de Melcy! »

La baronne, secrètement inquiète déjà, ne fit qu'un bond à cette déclaration de sa fille qui coïncidait si étrangement avec la lettre du prince.

— « Mon Dieu! mon Dieu! quelle guerre va me faire Marie Feodorowna! » s'écria-t-elle plus agitée encore que jamais.

— « Le pis est, — dit Martha flegmatiquement, — que nous serons obligées de faire nos malles séance tenante et de séparer les amoureux sans tarder, car à aucun prix il ne faut mécontenter mon oncle et ma tante. Si mon oncle exige ainsi que Marguerite retourne en Pologne, crois-moi, il y a quelque chose là-dessous! Quelqu'un d'ici — peut-être un membre de l'ambas-

sade passant à Berlin — lui aura parlé des
assiduités du jeune de Melcy auprès de Marguerite. »

— « Mais, moi, je ne m'en suis pas aperçue
du tout! » — dit la baronne.

— « Est-ce que tu as jamais le temps de
t'apercevoir de quelque chose, avec le tourbillon
de couturières et de modistes qui t'emporte, t'entraîne, t'use dans une locomotion surexcitée à
côté de laquelle la rapidité de la malle des Indes
n'est rien? Enfin, il n'y a pas à en douter, ces
enfants s'aiment. Il faut les séparer. »

— « Mais ils s'écriront!... »

— « Avec cela que ce serait la première fois
que des lettres n'arrivent pas à leur adresse. »

— « Mais, si nous pouvons empêcher que les
lettres du jeune de Melcy parviennent à Marguerite, comment l'empêcher, lui, de recevoir
les siennes? »

— « En me faisant la confidente de Marguerite, qui, ne sortant jamais seule, me remettra
les lettres destinées à son amoureux pour les
jeter à la poste, et je te réponds bien qu'alors il
n'en recevra pas une! »

La vieille Kleist fut appelée en consultation.
Devait-on écrire aux parents de Marguerite, leur
faire entendre qu'on soupçonnait la cause de
la lettre de rappel qui concordait si peu avec le

plan primitif d'un séjour de tout l'hiver à Paris ou à Nice?

Non! Marie Feodorowna inspirait de telles craintes à tout le monde que le mieux était d'attendre. On agirait comme on pourrait au retour. Ce serait déjà bien assez tôt pour parler.

Or, Marguerite aimait son beau-père comme si la vérité lui était connue. Il se disait souffrant, ayant besoin d'elle. Elle s'inquiétait... Mais cette idée : « Huit jours seulement à passer avec Roland! » l'absorbait; elle oubliait son anxiété.

Les nuages amoncelés dans ce triste ciel d'hiver, ressemblaient à leur pauvre cœur. Le temps, jusque-là exceptionnellement beau, s'était soudain assombri comme s'il s'associait à la mélancolie de cette séparation qui s'approchait. Un brouillard opaque privait de clarté les derniers jours de l'année mourante.

— « Roland,—dit Marguerite :—ce changement dans la nature est un triste présage! »

— « Enfant! » et le jeune homme, en murmurant ce mot, pressait tendrement la main de Marguerite.

Il ne pouvait faire plus. La baronne et Martha recevaient des visites dans la pièce même où ils se trouvaient. Ils n'avaient pu que s'éloigner un instant près de l'embrasure d'une fenêtre.

— « Tu es sûr, Roland, que tu m'aimes? que
tu m'aimes bien réellement? » lui chuchotait la
jeune fille, ignorant avec l'humble ingénuité
de l'amour quelle intensité d'attraction enchaînait
Roland à son charme et à sa beauté.

— « Tu en doutes! »

— « Es-tu sûr aussi de m'attendre! de m'attendre en m'aimant toujours? »

— « Je t'attendrai, Marguerite! je t'attendria
jusqu'au jour de ma mort. »

Qui ne sait avec quelle rapidité vertigineuse
les heures s'envolent quand la séparation de ce
qu'on aime le plus au monde est proche, et dans
quelles transes on voit alors le temps marcher.

Marguerite pleurait beaucoup la nuit, dans le
silence de son grand lit. Malgré l'élasticité de sa
jeunesse, elle connaissait trop bien le parti-pris de
ses parents contre une alliance avec un étranger
pour ne pas s'effrayer de l'avenir. Puis, la réserve
persistante de Roland sur sa famille la troublait.
Elle savait qu'il n'était que le fils adoptif de
M. de Melcy, que ce nom qu'il portait n'était
pas le sien. Pourquoi ne lui parlait-il jamais de
sa mère? De son père surtout, car il lui semblait
qu'on préférait tant son père que rien n'en valait
la tendresse, et qu'on devait être heureux d'en
parler et de s'en souvenir, même si l'on avait eu le
malheur de le perdre. Elle aurait voulu pleurer

8

ce père avec lui, associer ses larmes aux siennes.
Qui donc était-il, puisque Roland n'en parlait
pas, et qui était sa mère?...

Il l'arrêtait, avant même qu'elle hasardât une
question. On eût dit qu'il la sentait venir, après
ses confidences à elle, et il l'interrompait :

« Laissons tout cela ! Nous avons si peu de
temps, ma chérie, ne parlons que de toi ! nous
avons tant à nous dire encore. » Alors, une
chaste caresse avait raison des curiosités de Marguerite, et elle oubliait tout pour l'ivresse de
sentir et de vivre.

Du reste, le ne le savait pas lui-même, qui
il était, le pauvre garçon ! — Il ne devait avoir
ses vingt et un ans qu'après le départ de la jeune
fille.

Pour être seuls ensemble pendant leurs derniers
jours, Marguerite trouva moyen de déclarer qu'il
lui fallait de l'air, du mouvement, que Kleist se
fatiguait vite, et elle se fit accompagner par sa
femme de chambre. D'abord Martha avait tenté
de se joindre à elle, mais, avec l'autorité de
l'héritière devant laquelle tous pliaient, elle
montra que cette combinaison lui déplaisait.

Elle s'enfuyait, soit au jardin du Luxembourg,
soit aux Tuileries, moins fréquentés en cette
saison que les Champs-Élysées ou les bou-
levards. Elle se promenait longuement alors avec

Roland sous les arbres dépouillés, dont les longues carcasses noires, par ces après-midi presque
sans lumière, tintées seulement d'un reflet de
crépuscule humide de brouillard, étaient effrayan-
tes, surtout quand le vent d'hiver passait au
travers en mugissant sourdement.

Le départ imminent de Marguerite se dressait
devant eux, parmi les spectres noirs qu'ils co-
toyaient. Des larmes tombaient de leurs yeux,
pleurant sur le passé comme en un cimetière,
dont ces allées désertes dans la brume, avaient
l'aspect.

Puis l'avenir reparaissait dans ces yeux mouil-
lés, et ils « *riaient en pleurs* », selon l'adorable
expression du poète. Ils ébauchaient un joyeux
projet, et les éclats d'une gaieté fraîche et jeune
comme eux succédaient aux sombres pensées de
ces enfants pour lesquels tout un horizon d'espérance planait sur la tristesse d'à présent, tristesse
si émue et si partagée qu'elle avait son charme aussi.

Les terrasses désertes, les statues tachées de
place en place par l'intempérie des saisons, ces
arbres décharnés, donnaient au paysage quelque
chose d'aussi morne et d'aussi solitaire que ce qui
glaçait leur pauvre cœur à l'idée de l'arrachement l'un de l'autre.

Martha, voyant sa cousine si triste, fit semblant
de vouloir la consoler, et, s'insinuant doucement :

— « Dès que ton père sera mieux, nous reviendrons à Paris, — disait-elle. — Ah! je sais bien pourquoi ma petite cousine ne peut se détacher de Paris! Nous y laissons notre cœur... Ah! ne dis pas non! Comment peux-tu me cacher quelque chose? Tu le sais bien, ta Martha ne te trahira pas! Je conçois que tu ne dises rien à ma tante... mais à moi! Je suis ton amie fidèle, et celle du beau ténébreux qui a su te toucher. Et c'est vrai qu'il est beau comme un Dieu, ton Roland, ma mignonne! »

Et la rusée hypocrite laissait pleurer la pauvre enfant sur son cœur. Elle agissait habilement, car elle savait bien que le prince céderait si Marguerite tenait bon, et qu'il faudrait bien alors que la princesse donnât son consentement, et elle se conciliait ainsi tous les partis.

Les adieux furent tristes et courts, mais remplis d'espoir.

— « Non, mon Roland, ne m'écris pas, je ne te le demande pas! » dit-elle. Roland lui avait dit qu'il répugnait à son honneur de lui envoyer des lettres clandestines d'amour, maintenant qu'elle allait revoir son père et que celui-ci aurait à décider de leur sort.

— « Mon père est souffrant. Peut-être l'est-il plus qu'on ne me l'a dit. Ne t'effraie donc pas si quelques semaines se passent sans que tu

recoives de mes nouvelles. Il faut que j'attende le
moment favorable pour aborder un sujet si grave !
Tu sais, il ne te connaît pas, et ce ne sera pas
peu de chose pour lui que de donner cette fille
unique tant aimée... »

— « Je ne le comprends que trop, ma chérie ! »

— « Malgré ton caractère si méfiant, mon
Roland, tu ne douteras pas de moi, tu ne te
désoleras pas?... Promets-le moi ! »

— « Je te le jure, dussè-je attendre ta lettre
des semaines... Mais tu ne peux pas exiger que
je sois calme, que je sois tranquille, pourtant,
jusqu'au jour où, la recevant, je serai le plus
heureux des hommes?... »

— « Et pas un mot au docteur, n'est-ce pas,
avant ma lettre? »

— « Pas un mot, ma chère bien-aimée! »

Contre toute éventualité, Marguerite lui laissa
pourtant son adresse : « Le château de Ragowitz,
Pologne. »

Elle savait son père souffrant, à Ragowitz ;
ne devant faire son entrée dans le monde que
l'année suivante, elle ne supposait pas devoir
habiter auparavant Berlin, qu'elle n'avait fait
que traverser sans s'y arrêter lors de son départ
pour la France.

Roland n'osa pas se montrer à la gare. Un

8.

grand bouquet de lilas d'une blancheur imma-
culée, lancé en hâte dans le wagon quand le
train s'ébranlait et qui tomba sur les genoux de
Marguerite, fut son doux: « Au revoir! »

———

XX

Le matin de son vingt et unième jour de naissance, Roland entra dans le cabinet du docteur. Marguerite avait quitté Paris depuis huit jours :

— « Maintenant, monsieur, je viens vous demander qui je suis, de qui je suis né... »

— « Asseyez-vous mon enfant, — répondit doucement M. de Melcy, — et efforcez-vous d'écarter les sentiments d'amertume qui débordent dans votre cœur. Votre mère, vous l'avez connue... hélas! la raison troublée par d'affreux malheurs, mais si grande encore dans son affection pour vous et dans son courage vis-à-vis de la mort... Aujourd'hui, vous êtes là, devant moi, presque son juge. Si elle a commis une faute en vous mettant au monde, elle en a horriblement souffert et l'a cruellement expiée. Elle a droit à toute votre pitié, à tout votre amour, au souvenir filial le plus tendre. »

La voix du docteur se voilait d'émotion. Il
s'arrêta. Roland se taisait. Ah! il n'était pas
besoin de lui recommander le souvenir sacré de
sa mère! Cette douce vision de son enfance, aux
grands et tristes yeux noirs et aux beaux cheveux
d'or, qu'il avait retrouvée si belle, si pathétique,
si capable d'enflammer une imagination ardente
et impétueuse par le charme et la poésie dont
sa personne entière était empreinte, il en était
possédé même auprès de Marguerite et aux moments les plus poignants de son amour.

Ce souvenir était sa religion, son trésor, son
fétiche.

— « Son nom, le nom de ma mère? » demanda-t-il, se penchant vers son vieil ami.

— « La marquise de la Roche d'Aurevillers. »

— « Et celui de mon père? »

Le docteur garda le silence un instant. Puis,
regardant Roland bien en face :

— « Votre père est le comte de Görlitz.
Quand votre mère fit sa connaissance, il était
officier dans un régiment de hussards prussiens. »

Roland tressaillit. Le docteur continua.

— « Je ne sais réellement pas ce qu'il est
devenu, je l'ai perdu de vue. D'ailleurs, je n'avais
fait que l'entrevoir. »

Le jeune homme, très pâle, gardait le silence.

— « Où et comment ma mère et... et...
lui... se virent-ils ? »

— « Mon enfant, écoutez-moi. Je vais tout
vous dire ; vous jugerez après. Votre mère avait
à peine seize ans quand on la maria au marquis
de la Roche d'Aurevillers qui en avait quarante-
cinq. Orpheline et sans dot, quoique d'une
ancienne et noble famille, ce mariage réunissait
pour elle tous les avantages extérieurs de position
et de fortune. Il s'accomplit sans amour de son
côté. Le marquis, viveur enraciné, quoique fort
épris des seize printemps et de l'adorable beauté
de votre mère, ne tarda pas à reprendre ses
anciennes habitudes. Cette fleur de candeur et
d'innocence éclose dans un vieux castel du fond
de la Bretagne, ne pouvait longtemps retenir
un de ces hommes blasés et corrompus, écume
des sociétés modernes et honte de ces vaillants
qui sillonnent les siècles passés de leur trace
lumineuse, ayant pour toute devise : *Dieu et
Patrie !* Il aimait le mot cru, les soupers, le vice
sous toutes les formes, et cette enfant de la
Bretagne assise à son foyer était une sérieuse,
une pensante et une sensitive qui ne savait rien
des anecdotes plus ou moins pimentées du Bou-
levard ou des coulisses. Il la trouvait généralement penchée sur sa broderie, lisant ou s'occupant
à quelque soin du ménage, comme ses vieilles

tantes Bretonnes lui en avaient donné le goût dans le vieux manoir des Kergaredeck, où sa jeune vie s'était doucement et paisiblement écoulée.

« D'innombrables soupirants papillonnaient autour de la jeune femme ainsi délaissée par son mari, désireux de la consoler dans son abandon. Ils inspirèrent tous à votre mère un vif dégoût. Elle continuait à mener sa chaste vie, lorsque, environ un an après son mariage, une fluxion de poitrine prise au sortir d'un bal la mit entre la vie et la mort. Pour achever son rétablissement, les médecins l'envoyèrent en Allemagne, aux eaux de S... C'est là qu'elle rencontra le comte de Görlitz.

« Ce dernier, d'une beauté et d'une distinction rares, d'un esprit élevé où toute la finesse française s'alliait à une tendance mystique et poétique qu'ont souvent les compatriotes de Goethe, fit une impression profonde sur la jeune femme. Très roué et habitué à plaire, le comte ne tarda pas à s'apercevoir du trouble délicieux qu'il éveillait en elle, trouble qui dans cette innocence et dans cette candeur eut tout l'attrait et le piquant de la nouveauté pour les sens blasés du gentilhomme, plongé dans l'anéantissement vide de l'ennui à la suite d'un trop plein de conquêtes monotones.

« Votre mère était à S... accompagnée par une de ses tantes. Le beau Görlitz fit la conquête de la vieille femme comme de la jeune. Grand seigneur jusqu'au bout des ongles, il ne fit pas sa cour comme nous autres parisiens, qui effrayons et mettons sur la défensive, en soupirant force compliments et discours expressifs qui montrent le bout de l'oreille de l'intention criminelle avant d'avoir produit la moindre impression sérieuse.

« Jamais un mot sur l'amour ne lui échappait; il fit son arme du silence, au contraire. Combien plus que les discours les plus éloquents parlent de grands yeux rêveurs appuyés longuement sur un autre regard, s'ils reflètent le rayonnement de l'étoile fixe de deux prunelles d'une beauté exceptionnelle! Ils envoient un tel courant de passion à celle qu'ils veulent conquérir, que ce pauvre être ne devinera jamais que cette passion n'est rien de plus qu'un effet voulu d'optique, purement extérieur.

« Avec son flair de séducteur expérimenté, Görlitz avait compris qu'il ne s'agissait pas d'attaque à faire, mais de siège à soutenir. Il affecta vis-à-vis de la jeune femme la nonchalance aristocratique qu'il trouvait politique d'observer, mais la marquise le tentait violemment. Il n'était préoccupé que d'elle et aiguillonné des plus vifs désirs, d'autant plus peut-être qu'il avait d'abord conçu moins d'espoir.

« Il s'institua chevalier-servant de ces dames, et profita de toutes les occasions pour leur être agréable et utile. Lorsqu'il faisait beau, on parcourait les montagnes, on se promenait sur le Rhin. Les jours de pluie, il envoyait à la marquise les livres qu'avec son tact fin et pénétrant il jugeait devoir lui plaire. Sa voix était belle et mélodieuse. A votre mère, qui savait l'allemand, il lisait les plus belles pages de Schiller et de Goethe, les poésies les plus touchantes de Heine, de Freiligrath, etc., etc.

« Cette jeune âme affligée, anéantie dans les tristesses d'un mariage stérile et desséchant, s'épanouissait, se sentait déborder. Görlitz avait beaucoup voyagé, beaucoup vu, et non moins retenu. Assise sur la terrasse de l'hôtel, c'était un enchantement que de l'écouter au clair de lune qui poétisait encore plus ces belles montagnes et le petit fleuve paisible coulant doucement à leurs pieds. Et il savait si bien mélanger les sentiments les plus élevés à ses récits que la pauvre enfant, dans le cœur de laquelle la passion s'infiltrait insensiblement, fut bientôt complètement subjuguée.

« Après un séjour de trois semaines à S..., on se sépara sans que Görlitz eut manifesté la moindre

velléité d'amour. Votre pauvre mère luttait avec
des 'sentiments qu'elle repoussait, et contre l'en-
traînement coupable desquels elle cherchait en
vain un aide efficace dans la religion.

« Görlitz ne lui demanda qu'une chose quand
ils se quittèrent. Ce fut de faire à son mari la
surprise de son portrait peint par Richter, pour
lequel un séjour de quelques semaines à Berlin
deviendrait nécessaire l'hiver suivant.

« Le marquis laissait la plus grande liberté à
la marquise; ils vivaient absolument à part l'un
de l'autre. La jeune femme était totalement
livrée à elle-même. Les bonnes vieilles tantes,
enracinées dans leur province, goûtaient peu les
déplacements, et si l'une d'elles l'avait accompagnée à S..., c'est parce que, ayant été appelée
pour la soigner pendant sa grave maladie, elle
ne voulut pas la quitter avant qu'elle ne fût tout
à fait remise.

« Il est inutile de dire avec quelle anxiété
fébrile votre pauvre mère attendit l'hiver. Le
marquis lui fit horreur quand elle le retrouva,
plus livré que jamais aux dépravations de toutes
sortes, — ou bien elle se le figura tel après ces
trois semaines de douce paix et de partage intellectuel d'idées et de sentiments élevés. La com-
paraison lui rendait son mari plus odieux, et elle
se sentit dix fois plus près de la chute, alors,

9

que lorsqu'elle subissait près de Görlitz le charme
de sa présence.

« Elle tint sa promesse, et s'installa à Berlin
au mois de novembre pour faire faire son portrait. Richter, inspiré par un modèle si idéal, fit
d'elle un chef-d'œuvre. La femme qu'immor-
talisait ainsi le pinceau du maître était représentée
toute en gaze blanche, assise auprès d'un
grand feu, dont la flamme se projetait en reflets
lumineux sur sa gorge délicate et ronde et
remontait en étincelles sur ses magnifiques cheveux vénitiens, qu'elle étoilait de paillettes d'or.
Sa petite main blanche et nue caressait un gros
chien du mont Saint-Bernard et s'enfonçait dans
ses poils. Elle se dressait vivante sur cette toile:
on eût cru la voir elle-même. »

Le docteur s'arrêta un moment. Puis il reprit :

— « J'aborde maintenant une nouvelle phase
dans mon récit. — Afin que vous compreniez
mieux ce qui va suivre, mon enfant, il faut que
vous connaissiez un peu les antécédents du marquis. Il descendait d'une vieille famille presque
ruinée par la Révolution. Mais son grand-père,
émigré au Mexique, et y ayant acheté des mines
d'or d'un grand produit dans la province du
Sonora, avait ainsi rétabli sa fortune.

« Vers l'époque où votre mère connut Görlitz,
la guerre de sécession éclata aux États-Unis,

suivie des troubles du Mexique qui amenèrent
peu à peu l'intervention des puissances euro-
péennes et la guerre Franco-Mexicaine. Le marquis, voyant ses intérêts menacés, partit en grande
hâte pour le Sonora. Il ne fit pas même le
voyage de Berlin pour dire adieu à sa femme.
Sa décision prise l'avant-veille seulement du départ
du paquebot de Saint-Nazaire, qui ne partait
que tous les quinze jours, il n'eut que le temps
de s'y rendre pour s'embarquer, après quelques
préparatifs indispensables. Se faire rejoindre à
Saint-Nazaire par une jeune femme délicate pour
entreprendre un voyage dans un pays aussi peu
civilisé que la province du Sonora, et de plus
en temps de guerre, eût été la dernière des folies.

« Quelques mois au plus devaient suffire à ce
déplacement, mais le voyage, accompli si facilement pour aller au Mexique, devint très difficile
pour revenir en France. Les hostilités une fois
commencées, sa nationalité de Français mettait
la vie du marquis en danger dans l'intérieur des
terres, et sa fuite devenait indispensable. Il chercha à sortir du pays au plus tôt, mais les routes
étaient coupées. Ayant laissé ses affaires en
mains sûres, il passa le Rio-Grande et tenta de
rentrer en Europe par le Texas; là, également,
il trouva toutes les issues bloquées. Alors, il
fit un effort pour gagner Cuba sur un bateau

confédéré, mais ce petit brick fut pris par les croiseurs du Nord, et on l'emmena prisonnier à Norfolk. Il fallut l'intervention du ministre français à Washington et plusieurs semaines de démarches pour qu'on le relâchât.

« Son absence se prolongea ainsi forcément quinze mois. La marquise avait quitté Berlin dès son portrait terminé, c'est-à-dire au commencement de mars. Et Görlitz, plus amoureux que jamais, la suivit à Paris peu après.

« Pourquoi ne pas l'avouer dès à présent?... Avril ne comptait pas huit jours encore que la pauvre jeune femme succombait à l'amour qui s'était emparé d'elle pour l'étouffer quelques années ensuite dans le suaire d'un désespoir effroyable.

« Görlitz fit la navette entre Berlin et Paris pendant tout le temps que dura l'absence du marquis. Il ne pouvait se rassasier de la présence de son idole, et quoiqu'il eût cru aimer des milliers de fois avant cette fois-là, ses amours passés ne ressemblaient pas plus à celui-ci qu'une brise légère au sirocco.

« Les conditions de son tempérament sensuel à l'excès et de son cœur froid et vite lassé, l'avaient, dans ses passions précédentes, constamment entraîné au changement. La curiosité malsaine, le besoin d'une nouveauté incessante dans les sensations avaient fait tous les frais de ses amours passés. Tandis qu'à présent, près ou loin d'elle, la marquise était son unique préoccupation, et sa pensée le secouait de frémissements qui l'enfiévraient et le glaçaient tour à tour, le précipitant dans ces mouvements de jalousie et de tendresse éperdue qui caractérisent le vrai amour auquel l'âme de Görlitz semblait jusque-là inaccessible.

« Hélas! une terrible réalité arracha bientôt les amants à leur rêve... Cacher sa honte au monde et surtout à son mari, fut le premier seutiment de la marquise et celui du brillant et rusé Görlitz.

« Épouvantée, trop jeune et trop inexpérimentée dans la vie pour posséder le sangfroid nécessaire, la malheureuse crut devenir folle d'angoisse et d'incertitude pendant ces mois terribles. Seuls, Görlitz et une servante fidèle et sûre qui l'avait élevée, la sauvèrent d'un déshonneur public. »

Ici encore, le docteur Ricard fit une pause de quelques instants. Roland restait impassible.

— « C'est alors que Mme Soinard, cette femme si dévouée à votre mère, vint me trouver. Elle avait eu déjà l'occasion de me voir et quoique je fusse jeune encore, elle savait qu'on pouvait compter sur moi. Elle me confia tout, et me pria de venir. On était en septembre 186... Je ne

connaissais aucunement votre mère, pas même de
nom. L'agitation de Mme Soinard, ses supplications, le danger d'une terrible catastrophe si le
malheur de cette enfant de dix-huit ans était
connu, les conseils qu'elle me demandait pour elle
en larmes, tout cela m'avait vivement impressionné. Je fis donc le trajet qui séparait la Rue
Royale où j'habitais alors, de la Rue Saint-
Dominique, absorbé dans de graves réflexions,
et tenant à mériter la confiance qu'on mettait
en moi.

« Quand les chevaux s'arrêtèrent, j'étais
chez M. de la Roche d'Aurevillers, dans une de
ces grandes cours intérieures propres aux somp-
tueux hôtels de ces vieux quartiers aristocratiques.

Mon coupé avait fait halte devant un perron
élevé d'une quinzaine de marches, au haut duquel
se tenait un suisse, et derrière lui des valets de
pied en tenue correcte et sévère.

« On me fit attendre quelques instants dans
une grande pièce au rez-de-chaussée, la première
d'une longue enfilade de salons ouvrant les uns
dans les autres, et donnant tous sur un vaste
jardin aux arbres séculaires, dont le feuillage
épais dominait les hauts murs environnants et
portait son ombre immense sur le sol de gravier
blanc où se mouvaient les derniers papillottements
d'un clair soleil d'automne. Des pelouses, un

jet d'eau, des statues de marbre, à moitié dissi-
mulées par des massifs touffus, un silence presque
absolu, — troublé seulement par le ramage des
nombreuses couvées qui semblent se réfugier
dans le noble faubourg comme dans un dernier
asile pour leurs nids fugitifs, — enveloppaient
d'un calme reposant cette demeure aristocratique.
On entendait seulement l'écho lointain et amorti
de la grande ville.

« Comme l'attente fut un peu longue, j'eus
le loisir de remarquer les mille objets d'art dont
fourmillaient ces salons.

« Le grand portrait, surtout, d'une femme,
toute jeune et d'une éclatante beauté, me frappa.
C'était celui de Richter. Il ressortait, sur le
velours rouge dont les murs étaient tendus,
d'une façon si saisissante, qu'on s'attendait à la voir
se lever et sortir de son cadre. Dans un autre coin
du salon, supporté par un pilastre drapé d'étoffes
orientales, un buste en marbre était posé. C'était
elle encore, la femme du portrait, très décolletée,
la nuque dégagée aux cheveux relevés. D'admi-
rables épaules supportaient un cou de cygne sur
lequel l'artiste avait fait folâtrer un duvet léger
et bouclé. Un rayon de soleil, qui se glissait
des hautes fenêtres aux larges embrasures, en
caressait le visage fin et ravissant, au nez mince
et légèrement arqué, à la bouche petite, admi-

rablement dessinée et qui semblait sourire.

« J'étais tellement absorbé dans ma contemplation, que je n'entendis pas la porte s'ouvrir
ni les pas qui venaient à moi sur l'épaisseur du
tapis. Tout à coup, une toux légère frappa mon
oreille.

XXI

EVANT la cheminée, droite, frêle, incomparablement plus belle que le portrait et que le buste, se tenait une enfant de dix-huit ans. Une de ses mains, petite et nerveuse, jouait fébrilement avec la frange de la draperie de la cheminée. L'autre laissait pendre un grand éventail de plumes d'autruche jaune-paille, qui tranchait sur les plis d'une longue robe de chambre de mousseline de laine blanche. Sous cette robe lâche se dessinait une haute taille, frêle et admirablement modelée. La tête, extrêmement fine, couronnée d'une chevelure d'or roux qui ondulait sans aide et se répandait sur le front en petites boucles, légères comme la poussière dorée des rayons de soleil qui pénètrent par les jalousies dans une pièce obscure. Le front était bas, large et presque aussi blanc que celui du marbre de son buste, et rareté singulière, dans cette mignonne figure

9.

de Keepsake brillaient deux grands yeux de
Persane aussi noirs que la nuit, ce qui donnait un
accent d'orient à toute cette fragilité de blonde.
Deux petits pieds effilés, chaussés de mules
brodées d'or et de bas de soie mordorés brodés
d'or aussi, s'échappaient des longs plis de laine
de sa robe. Un dernier rayon de soleil, se glissant à travers les rideaux épais et se posant sur
eux, les faisait luire et briller comme deux
longues lames fines et pointues, sur le tapis.

« Quand je me retournai pour la saluer, je vis
que ses yeux ne me regardaient pas. La rougeur
qui marbrait ses joues, sa tête qu'elle laissait pen-
cher en avant, enfin un tremblement nerveux qui
ne pouvait m'échapper, tout en elle dénotait
une extrême confusion. La poitrine jeune et
ferme, montait et descendait sous l'oppression
d'une respiration haletante, et dans sa gêne et
sa pudeur, elle n'osait être la première à parler.

« Je ne vous dirai pas la conversation qui
suivit. Pardonnez-moi, mon enfant, si les souvenirs du passé m'étreignent au point de m'y
étendre plus longuement qu'il n'était nécessaire.
Mais aujourd'hui encore, après vingt ans, l'impression de cette première apparition de votre
mère est ineffaçable, et il me semble qu'il est
doux pour vous que je vous la transmette.

« Comme j'avais un établissement déjà très

connu où je recevais des femmes malades, il fut
convenu qu'à un moment donné je déclarerais la
marquise atteinte d'une de ces maladies intérieures nécessitant un traitement spécial. Auparavant, je l'enverrais aux eaux, pour lui permettre
de s'absenter de Paris et de s'éloigner du monde
et de sa famille durant la fin de sa grossesse.
C'est alors que je prétendrais que ce traitement
thermal n'ayant pas amené le résultat attendu, il
me fallait la suivre de très-près, et qu'il m'était
impossible de le faire ailleurs que dans ma maison
de santé. Une fois là, elle irait dans une ville
de province pour le temps nécessaire.

« Il n'y avait que cela à faire, mon cher
Roland, le malencontreux voyage du marquis in-
terdisant la possibilité de jamais lui laisser croire
que vous étiez son enfant, à lui.

« La marquise partit donc, accompagnée
seulement par Mme Soinard, qui devait lui servir
de femme de chambre et de dame de compagnie
tout à la fois.

« Au retour du marquis, Roland, vous aviez
un mois. Les couches de Mme de la Roche d'Aurevillers, sauvegardées par la plus grande discrétion, ne s'ébruitèrent jamais. Mais la douleur de
votre mère fut si terrible à l'idée de se séparer
de vous, que Görlitz, avec lequel elle correspon-
dait, Mme Soinard et moi, dûrent lui promettre

de trouver un moyen pour vous faire admettre
par le marquis dans sa maison.

« Or, de longue date, la passion des décorations était une de ses passions les plus invétérées.
Alors, la terrible année de 1870 n'avait pas détruit la bonne entente entre la France et l'Allemagne, et Görlitz ne se trompait pas en suppo-
sant que le marquis serait au comble de ses
vœux s'il parvenait à obtenir une haute distinction de la Prusse.

« M. de la Roche d'Aurevillers une fois revenu,
Görlitz fit un court voyage à Paris. Il gagna vite,
avec sa connaissance profonde du monde et ses
grandes manières, la confiance du mari de sa bien-
aimée. Le marquis fut son cicerone au foyer de la
danse de l'Opéra, et dans les coulisses de bien
d'autres scènes. Ils soupaient aussi, souvent, ensemble en bonne compagnie, et Görlitz, intaris-
sable et toujours les anecdotes les plus risquées
sur les lèvres, était le plus spirituel et le plus gai
des convives. — Et il s'entendait aussi bien à
chasser l'ennui du marquis quand il avait le
spleen, qu'à se faire aimer d'une femme sur laquelle il avait jeté son dévolu. Bref, après un
mois de cette vie-là, le marquis ne savait plus se
passer de lui, et lorsque Görlitz retourna à Berlin,
le « plus heureux des trois » dit à la marquise :

— « Si nous faisions une tournée en Allemagne? »

« Votre mère savait pourquoi Görlitz se donnait tant de peine pour lui plaire, que c'était pour en arriver à lui demander comme une faveur de prendre leur fils chez lui. Elle accéda à ce désir sans se faire prier. Ils allèrent donc à Berlin, et le printemps tout entier s'écoula, Görlitz s'ingéniant à prendre plus d'empire chaque jour sur le marquis.

« A la fin, il réalisa le vœu le plus cher de votre pauvre mère. Il confia à son mari, sous le sceau du secret, qu'une très grande dame avait eu le malheur de se laisser séduire, et qu'on ne savait à qui confier mystérieusement le petit garçon...

— « Vous n'avez pas d'enfant, après trois ans de mariage, — dit-il au marquis. — L'Aigle Rouge de Ire classe serait à vous si votre femme voulait consentir à ce que l'éducation de l'enfant se fît dans votre maison. Mais, voilà? elle ne voudra pas! »

— « Je m'en charge, » dit le marquis, gonflé d'orgueil à l'idée de cet insigne honneur.

« Quinze jours après, votre mère avait la joie suprême de vous serrer sur son cœur et de vous posséder à tout jamais, du moins elle le croyait alors. Remplie de gratitude pour ce qu'elle pre-

nait pour du dévouement et de la délicatesse de
la part de l'homme à qui elle devait d'avoir
ainsi recouvré son enfant, elle continuait à l'aimer avec une passion croissante, et Görlitz, de
son côté, s'avouait dans son for intérieur qu'il se
sentait de plus en plus épris de cette femme
charmante, dont l'indignité du mari lui était
maintenant connue.

« Görlitz devint un culte pour la marquise.
Toutes les ardeurs de son âme se partageaient
entre son fils et lui : elle eût vécu dans un bonheur sans nuages pendant les quatre premières
années de votre vie, Roland, si les remords que
la conduite de son mari aurait dû alléger n'a-
vaient déchiré son âme, sans pourtant diminuer
la passion que lui inspirait le comte, devenu littéralement sa seconde vie.

« D'année en année, les défauts du marquis
s'accrurent. Entretenant ouvertement une grande
cocotte à la mode, il poussait l'impudence jusqu'à la conduire au théâtre dans des loges vis-à-
vis de celles qu'occupaient votre mère.

« Malgré sa radieuse beauté, cette poétique
créature ne pouvait avoir aucune prise sur le caractère bas et vil de son mari, tandis que miss
Lily Smith, avec sa face de dogue impertinent
et ses quarante printemps ornés des toilettes et
des bijoux les plus tapageurs, le « tenait », et, de

peur de la perdre, il passait sous les fourches
caudines de ses caprices les plus déraisonnables
et les plus extravagants.

« La marquise, qui avait donné tout son cœur
à Görlitz et à tout jamais, croyait naivement,
pauvre enfant à qui cinq ans de mariage n'a-
vaient rien appris sur les hommes, — surtout sur
les hommes du monde, — qu'il en était de même
pour lui.

« Elle le voyait peu ; il venait seulement, au
printemps, passer quelques semaines à Paris au
moment des courses. Les meetings de Long-
champ, pour un sportsman comme lui, étant
d'un grand intérêt. Mais elle lui écrivait trois
fois par semaine ; elle lui disait ses pensées les
plus intimes.

« Aux premières heures d'une belle journée
d'août 186..., elle était assise dans le grand parc
du château de la Roche d'Aurevillers, dans le
Poitou, superbe domaine qui appartenait depuis
des siècles aux ancêtres du marquis. Elle aspirait
la rosée du matin tout en parcourant un journal,
lorsque Mme Soinard traversa doucement la pe-
louse pour venir à elle, tenant à la main une
lettre que le facteur venait d'apporter. Elle la lui
tendit. — Le château était, à ce moment de la
saison, rempli de brillants convives.

« Mme Soinard n'avait pas quitté le service de

sa maîtresse idolâtrée, qui lui rendait son dévouement et sa discrétion en affection et en
estime.

« La lettre était de *lui*. Mme de la Roche
d'Aurevillers la reconnut de loin.

— « Donne! donne vite! » — s'écria-t-elle,
le cœur lui battant dans la poitrine, comme toujours, à la vue de cette écriture chérie.

« Hélas! la malheureuse ne se doutait guère
que ce pli lui apportait son arrêt de mort.

« Elle l'ouvrit fébrilement. Quatre ans n'a-
vaient pas atténué son impatiente émotion en recevant ses lettres.

« L'enveloppe extérieure en contenait une
autre, plus petite, adressée à Mme Soinard. Rien,
pas un mot autre que cette seconde enveloppe.
Très désappointée, mais pas autrement étonnée,
car Görlitz s'adressait souvent à cette femme
dévouée pour la questionner sur sa santé
et sur ces mille détails qu'elle lui aurait tus, de
crainte de l'affliger ou de l'inquiéter même légèrement, elle la remit à sa destinataire.

« Tout à coup, elle vit Mme Soinard pâlir affreusement en lisant l'unique phrase que cette
lettre contenait. D'un bond, la marquise fondit
sur elle et la lui arracha :

— « Faites savoir à Mme la marquise que je
« me suis fiancé hier, et que désormais le soin

« de son bonheur ne pourra plus être le mien. »

« Et c'était tout...

« Mme de la Roche d'Aurevillers, tenant toujours le papier, regardait droit devant elle comme une femme changée en statue.

— « Madame la marquise! ma maîtresse bien aimée! Parlez-moi! » — s'écriait douloureusement Mme Soinard, terrifiée à la vue de cette rigidité de marbre.

« Mais Antoinette de la Roche d'Aurevillers ne pouvait parler. Là, debout, les yeux ne quittant pas la phrase cruelle, et les tempes convulsivement agitées, ainsi que les larges ailes battant à vide d'un aigle blessé à mort, la tête comme étreinte par un étau de fer la serrant à la briser, le froid de la mort semblait l'envahir.

« Comment! elle venait de lui, de lui, Görlitz, cette lettre, sans un mot d'explication, sans une tentative de ménagement, d'adoucissement? Il foudroyait ainsi celle dont il était le culte et la vie? Il la foudroyait comme on abat un pauvre chien sans défense? C'était impossible !

« Non! non! Elle était la proie d'un rêve, ou bien on avait imité son écriture, afin de faire cette blessure horrible à un cœur qui palpitait de bonheur rien qu'en reconnaissant cette écriture chérie.

— « C'est faux! faux! faux! faux! » hurlat-elle, éperdue, dès qu'un mot put passer à travers ses lèvres glacées.

« Mme Soinard baissa la tête. Elle savait bien que la lettre venait de Görlitz. Elle n'avait pas atteint la soixantaine sans apprendre la vie et les hommes... tandis que la pauvre enfant dont l'âme se brisait devant elle avait vingt-deux ans, et, ivre d'amour, ne connaissait que les élans de son cœur.

— « Rentrons, madame la marquise, rentrons, il peut arriver du monde, » — balbutia Mme Soinard en l'entraînant.

« Votre mère tenait toujours la lettre. Elle ne trouvait pas la force de détourner son regard de cette page.

« Mme Soinard, craignant une attaque de nerfs lorsque le premier moment de stupeur serait passé, fit un violent effort pour l'entraîner hors du jardin. Elle y réussit enfin, mais ce corps qu'elle soutenait et qui n'avançait que par saccades, ces yeux rivés sur la phrase fatale, semblaient appartenir à un cadavre.

« Toute raidie, ses dents s'entre-choquant, ses pauvres petites mains, dont les bagues étincelaient dans le joyeux soleil du matin, d'une froideur de marbre, elle semblait ne rien entendre. Elle comprenait confusément seulement son besoin impérieux d'être seule, et se laissait conduire, pétrifiée, aveuglée par le coup terrible qui avait éteint le bonheur de sa vie comme l'eau éteint la flamme.

« Une fois son boudoir atteint, Mme Soinard, qui espérait la détente des larmes, la vit, frissonnante et glacée, se laisser tomber anéantie dans un fauteuil, les bras pendants et toujours l'œil fixe devant elle.

« Tout à coup, dans un soudain délire, elle laissa échapper des mots sans suite, une convulsion atroce s'empara d'elle, et elle roula inanimée sur le parquet.

XXII

UELQUES jours après cette scène tra-
gique, une grande agitation régnait
au Château de la Roche d'Aurevillers.
On disait la maîtresse du logis atteinte d'une
fièvre violente, et les invités avaient tous quitté
le Château, bouleversés par cette subite catastrophe.

« La rumeur publique, cette fois, ne mentait
pas. La marquise avait une fièvre cérébrale.

« Mme Soinard chercha à tenir le marquis
éloigné de la malade, mais il crut devoir au contraire se montrer inquiet pendant le danger que
courait sa femme, lui si indifférent d'ordinaire.

« Le délire de la jeune marquise portait uniquement sur l'évènement auquel elle devait son
mal, et lorsqu'il entra dans sa chambre pour la
première fois :

— « Traître ! — s'écria-t-elle en se mettant
sur son séant, — tu oses paraître devant moi,

toi qui m'as si cruellement trahie ! Ne m'avais-tu
pas juré que j'étais ton seul amour ? Et brutale-
ment, tu m'annonces que tu es fiancé ?... Tu n'as
pas même adouci le déchirement par une excuse,
un regret; tu n'as eu aucun souci de me préparer
à ta perte, quand tu sais bien que je n'ai que
toi au monde; car qu'est-ce que mon mari pour
moi, avec ses maîtresses et son indifférence ?
Malheureux ! et notre enfant ! »

« Le marquis, blême de colère, l'écoutait,
mais pas une syllabe ne trahit sa fureur terrible
devant ses gens.

« Tandis que la marquise, pendant dix-huit
jours et dix-huit nuits, était entre la vie et la mort,
le marquis, suivant la coutume allemande, reçut
l'annonce officielle des fiançailles du Görlitz. Le
doute n'était pas possible. Mille détails, alors,
lui revinrent. L'étrange trouble de la marquise
lorsqu'il regardait l'enfant plus attentivement que
d'habitude. Sa tendresse exagérée pour vous,
Roland, qu'il n'avait jamais pu partager, et que
Görlitz paraissait éprouver aussi.

« Alors, l'homme qui avait trompé cette innocente, — pas une fois, lui, mais cent fois ! et
de la façon la plus flagrante ! fut pris d'une de
ces colères à froid dont sont seulement capables
les êtres dont le cœur est fermé et l'orgueil insa-
tiable.

« Comment ! parce que son amant se mariait
elle était à deux doigts de la mort ? Imbécile,
de ne pas s'être aperçu que Görlitz et la marquise le trompaient depuis des années ! Cet enfant, confié par les soins de Görlitz, c'était le
leur ! Et lui, le niais, le sot, le triple imbécile,
entortillé par ce scélérat d'allemand, avait gardé
dans sa maison cette vermine de l'adultère !

« Il se remémora alors son long voyage au
Mexique juste à l'époque où l'enfant avait dû naître.
Alors, ivre de colère, sans réfléchir, sans se rendre
compte de ce qu'il faisait, il sonna violemment et
demanda l'enfant. Puis, quand vous fûtes là, tout
habillé de velours blanc, vos longues boucles
d'or bruni, la gloire de votre mère, frisant sur
votre col de guipure, il renvoya la gouvernante et
vous tint longtemps terrifié sous son regard.
Plus de doute ! Ces grands yeux en amande, du
bleu foncé si particulier à ceux de Görlitz, vous
les teniez de lui, tandis que vous aviez le nez et
la bouche, cette bouche ravissante, aux dents de
perles, de la marquise. Avec un juron affreux il
vous repoussa, pauvre petit être ! Il vous eût tué,
mais vos pleurs d'enfant et votre effroi réveillèrent
en lui un reste de pitié.

— « L'enfant de l'amant rester dans ma maison ? Jamais ! jamais ! »

« Trébuchant comme un homme ivre, il gagna

son secrétaire et envoya une dépêche à un fameux
avocat de Paris. Dès l'arrivée de celui-ci, en
deux heures de consultation, votre pauvre petit
sort fut décidé. L'avocat donna un conseil qui
eût fait honneur au Roi Salomon.

— « Nous ne savons pas encore, M. le marquis, si vos suppositions sont fondées ou non,
— dit-il, — car, après tout, ce n'est qu'une hypo-
thèse. Si l'enfant est à Mme la marquise, une
simple tentative le démontrera.

« Vous lui direz, aussitôt sa guérison, que par
suite de ce que vous l'avez entendu dire pendant
son délire, vous ne voulez plus de cet enfant chez
vous. Que cependant, vous étant chargé de lui
sur votre honneur, vous ne reprendrez pas votre
parole, mais qu'il sera élevé désormais hors de la
maison, dans un asile sûr que vous cacherez tout
aussi bien au comte de Görlitz qu'à elle-même.
Si la marquise ne se révolte pas, c'est qu'elle est
innocente; si elle se révolte, l'enfant est bien à
elle. »

« Ainsi, pendant que la malheureuse jeune
femme gisait sans connaissance dans le plus fort
de la fièvre, vous, pauvre petit, on vous chassait
de la maison. Et non-seulement on vous
ôtait à votre mère, mais encore on vous arracha
à la fidèle nourrice qui avait pris soin de vous
jusque-là, craignant qu'elle ne trouvât moyen

d'instruire votre mère de votre sort quand, reve-
nue à la vie, elle vous chercherait et vous appel-
lerait de ses cris.

« Au bout de trois semaines, la marquise
commença à se lever, si pâle et si amaigrie que
même son mari éprouva une certaine compassion
en la voyant.

« Sa colère avait eu le temps de se dépenser.
La peur d'un scandale aidant, sa lâcheté innée,
la certitude que s'il cherchait querelle à Görlitz
le brillant et vigoureux officier aurait vite raison
d'un boulevardier de son espèce, usé jusqu'à la
corde, et le tuerait comme un chien, toutes ces
considérations calmèrent singulièrement l'ardeur
vindicative du mari outragé.

« Ce que l'avocat avait conseillé fut fait. La
vraie mère se révéla par un cri déchirant, et par
ses protestations désespérées contre le crime que
le marquis consommait. L'homme de loi avait
bien dirigé l'enquête.

— « L'enfant est à vous et à votre complice! »
hurla le marquis, ivre de colère, en voyant sa
femme littéralement abîmée à ses pieds, suppliant qu'on le lui rendît.

« Bien entendu, la marquise nia.

— « Taisez-vous, ou je vous tue ! » vociféra
le marquis, ne se gênant pas pour exhaler contre
sa femme, qui ne pouvait, elle, user de repré-

sailles, la colère qu'il n'aurait pas osé montrer devant son complice.

— « Si l'enfant n'était pas à vous, est-ce que vous vous seriez ainsi prosternée à mes pieds dans un tel affolement de douleur ? Ces cris sortent de la poitrine d'une mère ! »

« Puis, ricanant avec férocité et fixant cette face livide, levée vers lui avec une expression d'agonie terrifiante, il continua, comme un homme qui devient fou :

— « Vous ne le reverrez jamais, jamais, votre Bâtard ! m'entendez-vous bien ? Jamais ! Vous pourriez courir nuit et jour, parcourir la terre entière, vous payeriez les recherches les plus minutieuses et vous consulteriez les plus célèbres avocats, il est mort pour vous comme s'il était dans sa tombe. Ne me parlez plus de lui !... Ne me demandez plus de le reprendre ici ! Sachez seulement être reconnaissante de ce que je vous garde, vous, sans pénétrer plus avant dans le mystère de sa naissance ; — car si je remuais cette boue, vous ne pourriez plus nier, et la mort de Görlitz ou la mienne rendrait votre faute publique.

« Et mettez-vous bien dans l'esprit que, si vous aimez l'enfant, il faut, à cause de lui, apprendre à vous taire et tâcher d'effacer le passé ; car, sachez-le, si vous m'exaspérez, c'est à lui qu'il arrivera

10

malheur, et je vous engage à ne plus oser m'en parler jamais ! »

« Ici, le visage du marquis devint effroyable à voir.

« La nuit qui suivit cette scène terrible, la marquise fut comme folle. Elle s'échappa furtivement du château pendant le sommeil de tous, et, sans avoir conscience de ce qu'elle faisait, elle arriva jusqu'au village voisin, après avoir traversé dans sa course effrénée toute la forêt qui l'en séparait.

« Elle avait marché sans peur dans les bois lugubres et sombres, enveloppés de ténèbres. Elle eut été chercher, dans sa chasse haletante, l'enfant de ses entrailles jusque dans les griffes du tigre et dans la fournaise de l'enfer.

« Mais, Roland, vous n'avez pas oublié qu'elle-même nous a raconté d'une façon déchirante cet épisode navrant !

« On la trouva évanouie, le lendemain matin, non loin de la grande route.

« Je glisserai sur ce que j'ai su par Mᵐᵉ Soinard de ces premières journées terribles, mon enfant, pour ne pas vous broyer le cœur. Quand, à la fin, la malheureuse rentra dans un calme relatif, tout son être ne tendait que vers un seul but : vous retrouver.

« Hélas ! elle tentait inutilement effort sur

effort. Aucun indice ne lui donna même une
lueur d'espérance pour la soutenir sur ce chemin
de la Croix, et la douloureuse mère appelait son
enfant en vain. Elle n'apprenait rien de lui.

« Je vais vous dire rapidement ce qui suivit,
et comment, de désespoir en désespoir, elle arriva à la folie.

« D'abord, elle avait cru ne plus jamais pouvoir écrire à Görlitz; sa fierté se révoltait à la
seule idée de laisser voir à ce traître les incura-
bles blessures qu'il lui avait faites. Mais son agonie maternelle prit le dessus, et sa fierté même
s'humilia. Elle lui fit écrire toute la triste vérité
par Mme Soinard. Mais le comte, qui ne l'aimait
plus, et qui était, disait-on, sous le joug d'une
femme jalouse et très éprise de lui, ne répondit
pas aux lettres désespérées de la pauvre Soinard.

« Alors, elle eut le courage d'écrire elle-même,
et reçut une réponse froide et polie. Görlitz l'assurait que tout ce qui dépendrait de lui pour l'aider il le ferait, mais, par le fait, il ne bougea pas
son petit doigt pour rendre à la malheureuse
mère son fils.

« Il écrivait que le marquis étant, au bout du
compte, un homme bien né et non un vulgaire
manant, s'il avait écarté l'enfant du toit conjugal
il ne l'en faisait pas moins élever convenablement.

« Votre mère lui adressait lettre sur lettre. Le

hasard le lui fit même rencontrer aux bains de
mer, où il était avec sa femme, et où le marquis
la traînait, exigeant qu'elle se montrât à ses côtés.
Elle eut des entrevues avec lui, entrevues froides
et compassées, où ni la grande dame, ni l'homme
de cour, quoique seul à seul, ne trahirent ni par
un geste, ni par une parole, le souvenir des relations passionnées d'autrefois.

« Görlitz, passé maître dans l'art de traiter
les femmes, la leurra de phrases sentimentales,
reflétant son âme d'élite et son honneur imma-
culé. La pauvre impétueuse, dont le cœur était
en feu et le cerveau incapable du calme nécessaire pour lui suggérer des raisonnements logi-
ques, tirait toujours le plus mauvais parti de ces
entretiens, tandis que Görlitz, qui jouissait d'une
impassibilité absolue, se posait en demi-Dieu
rempli d'une abnégation que la pauvre âme ad-
mirait souvent encore, avec un renouveau de
l'ancien amour mal éteint.

« Le grand politique jouait avec elle comme
le chat avec la souris.

« Il promettait tout, afin d'éviter un éclat, ne
ressentant nullement la position effroyable de la
marquise, et si sensible au contraire à la sienne
propre, en cette circonstance, qu'il s'attendrissait
sur lui-même. Il se croyait beaucoup de religion,
parce qu'il en accomplissait régulièrement les pra-

tiques extérieures. Très lâche comme ceux dont
la conscience n'est pas tranquille, il tremblait
devant Dieu. Comme Louis XI, il priait sans
cesse pour que les péchés qu'il allait être obligé
de commettre, afin de cacher ceux qu'il avait commis et qu'il tremblait de voir au jour, lui fussent
pardonnés.

« Il appartenait à un de ces mondes corrompus où les femmes sont d'autant plus intrigantes,
envieuses et licencieuses, et les hommes coureurs
de bonnes fortunes, qu'on y affecte le Puritanis-
me le plus exagéré.

« Idolâtré des femmes, dont l'imagination,
au service de leurs sens, prête toutes les qualités
des héros de leurs rêves à l'homme aimé, Görlitz
se croyait bien véritablement être ce que ses maîtresses affolées voyaient en lui.

« Il se subjuguait lui-même; et, de fait, ce
que sa glace lui montrait : un bel homme de plus
de six pieds, à la tournure noble et élégante, au
profil d'Adonis, aux yeux en amande, d'un bleu
rêveur comme une élégie, pouvait satisfaire le criti-
que le plus exigeant et le plus raffiné. Et ce sultan,
adoré à l'envie, se jugeait d'une essence très supérieure, et considérait que les femmes qui avaient
été honorées de son choix, devaient à tout jamais
rester avec une reconnaissance exaltée ses hum-
bles sujettes.

10.

« Aussi considéra-t-il les récriminations de la marquise comme fort injustes, et se crut-il naïvement la victime d'une persécutrice sans excuse. Loin de la secourir, il devait l'éviter ou la blâmer.

« D'ailleurs, en l'aimant pendant quatre ans entiers, n'avait-il pas déjà fait pour elle ce qu'il n'avait jamais fait pour aucune autre ? De plus, n'avait-il pas usé généreusement de toute son influence, et même risqué de se compromettre en haut lieu, pour obtenir cette décoration qui avait décidé l'entrée de l'enfant chez le mari de sa maîtresse ? Et n'était-ce pas un tour de force que d'avoir fait donner une telle distinction à une nullité comme Monsieur de la Roche d'Aurevillers ?

« Si ses fiançailles, à lui, agissant sur le système nerveux de la marquise, elle avait fait une esclandre parce que son amour venait à lui manquer, en était-il responsable ? Pourquoi ne s'était elle pas résignée comme ses autres flammes, qui se contentaient, son caprice pour elles éteint, de sortir de sa vie brillante de météore pour rentrer dans les pénombres tristes de leurs douleurs à elles ?

« Görlitz n'était, certes pas, un misérable. Il joignait les raffinements extérieurs au tact d'un homme distingué, et au début de sa carrière amoureuse, il avait même eu un cœur tendre et de la sensibilité. Mais la chaleur intérieure s'était refroidie, et l'atmosphère vicié dans lequel il vivait avait perverti ses premiers instincts. Cadet de famille sans fortune, avec son chemin à faire, il vit promptement le parti qu'il pouvait tirer de son éclatante beauté et des mérites qui peuvent se *voir*, se *saisir* de suite, sans qu'on ait à fouiller pour les découvrir. Il se mit donc en devoir de n'apprécier, de n'exploiter que ceux-ci, et il méprisa les autres plus solides, qui ne donnent que des satisfactions de conscience.

« Malgré lui, son cœur éprouvait parfois encore des élans de pitié, qu'il parvenait bien à étouffer comme une sottise, mais qui le troublaient vaguement, dans l'effroi de *l'au-delà*, quand il rentrait en lui-même. Et cette terreur, faisant irruption un moment, troublait assez son égoïsme pour qu'il s'imposât quelque acte de charité ou de bonté méritoire, pour gagner ainsi quelques petites actions sur le paradis. Il agissait ainsi comme on prend une médecine, ou comme on se pose un vésicatoire, et pour donner « le change » à Dieu. Cela ne découlait pas de quelque grâce intérieure. Les bons sentiments que sa mère et sa simple éducation de campagne, dans un grand château solitaire de la Prusse de l'Est, avaient engendrés en lui, la fournaise ardente de la vie artificielle les avaient

desséchés et ils étaient retombés, feuilles mortes,
hors de son caractère, hors de sa nature, qui
devenait de jour en jour plus réellement froide,
et, par un triomphe de l'hypocrisie, plus extérieurement onctueuse et aimable. Sans avoir
jamais l'intention de tenir une promesse quelconque, mais bien trop fin pour se faire des enne-
mis, il savait toujours promettre, transiger, faire
espérer, et, accroissant ainsi sa puissance protec-
trice, se servir même au besoin de ceux qui
avaient eu recours à lui.

« C'est ainsi qu'il fit patienter la marquise,
solliciteuse tremblante qui le quittait chargée de
tout ce que Görlitz pouvait accumuler de faux
empressements, pendant leurs rares rendez-vous,
et qu'il oubliait séance tenante, alors que cette
perspective seule donnait une ombre de vie et un
tressaillement d'espoir à la mère désolée.

« Görlitz, satisfait de lui-même, et persuadé
qu'il était très noble de cœur et d'action, continuait à être froissé et à se trouver fort injuste-
ment méconnu, quand Mme Soinard osait lui
montrer sa lâcheté et son égoïsme vis-à-vis de la
pauvre femme affolée qui, comme la Rachel de
la Bible, ne pouvait trouver la paix, parce que
son enfant lui avait été ravi et qu'elle ne le
retrouvait plus.

« Peu à peu, l'amour de votre mère pour son

séducteur tomba en lambeaux, déchiqueté par
les innombrables vilenies qu'elle voyait se lever
en lui comme un essaim d'abeilles picotantes, qui
arrachèrent jusqu'au dernier atome de son estime
pour le lâche. Deux colères se réunissaient en
elle contre lui : le feu de son indignation, et
celui de son mépris écœuré. »

A ce moment du récit, le bon docteur s'arrêta
court, suffoqué par l'émotion. Roland continuait
à se taire, les lèvres serrées ; mais, à la descrip-
tion de son père, ses yeux avaient eu une
expression singulière. Le docteur reprit :

« Vous savez le reste, Roland. Votre pauvre
mère, après deux années et demie d'angoisses
effroyables, perdit subitement la raison. L'amante
bien-aimée de Görlitz ne fut plus qu'une ombre
dans un cabanon de folle. Dieu m'est témoin
que tant qu'elle conserva ses facultés intellec-
tuelles, elle ne recula devant rien pour vous
découvrir. Une énergie phénoménale soutint ce
cœur de mère dans un corps si frêle, à travers
mille luttes qui en eussent rebuté de plus fortes.

« Je vous remettrai un journal écrit par elle
au jour le jour, que j'ai recueilli dans ses papiers
et qui vous arrachera des larmes. Et avec ces
pages, toutes trempées de ses pleurs, quelques
bijoux qu'elle vous a destinés.

« Je vous ai tout dit, mon enfant. Et mainte-

nant, laissez-moi quelques instants... Vous aussi,
vous avez besoin d'être seul. »

Le docteur se leva. Roland, très pâle, fit de
même. « Merci, Monsieur! » furent ses seules
paroles, mais le docteur put voir qu'une tempête
effroyable bouillonnait en lui, et sa main, qu'il
lui tendit, était glacée.

XXIII

FRAGMENTS DU JOURNAL DE LA MARQUISE

Une date... à Paris.

COMME je vais bientôt mourir, — car l'amour maternel est au cœur d'une femme ce qu'est le sang qui coule dans nos veines, et lui arracher son enfant, c'est tarir les sources mêmes de la vie, — j'écris, afin que si ces pages tombent jamais entre les mains de mon fils il puisse m'absoudre, en voyant ce que j'ai souffert, du crime que j'ai commis en le mettant au monde, crime qu'on m'a impitoyablement fait expier en me le prenant, lui, ma chair! mon sang!

Arracher à une femme son enfant! Ah! que les mots sont insuffisants pour rendre les sensations d'une malheureuse mère qui a soif de le soigner, de le protéger toujours, et qui doit désormais rester éternellement dans une incertitude terrifiante, même sur son sort.

Mon fils! Je me suis fait ouvrir toutes les
portes pour te trouver! Les pensions, les écoles,
les crèches! partout, là où les pauvres petits
orphelins commencent à comprendre leur vie
lamentable, je t'ai cherché. Ah! le marquis t'a
certes mis dans un endroit bien caché, où je ne
pourrai jamais te découvrir!

Je cherchais, fouillais, folle d'espoir en arrivant, pour m'en aller dans un désespoir chaque
jour plus affreux, car aucune tête blonde, aux
grands yeux que tu as hérités de ton père, ne
m'apparaissait. Ce que j'ai souffert dans ces
moments-là, tu ne le comprendras jamais!

Je parvenais à rester calme, impassible. Il le
fallait! La première fois, mon angoisse me trahit.
Malgré moi, j'éclatai en sanglots.

— « Madame a peut-être perdu un enfant? »
entendis-je une surveillante murmurer à l'oreille
du docteur Ricard, qui m'accompagnait avec
tant de sollicitude.

Quel criminel pire qu'un assassin est celui qui
vole un enfant à sa mère! Dieu pardonnera-t-il
jamais une telle monstruosité?

Autre date... à Ostende.

Je suis à Ostende. Le hasard a voulu qu'*il* y
soit aussi avec sa femme.

Il nous a abordé ce soir, indifférent, poli. Je m'efforçai de paraître calme; mais, intérieurement, tout mon être a tressailli, comme si l'on tordait les fibres de mon cœur et que la sève de ma vie en eût jailli. Je me sentais tellement alanguie et glacée, que mes jambes fléchissaient avec la sensation qui précède l'évanouissement.

Cet amour, que je croyais éteint dans l'indignation, s'est relevé, fantôme livide mais trop vivace, dans ce cœur que Görlitz n'a pas eu plus de scrupule à broyer sous son talon qu'on n'en n'a à écraser une vermine qui rampe.

Ah! les langueurs que cette nuit étoilée d'été remue dans mon âme, pour les faire remonter, troubles mais grisantes, se mélangent à mes cruelles pensées.

C'était par une nuit semblable que, pour la première fois, il s'approcha de moi, si près, si près, sous les sombres arbres du bois de Boulogne, au printemps qui suivit mon retour de Berlin. Sans qu'il me dît un seul mot, son grand amour passait tout entier de ses yeux dans mon être palpitant. Je ne sais comment subitement ses bras m'enlacèrent, et pourquoi, au lieu de sentir une révolte en moi, je me laissai aller, grisée, sous le souffle chaud de ses lèvres, mon corps ployant comme une herbe sous la brise, dans ces bras si forts qui me semblaient désormais ma forteresse, et la défense de toute ma vie.

Doucement d'abord, presque timidement, ses lèvres prirent possession de mes lèvres, puis, de plus en plus rapprochés, âprement, violemment, les baisers pleuvaient sur mon front, mes yeux, mes joues, pour revenir à ma bouche. Et, entre chaque baiser, des mots passionnés, délirants, me jurant une foi éternelle... qui dura quatre courtes années...

Maintenant, sa pitié même, je ne l'ai pas ! Car ce soir, il a eu un mot cruel à mon adresse, lorsqu'il m'a vue, selon les ordres du marquis, plus élégante que jamais : « Une femme se console de tout avec des chiffons, Madame ! » a-t-il dit.

Oui, c'est plus commode pour sa conscience (car devant lui il faut bien que je paraisse calme) de me croire la femme dont il ne voit que l'extérieur, que de scruter ce qu'il y a d'abîmes inconsolables derrière ce masque impassible, qui doit subir la vie journalière, qui s'habille, voyage, parle, sourit pour que le marquis ne soupçonne pas que c'est mon fils que j'ai perdu !

Et pourtant, Görlitz est père ! Alors, comment ne comprend-il pas que cette lacération, l'arrachement d'un enfant à sa mère, est comme un poignard qu'on tournerait et retournerait sans

cesse dans une plaie vive... mon cœur! Et je
dois me taire, quand pleurer, crier, me tordre
dans les convulsions de mon désespoir serait un
soulagement. Je dois me taire pour toi, mon
fils!... La menace du marquis, si je me plains,
est toujours là, devant moi, en lettres de feu!
S'il allait te tuer parce que je t'appelle?

Autre date... Ostende.

Je souffre trop! Je demande la mort, l'oubli,
l'anéantissement, — la folie même! tout! pour
ne plus sentir cette blessure d'où coule le sang
de mon cœur.

Un jour, j'ai fait frémir le marquis lui-même,
lorsque nous visitions la Salpêtrière, cet hiver,
avec des amis de province, en m'attachant, sans
pouvoir m'en détacher, à une pauvre folle hébé-
tée qui avait perdu la raison à la mort d'un
enfant unique. J'aurais voulu presque être à sa
place, car elle tenait sans cesse entre ses bras un
rouleau de chiffons qu'elle dorlotait et baisait
frénétiquement, avec de grands rires de joie,
croyant tenir là ce que la tombe inexorable lui
avait pris.

Autre date... Ostende.

J'ai rassemblé aujourd'hui tout mon courage, et

j'ai prié Görlitz de venir me voir, afin de lui parler de ce qui agite seul mon cœur. Hélas! lui là, je n'ai plus rien su dire.

— « Vous m'avez fait demander, madame la marquise? Me voici, que voulez-vous de moi? » demanda-t-il.

Les larmes qui m'aveuglaient se figèrent à l'expression d'indifférence peinte sur son visage. Une gêne terrible s'empara de moi. Je balbutiai une banalité quelconque en lui tendant le bout de mes doigts tremblants. Ne devait-il pas comprendre l'appel désespéré que sa politesse glaciale retenait sur mes lèvres? « Tu es le père de mon enfant! Par pitié! par charité chrétienne, aide-moi à le retrouver! »

Mais une fierté invincible, la terreur d'être repoussée, l'attente vaine d'une lueur de bonté de sa part qui m'encourageât à parler, me retinrent. Il ne vit devant lui qu'une femme hésitante, tremblante, irrésolue. Quand il tourna le bouton de la porte pour partir, sous l'impulsion désespérée de ma propre impuissance j'allais me précipiter à ses pieds pour l'attendrir; mais le salut froid et poli d'un étranger qu'il m'adressa, me pétrifia de nouveau. Je répondis par un salut raide comme le sien, pour éclater en sanglots déchirants dès que je fus seule.

Autre date... Plusieurs mois plus tard, à Paris.

Je vais bientôt pouvoir te presser entre mes bras, mon fils chéri! Oh! mon Dieu, je suis si heureuse que je crois devenir folle! Voici ce qui est advenu.

Ce soir, Me Lemaire, mon avocat, est arrivé avec un visage radieux. Il venait d'apprendre que M. Canaillon de Champcey, rédacteur du journal « La Capitale », sait positivement où est mon fils. De Champcey a souvent vu l'enfant chez nous, car quoiqu'étant un journaliste intrigant, homme peu respecté en général, il était un de nos hôtes les plus assidus et très lié avec le marquis, à cause d'affaires scabreuses de Bourse. Or, Champcey est possédé d'un désir effréné : être mis à même d'interviewer le comte* de Bismark, pour le sonder sur les intentions de la confédération de l'Allemagne du Nord au sujet de la succession au trône d'Espagne**, et en rendre compte après dans un article « *épatant* », afin que par cet article il puisse donner un im-

---

* Bismark était Comte en 1869, époque à laquelle la Marquise écrit.

** Le lecteur sait que c'est là ce qui amena la guerre de 1870.

mense éclat à son journal. Cette vile créature a
eu une pensée subite. Ayant probablement, dans
un jour d'épanchement ou d'emportement, entendu prononcer par le marquis un mot de trop
au sujet de la subite disparition de l'enfant qui
lui fait croire que j'en suis la mère, sachant où il
est, trop vil pour me l'apprendre sans compen-
sations et se rappelant que Görlitz, qu'il a beaucoup vu chez nous, est un des amis du comte de
Bismark, il me propose de me dire où est l'enfant, à une seule et unique condition : c'est que,
par l'entremise de Görlitz, je lui procurerai une
entrevue avec Bismark, ne fût-ce que de le voir
un samedi, à une de ses soirées parlementaires
où Görlitz va presque toujours, et où il peut
facilement présenter quelqu'un, ces réceptions,
ouvertes à tous les amis et connaissances du
comte, ne demandant aucune invitation spéciale
pour y être admis.

Or, quand j'aurai écrit ceci à Görlitz, mon
fils, tu seras de nouveau à moi! Oh! comme à
cette pensée je rends grâces au ciel!

Autre date... Paris, plusieurs semaines plus tard.

Rien!... Rien! ma joie a été aussi inutile,
aussi fausse, aussi creuse que le cœur de ce

traître, que je commence à haïr et à mépriser, car voici, mon fils, ce qui est advenu : J'ai de suite écrit à Görlitz ; d'abord, il m'a fait attendre sa réponse pendant trois semaines ! A la fin, il a daigné me répondre quatre pages, pleines de lieux communs et d'hypocrisie, dans lesquelles il me dit que si, *plus tard*, l'occasion s'en présentait, il ferait ce que je lui demandais ; mais que, vu ses absences fréquentes et forcées pour la chasse et vu la mauvaise santé du comte de Bismark, la chose n'était pas *ce qu'il y avait de plus facile* cette année, ce que je lui demandais étant à peu près comme si l'on priait le propriétaire d'une belle fourrure de mettre une mite dedans !... Sa lettre finit ainsi par une très spirituelle phrase, et... voilà tout !

C'était cela, cela ! que le père de mon enfant osait répondre à une mère qui avait vécu ces trois semaines en sentant blanchir ses cheveux, tellement elle était folle d'attente et d'espoir au sujet de sa réponse, croyant qu'il parlementait, qu'il s'occupait sérieusement de ma demande et ne voulait écrire que quand il aurait reçu l'assentiment du comte de Bismark. Oui... ce traître ne trouvait rien de mieux à jeter à mon cœur affolé de désespoir que quatre pages d'insultantes futilités. Mon fils, je n'ajoute pas un seul mot, je tremble trop d'indignation et de fu-

reur ! Si jamais tu vis et deviens fort, *tue-le!* pour
cet instant de délirante torture !!!

Dieu sait que je n'écris jamais à Görlitz que
pour le supplier à deux genoux de m'aider à te
retrouver, toi, *son fils* autant que le mien! qu'il
oublie et qu'il abandonne, comme si cet être vivant et sentant était un des passereaux qui vo-
lent dans les airs à la merci du premier fusil.
Mais, *toujours* le même résultat! Des semaines
sans répondre, semaines d'angoisses et d'alternatives brûlant ma vie, dévorant mon sang! Puis,
quand il répond, ses lettres sont pires qu'un souf-
flet! Froides, courtes, l'impatience perçant sous
le style poli et glacial. Sa seule terreur est que je
vienne troubler sa tranquillité; *aucun* autre sentiment ne découle de ses écrits. Si j'étais une
pierre insensible, il ne pourrait être plus absolument indifférent. Ce qu'il m'adresse, ce ne sont
que des phrases, et *rien* que des phrases, aussi
creuses que son cœur rempli seulement d'ambition et de vanité.

Oh! pour fuir cette agonie, en quoi m'absorber! Quand la grande douleur de la vie est
un enfant qu'on a perdu, ce n'est plus comme
un amour trompé, qu'on peut chercher à oublier.
Au contraire! c'est un devoir d'y penser sans
cesse, jusqu'à ce qu'on ait retrouvé cette créature
de ses entrailles.

Autre date... Paris.

Ne pouvant rien obtenir de Görlitz, je me suis encore une fois adressée à de Champcey. Sachant son journal en très mauvais état, je l'ai prié de venir me trouver, et après lui avoir de nouveau fait lire la réponse de Görlitz dans laquelle il écrit qu'il lui est impossible cette année d'obtenir pour lui une entrevue avec le ministre Allemand, je lui ai dit que je connaissais une personne si intéressée à savoir où est l'enfant qu'elle serait prête à donner une grande somme pour en être informée. Je ne sais si c'est la perspective de l'argent ou mon désespoir, que je pouvais à peine maîtriser, qui a fléchi de Champcey, mais il va me le dire en échange de la somme que je dois lui donner dans huit jours. Ah! je trouverai cet argent, dussé- je le voler!

Alors, ma fidèle Soinard partira, après que nous aurons mûrement réfléchi aux moyens d'entourer ce départ des plus strictes mesures de prudence. Je n'ose dire que je suis folle de joie! Cela porte malheur.

Autre date...

Champcey a reçu la somme, et ma bonne Soinard est partie avec deux fidèles serviteurs à moi, son fils et son neveu, qui doivent l'aider à voler ou à obtenir, en les subornant avec de l'argent, que les personnes qui ont l'enfant nous le rendent. Malgré le froid glacial de la saison, cette femme dévouée n'a pas hésité. Me le ramènera-t-elle? Mon anxiété, mon état d'angoisse est impossible à dépeindre!

Autre date... Plusieurs semaines plus tard.

J'ai été bien malade. Je n'aurais jamais cru après ce qui est arrivé pouvoir de nouveau tenir la plume. Mais, malgré les plaies de l'âme les plus vives, cette machine endolorie, le corps, vit et marche toujours.

L'écroulement épouvantable, le désastre incommensurable, les voici : Madame Soinard, parvenue au but de son voyage, dans le petit village des Vosges où bien réellement se trouvait l'enfant, apprit que le petit, avec les femmes qui le gardent, était subitement parti, et personne ne savait où il avait été emmené. C'est en vain que les plus fins limiers de la police secrète ont tout fait pour suivre leurs traces. On n'a absolument rien pu découvrir! Folle, presque hébêtée par les coups répétés qui fondent sur moi, j'étais assise un matin, les bras ballants les yeux dans le vide, mon cœur et ma pensée nourris uniquement de mon désespoir, lorsque le marquis entra :

— « Ah! vous avez voulu me voler votre fils, madame? » s'écria-t-il, avec une rage diabolique.

Un froid glacial me saisit dans la moelle des os, dans les articulations des genoux; je ne pouvais trouver la force de proférer une parole. Alors, il continua :

— « Dire que vous auriez réussi, et que le trouble et le scandale auraient de nouveau pu fondre sur cette maison, si je n'avais été averti de vos agencements par une lettre anonyme. N'essayez pas une seconde fois, madame, car, je vous le jure sur Dieu, c'est l'enfant qui en subira les conséquences terribles! »

Alors, arrachant de sa poche une lettre : — « Voici la preuve que je ne mens pas! » dit-il.

Grand Dieu !!!... le croira-t-on?... cette lettre était écrite avec l'écriture déguisée dont Görlitz s'était servi une ou deux fois, dans le temps, quand il avait à me faire part d'une chose trop pressée pour les lenteurs de la poste restante. —

Ainsi, même les plus fins s'oublient quelquefois dans une action imprudente.

Görlitz, en envoyant cette lettre anonyme, ne croyait pas que le marquis me la montrerait. En tout cas, dans la confusion de ses aventures, de ses innombrables mensonges à droite et à gauche, il avait certainement oublié qu'il s'était servi de cette même écriture pour correspondre avec moi. Le doute n'était pas possible. La lettre était de lui.

— « Donnez-moi cette lettre, » dis-je au marquis.

Le soir, je la comparai avec celles des lettres de Görlitz dont l'écriture était contrefaite; les seules que je n'avais pas encore livrées aux flammes. Les deux écritures étaient identiques.

Autre date...

Je n'ai pu me contenir! J'ai fait savoir à Görlitz ma découverte. Je lui ai envoyé la lettre d'un expert, auquel, pour plus de certitude, je m'étais adressée. L'expert affirmait qu'il n'y avait pas d'hésitation possible, que les deux écrits étaient bien de la même main. Görlitz, dans une lettre vide du moindre élan vrai, a tenté avec indignation de réfuter cette insinuation. Mais l'indignation sonnait faux, et, seule, la terreur,

terreur d'un lâche qui essaie d'apaiser par tous les moyens, s'y sentait.

J'ai réfléchi, avec ma pauvre Soinard, bien malade et alitée depuis le malheureux voyage dans les Vosges, à ce qui avait pu pousser Görlitz à cette action démoniaque. Certes, il a eu peur,—sa femme étant d'une jalousie folle, quoiqu'elle ait elle-même une réputation de grande légèreté,—que si je te retrouvais, mon pauvre enfant! je le harcélerais de nouveau afin qu'il trouvât le moyen d'obliger le marquis à te reprendre sous son toit, qu'il en résulterait un esclandre, et que sa femme pourrait alors arriver à tout découvrir. Tandis qu'au contraire, tant que le petit est introuvable, sa paix, à lui, est assurée.

Il s'est sans doute dit, le lâche, qu'à la fin, usée par l'agonie et le désespoir, je finirais par succomber, soit dans la folie, soit dans la mort! Et il a deviné juste; je deviendrai folle! Depuis deux ans, je sens souvent ma tête s'égarer, et comme une brûlure intolérable, et toujours fixe, au sommet du crâne. Avec cela, des maux de cœur et de tête accompagnés de frissons. Je sais à peine ce que je dis dans ces réceptions, fêtes et visites où je dois figurer. Mes pensées se brouillent, mes idées me viennent sans suite, j'ai des terreurs subites pour un rien, et parfois des

éclats de rire hystériques quand j'ai envie de
pleurer, comme si mes nerfs se relâchaient dans
un rictus terrifiant.

J'ai passé toute une nuit à me croire cette
pauvre folle de la Salpétrière, dorlotant ce pou-
pon de chiffons. Une autre nuit, je rêvais si atro-
cement d'un livre que j'avais lu, en me prenant
pour un des personnages, que je ne pouvais me
rendre bien compte pendant des heures, après
m'être réveillée en sursaut, de mon identité. Je
sentais cela vaguement; car, n'étant pas tout à
fait folle, une certaine perception survivait encore
à ce trouble mental et je comprenais qu'il fallait
réagir.

Autre date...

Hélas! ma pauvre Soinard vient de rendre le
dernier soupir, emportée par la bronchite qu'elle
a contractée lors de ce voyage dans les Vosges.

Le dernier chaînon qui me retenait à l'espoir
se brise, avec cette vie qui s'est éteinte...

Autre date...

Me sentant de plus en plus malade et affolée,
j'ai été aujourd'hui voir le célèbre docteur X, qui
ne s'occupe que des affections nerveuses et men-

tales. Il m'a pris la main avec une grande bien-
veillance, et m'a dit : « N'est-ce pas? vous avez
eu un grand chagrin, un trouble, quelque déran-
gement terrible dans votre vie ? »

Et comme je ne pouvais répondre, car ce que
j'éprouvais en présence de cette sympathie, de
ces grands yeux tristes qui me fouillaient dans
l'âme, se serait traduit en sanglots si j'avais essayé
de parler, je baissai la tête en signe affirmatif.
Alors il me conseilla de voyager, de me distraire,
de tâcher de ne pas penser à mon chagrin ; puis
il m'écrivit une ordonnance et je le quittai. Montée dans ma voiture, la tête alourdie, dans une
torpeur profonde, tout ce que je voyais dans les
rues dansait, tournait et retournait devant mes
yeux. Ce soir, tandis que j'écris, je souffre horriblement ! Mon front semble en feu... Je m'é-
gare... Je crois que ma tête s'agrandit et pourtant
se vide... Quand je veux parler, mes dents
claquent.

.   .   .   .
.   .   .   .
.   .   .   .

Après ceci, plus rien ; les pages suivantes dans
le petit carnet étaient restées blanches.

Quoique nous n'en ayions transcrit pour le

lecteur que quelques extraits, cette page était
bien la dernière du pauvre petit journal trempé
de larmes.

XXIV

ROLAND restait des heures enfermé dans sa chambre, abîmé dans la lecture des tristes pages laissées par sa mère. Elle y revivait pour lui. Le pli de son front entre les deux sourcils se creusait plus profondément de jour en jour, rendant son regard sinistre, et une chose plus effrayante encore, c'était la concentration absolue de ce garçon de vingt et un ans à peine.

Le docteur ne concevait pas ce silence vis-à-vis de lui. Il voyait qu'une lutte intérieure déchirait Roland. Il maigrissait, malgré sa florissante jeunesse, comme dévoré par un mal secret.

— « Monsieur, me permettez-vous de faire un voyage ? » — lui demanda-t-il un matin, quelques jours après les révélations du docteur sur sa naissance.

— « Quel voyage, mon garçon ? »

— « Je voudrais aller à Berlin. »

— « A Berlin? Pourquoi? »

— « Pour voir le comte de Görlitz. »

Et Roland pâlit si étrangement en prononçant ces mots, que M. de Melcy s'alarma.

— « Dans quel but voulez-vous faire cette démarche, mon pauvre enfant? Croyez-vous pouvoir ramener à vous l'homme qui a pu cesser d'avoir de l'amour et de la pitié, même pour votre mère? »

— « Et croyez-vous, Monsieur, que je l'accepterais, son amour ou sa pitié? » — s'écria le jeune homme, dont le front se marbra d'une rougeur violente. Il avait proféré ces paroles avec une telle passion, que le docteur eut un sursaut. Avait-il allumé en lui un incendie qu'il ne pourrait plus éteindre? Quelque drame serait-il le dénouement de ce qu'il avait été obligé de lui faire connaître?

— « Mon enfant! je vous en supplie, renoncez à ce projet! Du moins, n'allez pas à Berlin maintenant. Et surtout, pas de violences, pas de menaces à votre père! »

— « Je n'ai pas l'intention de faire d'esclandre, Monsieur, et de figurer dans les journaux à côté des autres malheureux à la chasse d'un père qui ne veut pas d'eux! J'espère que vous me savez trop fier pour en arriver là! — Et le jeune homme se redressa de toute sa haute taille, ayant tellement une allure de Roi que certes le soupçon d'une tentative de ce genre ne pouvait l'atteindre. — Je vous en conjure, laissez-moi partir ! »

Le docteur réfléchit un instant.

— « Vous y tenez donc beaucoup ? »

— « Comme au souvenir de ma mère martyre. »

Le docteur fut pris d'une terreur subite.

— « Et si je vous le défendais ! » exclama-t-il avec l'autorité et le droit du père sur l'enfant.

— « Je vous répondrais, Monsieur, que vous seul avez eu pitié de moi sur la terre, que vous avez été pour moi le père que la Providence m'a refusé, et que ma mère vous a dû de revoir son enfant et de pouvoir mourir dans ses bras. Et cependant, si vous me le défendiez, je sens que ce serait plus fort que moi et que je vous désobéirais. Ah ! Monsieur, ne me le défendez pas, car je vous tromperais fatalement. »

— « S'il en est réellement ainsi, Roland, je n'ai rien à ajouter. Je dégage seulement ma responsabilité de votre démarche. »

Roland ne répondit rien. Il y eut un moment de silence, puis le docteur reprit :

— « Et quand comptez-vous partir ? »

— « Mais, aujourd'hui même... »

— « Roland, écoutez-moi. Donnez-moi cette
seule preuve de déférence et de tendresse : At-
tendez huit jours, huit jours seulement... Laissez
asseoir en votre esprit la première violence de
l'indignation que mon triste récit y a fait surgir.
Il faut que votre âme en soit dégagée pour être
en état de juger froidement et raisonnablement.
Hélas ! à votre âge, on est sans expérience. Mais
toute âme a sa plaie vive et saignante ; la grande
leçon qu'on retire de la vie, c'est la résignation
devant l'inévitable. »

Roland baissa la tête et parut réfléchir profondément. Enfin, il leva son front, creusé par le pli
sinistre.

— « Soit, vous insistez sur un retard ; je cède.
Mais, dans huit jours, ne me condamnez pas à un
nouveau délai ! »

— « Après huit jours, peut-être sera-t-ce vous,
mon enfant, qui ne voudrez plus partir... »

— « Ne l'espérez pas ! Je m'incline devant un
désir qui est le vôtre. Mais l'incertitude n'est pas
dans ma nature, et, vous le savez, j'ai toujours
su ce que j'ai voulu. Un déshérité n'ayant pas
pour lui les adorables faiblesses d'une mère, n'a
pas le droit d'ennuyer les autres par ses hésitations. »

Il y avait tant d'amertume dans son regard,
que M. de Meley, lui prenant les deux mains,

chercha à l'attirer sur son cœur. Le fier enfant
se dégagea doucement, mais fermement, comme
il faisait chaque fois que le docteur tentait de
l'attendrir.

Ce dernier eut un navrant sourire : « Mon
enfant, vous avez vraiment vis-à-vis de moi trop
de réserve et de froideur ! » dit-il, essayant de
cacher une larme qui tremblait sous sa paupière.

Tous les généreux instincts dont Roland débordait, et qui s'allumaient toujours devant un
sentiment réel, prirent feu en voyant qu'il avait
froissé au cœur l'excellent homme qui avait été
tout pour lui.

— « Ah ! — s'écria-t-il, — pardonnez-moi,
mon père, mon vrai, vrai père ! et sachez que
ces mains crispées contre le sort et les hommes
seront toujours ouvertes et tendues vers vous. Si
je suis si réservé en apparence, si ingrat et si hautain, c'est que je sens qu'il me faut être constamment en éveil pour la lutte, et non attendri pour
la pitié et le pardon. Depuis que votre amitié a
traversé mon âme et fortifié ma vie, j'essaie de
ne pas nourrir en moi des colères sourdes contre
ce qu'on appelle le sort, ni d'abandonner mon
esprit au découragement. Mais le souvenir de ma
mère, et de nos souffrances à tous deux, soulève
dans mon âme de telles révoltes que jamais les
espérances de la Religion n'y pourront pénétrer.

Rien ne me fera croire à une justice et à une compassion suprêmes, en présence de ce monde peuplé de faux sentiments, de fausses lois, rempli de faux bonhommes et de fieffés hypocrites. Cela ne peut être l'œuvre d'un Dieu bienfaisant, mais une création du hasard, livrée aux instincts qui accomplissent la loi de la Nature en reproduisant l'espèce. Si une seule chose pouvait me faire *croire*, c'est que quelquefois je vois Dieu à travers votre pitié, votre compassion, et cette tendresse qui n'ayant jamais délaissé la mère, a inondé l'enfant. »

L'orgueil de Roland se brisait dans une déchirante émotion, mais toujours fier, il détourna la tête pour ne pas fondre en larmes. Cependant, rien que le tremblement nerveux de ses mains dans celles du docteur dénotait ce qu'il éprouvait.

Roland quitta son père adoptif très ému. Il sentait combien ce voyage l'effrayait, et se demandait s'il n'en arriverait pas, dans la délicatesse de sa reconnaissance, à céder et à s'en laisser détourner. A quoi se résoudre ?...

L'indécision ne fut pas de longue durée. Non !... non !... même pour cet homme sublime, il ne pouvait pas, il ne devait pas oublier qu'il avait juré de venger sa mère. Et comme pour venir à son aide et pour empêcher toute nouvelle hésitation, une idée lumineuse lui vint à l'esprit.

Il se préparait à la carrière diplomatique et s'était fait distinguer par les brillants résultats de ses examens. Pourquoi ne pas écrire de suite, sans en prévenir le docteur, bien entendu, au cousin de Monsieur de Melcy, qui occupait alors le poste d'ambassadeur de France à Berlin, pour lui exprimer le désir de lui être attaché provisoirement sous le prétexte de se perfectionner dans la connaissance de la langue allemande, devenue d'une importance si capitale en France depuis la guerre de 1870.

Roland suppliait l'ambassadeur d'insister auprès du ministre des Affaires Étrangères, afin que celui-ci fit une exception en sa faveur, son examen de secrétaire d'ambassade lui restant encore à passer, examen qui, comme simple attaché, n'était pas indispensable. Il éludait les motifs pour lesquels il faisait lui-même cette démarche auprès de lui.

L'ambassadeur, qui aimait beaucoup Roland, se servit immédiatement de toute son influence pour le satisfaire.

XXV

IL va sans dire que la baronne de Rosenthal et Martha s'arrangèrent pour
tirer leur épingle du jeu quant au petit
roman de Marguerite et de Roland. Avant même
de quitter Paris, Martha se décida à faire connaître à la princesse ce qu'elle avait d'abord jugé préférable de ne lui dire que de vive voix. Elle écrivit
douze pages à Marie Féodorowna, après avoir
préalablement confessé avec beaucoup d'adresse
Marguerite, qui se confia à elle naïvement, lui
recommandant le secret le plus absolu jusqu'à
ce que la guérison de son père lui eut permis de
s'ouvrir à lui et d'obtenir son consentement.
Tous ces détails, Martha ne manqua pas de les
communiquer à sa tante :

« Surtout, chère tante, que mon oncle s'ar-
« range pour paraître véritablement souffrant,
« afin d'éviter que Marguerite ne vous tourmente

« pour revenir à Paris. Si vous ne voulez pas
« qu'elle devienne la femme de ce jeune Fran-
« çais, il faut gagner du temps à tout prix. »

Marguerite croyait aller à Ragowitz, aussi fut-
elle fort surprise en arrivant à Berlin — qu'on
était forcément obligé de traverser pour s'y rendre — de se voir reçue à la gare par son père.
Il lui expliqua qu'ayant souffert du séjour trop
froid de Ragowitz, ils s'étaient décidés, sa mère
et lui, à retourner à Berlin jusqu'au printemps.
La jeune fille, désolée d'abord à la pensée que
Roland ignorait ce changement d'itinéraire, se
consola en réfléchissant que comme il ne devait
pas lui écrire, la chose était moins importante.

Il lui avait promis que chaque jour le Figaro
contiendrait une phrase pour elle, son souvenir
du matin à la bien-aimée. Marguerite trouverait
bien un moyen, de son côté, de lui faire savoir ce
qu'elle devenait et où elle était.

On affecta de croire autour de la jeune fille
que le prince, attaqué d'une maladie de cœur,
demandait de grands ménagements, quoiqu'on
lui laissât mener sa vie habituelle pour ne pas
l'inquiéter. Avant tout, il fallait éviter de l'agiter.
Il souffrait d'ailleurs réellement de la gorge depuis
des années, et le mois de janvier, toujours très
froid, mais plus encore cet hiver-là, l'obligeait à
se surveiller beaucoup.

12

Ce que sa femme lui avait appris de l'inclina-
tion de leur fille, le tourmentait extrêmement.

— « Un fils adoptif du célèbre Ricard de
Melcy ?... Oui, en effet, la baronne le nommait
dans une de ses lettres. » Puis il tomba dans une
profonde rêverie.

Marie Féodorowna s'étonnait de le voir pâlir
lorsqu'elle revenait sur ce sujet.

— « Chère petite, — disait Martha à sa
cousine, — je t'en conjure, patiente avant de
parler à tes parents de ton amour ! Ton père
tousse beaucoup ; — je sais bien que c'est de la
gorge, mais cependant cela n'est pas sans gravité,
surtout avec la complication de cette attaque au
cœur qui a été terrible, à ce qu'il paraît, et dont
il n'est qu'à peine remis, comme tu dois t'en
apercevoir. »

Marguerite s'alarmait réellement de la pâleur
et de la préoccupation visible de son père. Il
mangeait à peine, et lui si gai, si causeur d'ordinaire, il restait des heures silencieux, la tête dans
ses mains.

« Tu sais, — disait encore Martha, — Schläger
(le médecin du prince) est très inquiet. Bien entendu, ce n'est ni à ta mère ni à toi qu'il l'avoue-
rait ; mais il l'a confié à maman hier. Ainsi, je te
conseille fort, dans ton propre intérêt, de ne pas
encore t'ouvrir à lui sur ton projet. Rappelle-toi

que lorsqu'elle a été prononcée, une parole imprudente ne peut plus se reprendre. Attends, afin de saisir une bonne occasion ; dans quelques semaines sans doute il sera beaucoup mieux. »

Quoiqu'il eût été convenu entre eux que Marguerite n'écrirait pas à Roland avant d'avoir parlé à son père, elle n'y tint pas. Après trois jours passés dans le triste Berlin, dont les rues lui semblaient plus mortes et plus désertes encore après la vie et l'animation de Paris, et se donnant pour excuse à elle-même qu'il fallait pourtant qu'il sût qu'elle n'était pas en Pologne, mais à Berlin, elle épancha son cœur dans une longue lettre.

Ne sortant jamais seule, la pauvrette chargea Martha de la mettre à la poste.

Martha, admirablement entrée dans son rôle de confidente, soupirait, avait des enthousiasmes de louanges en réserve pour le bien-aimé qui la rendait de jour en jour plus chère et plus nécessaire à la jeune fille, qui ne pouvait parler de Roland qu'avec elle.

— « Voyons — se dit l'infidèle messagère en rentrant, la lettre de Marguerite dans sa poche, — comment devisent entre eux ces deux tourtereaux. »

Tandis que sa femme de chambre la coiffait pour un des thés de l'impératrice, elle se pâma

sur les phrases passionnées que Roland eût dévo-
rées de baisers. L'intérêt qu'elle prenait à sa
lecture, ses petits rires narquois, ses regards mo-
queurs, furent remarqués de la soubrette.

— « Pauvre Roméo ! Tu attendras longtemps
cette tendre missive, » dit-elle, jetant lettre et
enveloppe dans le grand poêle en porcelaine
blanche qui, selon la mode allemande, chauffait
sa chambre.

Marguerite, dans sa lettre, promettait à Roland
qu'elle ne se désolerait pas, alors même qu'ainsi
qu'il le lui avait dit il ne lui écrirait pas avant
que le prince n'eût sanctionné leur vœu d'être l'un
à l'autre. Chaque matin, elle lisait sa phrase
d'amour dans le *Figaro* : « Pense à moi ! » ou :
« Tu me manques plus que la vie ! » Signé :
« *Tristesse* ». La foi de Marguerite en Roland
était si profonde, que ces quelques mots lui suffi-
saient. Elle continuait à lui adresser des lettres
que Martha traitait comme la première, lisant et
brûlant, et ne s'étonna pas de ce qu'il n'y fût
jamais fait allusion dans les phrases du journal.

— « Il craindrait de me compromettre », se
disait-elle, et elle attendait la guérison de son
père, sinon patiemment, au moins le cœur plein
d'espérance.

FIN DE LA DEUXIÈME PARTIE

TROISIÈME PARTIE

—

XXVI.

ENVIRON trois semaines après leur retour de Paris, quelle ne fut pas la surprise de Marguerite et de Martha quand, un matin, une de leurs amies, la jeune princesse héréditaire de Rüstenberg, une délicieuse mariée de l'hiver même, vint les surprendre, toute pleine d'un événement de la veille, pour le leur raconter. Au bal de la cour, l'ambassadeur

12.

de France avait présenté à l'empereur un jeune français, le baron de Melcy ; dès son entrée, il avait fait sensation.

— « Quel malheur, chère Martha, que ton rhume t'empêche de te décolleter, et que ta mère et toi aient été privées d'y assister ! Quant à toi, ma petite Marguerite, il faut bien que tu te résignes, puisque ta présentation n'est que pour l'année prochaine. Mais comment ton père et ta mère ne te l'ont-ils pas dit, puisqu'ils y étaient ? Je crois même que le jeune homme leur a été présenté. »

— « Je n'ai pas encore vu mon père ce matin — dit Marguerite, qui, au grand étonnement de la princesse, tremblait comme une feuille, — et maman parle si peu que par elle je ne sais jamais rien. D'ailleurs, elle a gardé le lit, souffrante, chose rare pour elle. Il paraît que le bal d'hier ne lui a pas réussi et qu'elle s'y est trouvée mal. Mais donne-nous des détails sur ce bel Adonis ? »

Marguerite taisait ce qui était connu déjà de toute la maison, c'est qu'il y avait eu une scène effroyable entre le prince et la princesse. La cameriste, en apportant le café dans la chambre à coucher de Marie Féodorowna, en avait surpris la fin.

— « Adonis ! le mot s'applique absolument

à lui, ma chère ! — s'écria la princesse. — Comment il est, me demandes-tu ? » Et, vivement, la jeune femme donna, avec beaucoup d'esprit et d'entrain, le signalement de Roland. Mais tandis que Marguerite tremblait, qu'une fugitive rougeur lui colorait les joues et que son cœur battait à tout rompre, pris d'une joie folle, Martha était devenue très pâle. Si maîtresse d'elle-même qu'elle fut, elle ne put dissimuler sa formidable anxiété. Comment ! Roland à Berlin ! Sans doute, stupéfait, torturé d'être sans nouvelles, inquiet, il venait se rassurer et surveiller ses intérêts en personne. Lui et Marguerite se verraient, et sa trahison à elle se découvrirait. Que faire ? Ah ! bah ! elle dirait que, trop surveillée elle-même, elle avait confié les lettres à son tour à sa femme de chambre. Enfin, elle aviserait, et saurait toujours s'en tirer sans se compromettre. Un peu remise, elle se mêlait de nouveau à la conversation, lorsqu'un vigoureux coup de sonnette retentit à la porte de la rue.

Marguerite et Martha, toutes deux sur le qui vive et singulièrement agitées, coururent vers l'escalier sans presque se rendre compte de ce qu'elles faisaient.

Un homme, portant une casquette sur laquelle était écrit « Kaiserhof », nom du principal hôtel de Berlin, remettait une lettre au chasseur de service.

— « Qu'est-ce que c'est, Hans? — demanda Marguerite, troublée à un tel point par le récit de la princesse qu'elle descendit quelques marches pour satisfaire sa curiosité. — C'est pour son Altesse? On attend une réponse?... »

— « Oui, gnädigste Gräfin (gracieuse comtesse). »

Marguerite jeta les yeux sur la grande et élégante enveloppe posée sur le plateau d'argent remis par Hans au valet de chambre de son père.

Grand Dieu! c'était l'écriture de Roland! Et Marguerite, dont le cœur battait à se rompre, bondit comme un jeune faune qu'on poursuit dans sa chambre à coucher, et s'y précipita sans mot dire. Elle tira les verroux derrière elle, puis se jeta à genoux auprès du lit, à demi-joyeuse et à demi-terrifiée. Roland, impatient, mettait sans doute le prince au courant de ce qui s'était passé entre eux. Quelle imprudence! et sans même l'en prévenir. Et si cette lettre tombait entre les mains de sa mère!

Elle sonna vivement.

Une vieille et fidèle femme de chambre parut.

— « Marie, dites-moi, la princesse est-elle toujours au lit? »

— « Non, gracieuse comtesse, madame la

princesse, malgré sa migraine, s'est levée et est
sortie depuis une demi-heure. »

— « Et mon père? »

— « Il est dans son cabinet de travail. »

— « C'est bien. »

La femme de chambre à peine retirée, Marguerite poussa un petit cri de joie. Sa mère était
sortie. Le prince lirait seul ce que lui écrivait
Roland! Elle allait réparer le désordre de sa
coiffure pendant que son esprit reprendrait un
peu de cohésion, puis elle irait trouver le prince...
L'homme en bas attendait une réponse. Il n'y
avait pas de temps à perdre.

S'asseyant donc un instant pour comprimer les
battements de son cœur, palpitant follement,
elle s'exhorta au courage en regardant dans la
glace sa petite figure bouleversée, mais ravissante, puis elle sortit de sa chambre pour se
glisser dans le cabinet de travail de son père.

Cette pièce était une des plus grandes et des
plus belles de la maison. Elle donnait, par une
large porte vitrée qui occupait plus de la moitié
de la cloison, sur une serre remplie de plantes
rares et exotiques. Marguerite et sa mère s'y tenaient souvent; elles y pouvaient suivre des yeux
le prince dans tous ses mouvements. C'est là que
la jeune fille pénétra doucement, puis elle plon-
gea craintivement son regard dans le cabinet.

Ce qu'elle vit lui fit faire un soubre-saut. Le
prince n'était pas assis; il marchait de long en
large, tenant la lettre de Roland dans ses mains
crispées par la colère. Il était livide; de grosses
gouttes de sueur perlaient sur son front. Il semblait en proie à une effroyable commotion intérieure. Marguerite ne l'avait jamais vu ainsi.
Tout en marchant, ses lèvres serrées laissaient
échapper des phrases incohérentes. Quelques
mots seulement parvinrent jusqu'à elle. Deux
ou trois fois, elle entendit ceux-ci : « Malédic-
tion! Expiation! » distinctement prononcés. Que
signifiaient-ils?

Par moment, comme lassé, le prince faisait
halte et relisait la lettre. Oui! oui! c'était bien
celle de Roland! Marguerite ne pouvait se tromper à ces caractères chéris, fussent-ils d'une lieue
éloignés d'elle.

Soudain, le prince, avec un ricanement diabolique qui le rendit presque hideux, ouvrit cette
lettre toute grande, de ses deux mains, cracha
dessus avec férocité, et se mit à la déchirer en
mille lambeaux, comme un tigre démantibule sa
proie.

Marguerite, terrifiée, n'osait se mouvoir. Tout
à coup, la pensée du messager de Roland lui vint,
elle voulut savoir s'il attendait encore ou si son
père avait répondu. Comme la jalouse princesse,

pour surveiller son mari, voulait pouvoir entrer, sortir, agir sans qu'il s'en doutât, son premier soin était toujours, dès qu'elle habitait l'hôtel de son cousin, de faire huiler les gonds des portes soigneusement. Marguerite put donc ouvrir sans bruit celle de la serre sur l'escalier. Elle se pencha en avant. Le piqueur du Kaiserhof attendait toujours, assis dans le vestibule, devant Hans et le valet de chambre parlant nonchalamment avec lui, debouts, à voix basse, tout en levant la tête de temps à autre comme guettant la sonnette du prince avec impatience.

La réponse n'avait pas été donnée encore. Marguerite se faufila de nouveau dans la serre. Son père était affaissé sur une chaise, devant son bureau. Affreusement pâle toujours, il écrivait, d'une main tremblante et convulsive, et de l'autre, crispée par la fureur, il essayait de maintenir le papier.

L'enveloppe fermée, il toucha le timbre près de lui. Marguerite voulait s'élancer pour l'arrêter, mais il avait une mine si terrible que la peur la glaça.

— « Remettez ceci au porteur, » entendit-elle son père dire brièvement au domestique.

Haletante, elle s'élança dans sa chambre, ouvrit précipitamment son bureau et se mit à écrire à Roland. Toute l'après-midi se passa à

terminer sa lettre, puis elle l'enferma à clef; elle
devait voir le soir même Martha, au théâtre, et
Martha était son unique moyen de la faire parvenir
à son adresse, car sa vieille femme de chambre
Marie, comme sa gouvernante Mlle Kleist,
étaient tellement sous le joug de la terreur que
la princesse inspirait, qu'elles n'eussent agi pour
rien au monde à son insu.

Il y aurait quelques heures de retard, mais
enfin Roland n'était pas homme à abandonner
le terrain après une première défaite. Confiante
inébranlablement dans son bien-aimé, Marguerite se sentait forte contre ses parents. Après tout,
la rage de son père était naturelle, car elle savait
quels plans ambitieux avaient été formés pour
son mariage. Non seulement les grands biens
territoriaux et l'immense fortune du défunt comte
de Vorsalski lui revenaient tout entiers à la mort
de sa mère, mais aussi, quoiqu'elle ne fût que
la belle-fille du prince, elle était l'unique héritière de tout ce qui ne reviendrait pas de droit
à la descendance mâle des Gravenitz.

De plus, elle savait son père l'ennemi acharné
de toute alliance avec un Français, et surtout
avec un Français qui n'appartiendrait pas à la
plus haute noblesse.

Mais elle jurait à Roland, dans sa lettre, de
tenir bon envers et contre tous, et l'assurait que

toutes les difficultés s'aplaniraient ; le bonheur
les attendait, et il leur serait doux plus tard d'y
songer quand ils seraient réunis :

« Courage, mon Roland ! Ta petite fiancée
« n'en épousera pas un autre que toi, quoi qu'on
« fasse. Elle mourrait plutôt avant ! N'oublie
« pas ces mots, Roland, car tu verras que ce
« n'est pas une promesse vaine. Mais ne t'effraie
« pas de la colère de mon père. Je l'ai vu quand
« il t'écrivait : il a dû te dire des choses terri-
« bles ! Mais je suis à toi, à toi seul, dans la vie
« et dans la mort ! Je quitterais tout pour m'atta-
« cher à toi ! »

XXVII

A huit heures du soir, quinze jours après la conversation de Roland et du docteur, Roland prenait congé de ce dernier sur le quai de la gare du Nord, devant un *sleeping-car* : Paris-Berlin. Il avait reçu le matin même une dépêche de l'ambassadeur et sa nomination au poste qu'il ambitionnait. Le docteur comprit qu'il serait inutile de s'opposer plus longtemps à son départ. — Que faire, maintenant ? prévenir son cousin l'ambassadeur ? Et il résolut de lui écrire pour le prier de le remplacer auprès de son fils adoptif, d'être son ami et son conseil, et de l'empêcher de faire quelque folie, comme l'impétuosité de sa nature lui en donnait la crainte.

Depuis le récit du docteur, le souvenir de Marguerite, sans s'effacer, était dominé en Roland par une soif terrible de venger sa mère.

Cette faible victime éveillait tous les élans de son âme chevaleresque. Avec l'acuité de son regard exercé, le docteur sentait que le jeune homme obéissait à un instinct irréfléchi en faisant la suprême folie de partir pour chercher son père. Roland n'éveillerait dans ce cœur, engourdi de bien-être et de fausse religion, ni une douleur, ni un regret, ni même une larme. Aussi avait-il tenté par tous les moyens d'empêcher ce voyage.

Quant aux relations du docteur et du comte de Görlitz, elles s'étaient bornées à une ou deux rencontres auprès de la marquise et à un échange de saluts et de quelques paroles insignifiantes. Dans son extrême délicatesse, jamais il n'avait parlé à la jeune femme de son amant. Maintenant, il ignorait totalement tout moyen même d'informations sur son compte.

Bien avant de révéler à Roland le secret de sa naissance, il s'était adressé à l'ambassadeur à Berlin pour le prier de s'enquérir d'un certain comte de Görlitz. L'ambassadeur, très occupé, ne s'était pas donné grand mal dans sa recherche, car il n'avait rien su lui dire. Un peu rassuré par là, et aussi par cette pensée que le poste de Roland serait une sécurité, — les représentants d'un gouvernement étant revêtus d'un caractère sacré, — le bon docteur lui dit adieu.

Le trajet de Paris à Berlin se fit sans inci-

dents, et, en vingt-quatre heures, le jeune voya-
geur arriva en gare dans la grande capitale
prussienne.

XXVIII

IL y avait grand bal à la cour. La place du Lustgarten, généralement plongée dans une demi obscurité, s'éclairait d'une manière inusitée. C'est sur cette place que s'élève le château royal, cet immense monument sans style d'architecture bien distinct, qui, commencé par l'Électeur Frédéric II, en 1699, a reçu des annexes de tous les souverains qui vinrent après lui tour à tour, jusqu'à ce qu'une œuvre gigantesque en résultât.

Les plus grandes fêtes que donnent les Majestés victorieuses du Nord ont lieu dans ce château.

A partir de huit heures, — à Berlin les bals s'ouvrent à neuf heures, — de petits groupes de badauds se formèrent et commencèrent à stationner aux abords de la place. La statue équestre de Frédéric-Guillaume III, qui la décore, semblait les regarder avec ennui, comme si ces allées et venues le dérangeaient dans son recueillement contemplatif.

Peu à peu, les invités arrivèrent. Des voitures, d'abord, amenant — presque tous patriarcalement accompagnés de leurs femmes et de leurs filles — les Véritables Geheimeräthe (wirkliche Geheimeräthe), — les Räthe, conseillers de la première et de la seconde classe, — les membres des deux Chambres du « Landtag » (Parlement), — les notabilités des arts et des sciences de la capitale, — les représentants du corps de la Magistrature. Puis tous les généraux de Berlin, de Postdam et de Spandau, les commandants des régiments, les officiers de l'état-major.

Les voitures s'arrêtaient devant un petit portail de côté, et la foule plongeait ses regards dans chacune d'elles, pour se désennuyer de la longue attente à subir encore avant l'arrivée solennelle des Souverains, *clou* de la fête et pour lequel elle s'était dérangée.

Tout à coup, une rumeur s'entend au loin, approchant en bourdonnant. Il se fait un mouvement en avant, un frémissement parcourt la foule : le moment solennel approche.

Bientôt les équipages des ambassadeurs, puis ceux des princes et des princesses médiatisés, et ceux des Excellences avec leurs femmes.

Enfin, les carosses de la famille impériale. Ils se rangent devant le grand portail du milieu, s'avançant à l'heure convenue, avec la précision militaire qui caractérise cette dynastie de guerriers. Les princes et princesses gravissent à pied le « Wendel Treppe » (escalier circulaire). Là, une compagnie d'honneur d'un des régiments de la garde leur porte les armes.

Attention! Un hurrah signale enfin l'arrivée des Majestés. Mais la foule ne peut les voir, car leur voiture, à eux, entre dans la cour, passe devant l'escalier circulaire sans s'y arrêter, pour faire halte seulement un peu plus loin, là où est l'ascenseur. La portière s'ouvre toute grande et le vieux monarque, encore droit et vert, descend, suivi de son auguste épouse.

L'empereur porte l'uniforme rouge des gardes du corps, le ruban jaune de l'Aigle noir en sautoir, la chaîne de l'Ordre des Hohenzollern sur la poitrine, et dans la main gauche le *Adlerhelm* (le casque de l'aigle).

L'impératrice, vêtue toute de satin blanc, a, comme le César allemand, en biais sur le corsage de sa robe, le ruban orange de l'Ordre de l'Aigle noir.

Un signal annonce leur entrée, la foule de l'extérieur entend confusément l'ébranlement des orchestres, et il lui arrive même par bouffées des

fragments de motifs, tandis que les invités vont
et viennent.

Parmi ces invités, au milieu du corps diplomatique, se trouvait Roland de Melcy, le nouvel
attaché, arrivé le matin même, et que sa nomination avait suivi d'assez près à Berlin pour que
l'ambassadeur pût dès le soir le présenter. Elle
ne devait être officiellement annoncée dans les
journaux que le lendemain.

Même ici, dans le pays des géants, la taille
de Roland dépassait celle de presque tous les
personnages qui l'entouraient. Et cette tête fière
et mâle, pleine d'énergie, ciselée comme un
camée, ressortait entre toutes et appelait les
regards.

— « N'est-ce pas qu'il est plus que bien,
mon jeune prince charmant?»—chuchotait l'ambassadeur, en désignant Roland à son premier
secrétaire, lui aussi nouveau débarqué en Allemagne.

— « Et il va tourner bien des têtes ! surtout
ici, où malgré des dehors hypocrites et austères,
les cœurs s'enflamment comme la paille sèche, —
répondit en souriant son secrétaire, — et où les
grandes dames à la mode les mieux posées, ap-
pelées gaiement il y a dix ans le « quadrille des
trente et quarante », dignes aujourd'hui d'être
surnommées le « quadrille des quarante et cin-

quante », sont à l'époque de la vie où les femmes
incomprises meurent du désir de se désaltérer
d'une longue soif à la source fraîche de naïves et
nouvelles amours. »

— « C'est peut-être avec préméditation que
mon cousin de Melcy a lâché cet Apollon, ce
beau loup tout neuf et de sang affamé dans cette
bergerie de vieux moutons... Le commencement
de la revanche... » continuait sur le même ton
l'ambassadeur.

Cet entretien avait lieu dans la salle Blanche,
ornée aux angles de bas-reliefs représentant
la Foi, l'Amour, la Paix et la Gloire, personnages allégoriques qui n'ont jamais pu trouver
que là le moyen de s'entendre, ainsi que
l'a très spirituellement dit un auteur connu. Les
médaillons des illustrations civiles et militaires
du pays y sont incrustés dans les boiseries des
murs et au plafond.

Quinze immenses lustres, ruisselants de lumière, déversaient sur la salle de bal mille lueurs
éclatantes, qui se jouaient sur les figures un peu
sévères des douze Électeurs, spectres de marbre
blanc adossés à la muraille, ébahis des splendeurs de leurs descendants.

Autour des sièges réservés aux Majestés et aux
Princes et Princesses impériales, se tenaient, à
droite, les Princes et les Princesses médiatisées

et les grands Dignitaires de la Cour; à gauche, le Corps diplomatique : Ambassadeurs, Ambassadrices en tête, selon leur rang d'ancienneté et leur importance.

Roland jetait un coup d'œil distrait sur cette société nouvelle pour lui. Il remarqua d'abord Lord et Lady English. Elle grande, blonde, un peu forte, avec l'air grande dame des anglaises aristocratiques et très aimée à Berlin. Lui, trapu et un peu gros, des lunettes sur le nez, la physionomie intelligente, plutôt d'un penseur que d'un homme du monde.

Puis le comte et la comtesse Magyar. Le comte, long et maigre, le type hongrois, son costume de magnat chamarré de bijoux et d'Ordres attirant beaucoup les regards. La comtesse, grosse bonne femme sans élégance, était bien la vraie *Hausfrau* (femme d'intérieur) allemande. Plus loin, M. et Mme de Ruskoff, représentants d'un autre très grand Empire du Nord. On disait tout bas M. de Ruskoff du dernier bien avec une comtesse, jeune beauté à l'aurore de son quarante-cinquième printemps bien sonné, mariée à un haut dignitaire de la Cour, et qui se croyait depuis vingt-cinq ans « une enfant », ayant juste ces années-là de moins que son époux, qui la traitait toujours en bébé. La Ruskoff — à Berlin, on appelle toutes les femmes, même

les plus respectables, *la* une telle, — était belle
et élancée.

Derrière elle, se tenait la maman Patapoff,
femme du premier secrétaire avec ses deux filles.
A côté, Mme de Napoli, grosse, plus vieille que
son mari, et si terriblement sourde qu'elle n'allait
jamais sans un tuyau dans l'oreille, qu'elle présentait à la ronde à qui voulait lui parler. M. de
Napoli, ambassadeur d'un royaume du Midi,
comparativement jeune, à la taille moyenne, la
figure intelligente, était le souffre-douleur de ses
constantes jalousies.

Puis le comte et la comtesse Alhambra. L'ambition du comte, envoyé d'un autre royaume
méridional, était que son souverain maître trans-
formât la Légation de Berlin en Ambassade. Ce
brave homme, en mal de grandeur, est resté célèbre à jamais dans la capitale de l'Empire Allemand par ses jets d'esprit. Un des plus fameux
eut pour théâtre une grande fête à la Cour, où
figurait la « garde des géants (Riesengarde), »
dont le plus petit n'a pas moins de six pieds. Les
ayant très attentivement regardés et se tournant
vers un Prince du sang :

— « Nous avons la *même chose* chez nous, —
dit-il. — Seulement, en plus petit. »

Roland, dans cette foule, cherchait celui pour
qui il était venu à Berlin. Son premier soin avait

été de questionner l'ambassadeur sur le comte
de Görlitz. Mais l'ambassadeur, lui-même depuis
peu de temps en Allemagne, en ignorait jusqu'au
nom. L'étonnement du jeune homme fut grand.
Sa mère, dans son journal, ainsi que le docteur
en lui en parlant, le donnaient comme un des
grands personnages de la Cour. Il est vrai que
plus de vingt ans s'étaient écoulés depuis lors, et
vingt ans changent bien des choses. Roland,
quoiqu'à peine arrivé, était déjà fort impatient.
Ses yeux erraient de tous côtés, croyant pouvoir
le découvrir. Il le cherchait surtout parmi les
Excellences groupées non loin des Princes.

La Cour ne se montrant pas encore, les
Princes et les Excellences se relâchaient un peu
de l'étiquette imposée par le chambellan et causaient entre eux, se retournant familièrement, de
sorte que les figures n'étaient pas en ligne mais
de profil, et les mouvements qu'ils se permettaient
empêchaient de les distinguer nettement. Comment aussi reconnaître quelqu'un qu'on n'a jamais
vu ! Mais Roland se croyait sûr de ne pas se
tromper. Le dispensateur du malheur de sa mère
et du sien devait être marqué au fer rouge de sa
haine : il le reconnaîtrait !

XXIX

EUX personnes surtout, dans le cercle des plus hautes Altesses, à la droite du trône, un homme et une femme, suivaient Roland du regard et semblaient ne pouvoir en détacher les yeux. Cet homme était le Prince de Gravenitz; la femme, Marie Féodorowna.

Leur avait-on suffisamment dépeint Roland de Melcy, pour qu'à sa vue seule ils devinassent et comprissent que c'était bien lui dont l'assiduité auprès de leur fille, à Paris, avait décidé de son retour? S'imaginaient-ils que sa présence au milieu du Corps diplomatique était la continuation du petit roman des deux enfants, ou la beauté seule du jeune homme suffisait-elle pour causer cette extraordinaire fascination? Quoiqu'il en soit, le Prince et la Princesse, — le Prince parmi les hommes, la Princesse un peu en avant, avec les

Altesses féminines, — éloignés l'un de l'autre et
ne pouvant se communiquer leurs impressions,
étaient visiblement attirés tous deux par une intense attraction.

Si, chez Gravenitz, la continuité de son attention était au moins singulière, celle de Marie Féodorowna, qu'elle sût ou qu'elle ignorât le nom de
Roland, n'offrait rien de particulièrement éton-
nant. Cette femme de trente-six ans, dans
toute la force et la plénitude d'une brillante
santé et d'un tempérament fougueux et sensuel à
l'excès, et quoiqu'elle torturât son mari de son incessante jalousie, n'avait pas toujours été, tant
s'en faut, la plus fidèle des épouses. On disait
même, tout bas, que jamais ni sa vertu ni son
tempérament ne résistaient aux séductions d'un
homme réellement beau. Et elle éprouvait, devant
ce jeune et splendide garçon, cette sensation de
passion envahissante et aveuglante que Gravenitz
lui avait inspirée vingt ans auparavant. Quoiqu'elle eut trouvé en lui pleine satisfaction au
délire qui la jeta dans ses bras, les flammes
qu'ainsi que ses nombreux « amis » il avait petit
à petit éteintes et apaisées, la resaisissaient âprement. Toutes les rages et tous les appétits d'une
fauve des Karpathes grondaient dans le sang de
la Moscovite, et, comme une louve des steppes
Russes, fascinant sa victime du regard, elle bu-

vait, presque grisée de sa vue seule, ce corps
élancé d'Antinoüs vers lequel tous les assistants
se tournaient.

Un amour violent, semblable à celui qui avait
saisi au cœur la naïve et candide Marguerite,
empoigna sa mère, dans toute la terrible vigueur
de ses sens aiguisés. Elle n'entendait rien des rires
et des conversations autour d'elle, tant était complète son absorption en cette mâle et superbe
apparition.

Ce bourdonnement confus qui règne toujours
dans une grand réunion s'apaisa. On annonçait
l'approche des Souverains.

Il y eut un grand silence. Solennellement,
pompeusement, la Cour, précédée de ses plus
hauts dignitaires et suivie de la maison militaire,
des dames d'honneur, des aides-de-camp, des
chambellans, faisait son entrée.

D'abord, le maître des cérémonies, puis dix
pages, deux par deux, dans leur costume blanc
et rouge, avec col à fraise, berret et dague ; le
premier chambellan, deux autres chambellans.

Alors, un temps d'arrêt...

Enfin, l'Empereur et l'Impératrice, le Prince
Impérial et la Princesse, et tous les Princes et
Princesses du sang. A leur suite, un grand nombre d'autres Altesses Impériales. Le défilé se ter-
minait par les charges à la Cour et les aides de camp.

L'ordre du défilé s'était formé dans la salle des
Électeurs, la première de celles auxquelles aboutit
l'escalier circulaire, et dans lesquelles la Cour se
réunit après l'avoir gravi. Préalablement, à l'arrivée des Majestés, les dames de la cour se rassem-
blent dans la galerie Boisée, les hommes dans la
salle des Rois.

Une fois organisée, la procession passe à travers d'innombrables galeries et salles : la salle
du Drap d'or, la chambre de Brandebourg, les
salles des Chevaliers, de l'Aigle noir, la salle en
Velours Rouge, la Vieille Chapelle, la galerie
des Tableaux, le salon des Reines. Toutes ces
galeries et ces salles étaient bondées de personnages de distinction, quoique d'un rang moins
élevé que les privilégiés massés dans la salle Blanche. Alignés sur deux rangs, ils s'inclinaient
comme un seul homme au passage des souverains.

L'Empereur, s'avançant à gauche, commença
par faire en cercle le tour du Corps diplomatique, et l'Impératrice fit de même à droite,
s'adressant d'abord soit à l'une des princesses médiatisées, soit à la femme d'une des Excellences.
Depuis que les Majestés sont sorties de l'âge
mûr, les vieilles traditions sont délaissées et le Bal
ne s'ouvre plus par une Polonaise impériale.

On eût pu entendre une mouche voler. Le
grand silence était troublé seulement par le glis-

sement des pas des deux souverains et le murmure de quatre voix, formant comme un ensemble *pianissimo* de quatuor, celles de l'Empereur et de son interlocuteur, et celles de l'Impératrice et de son interlocutrice.

Après les quelques paroles courtoises adressées par Sa Majesté à l'ambassadeur de France, quand celui-ci lui demanda la permission de lui présenter son nouvel attaché et que Roland dut sortir de la foule qui le tenait un peu caché, quoiqu'il la dominât de toute sa tête altière, il y eut un cri, un « Ah !... » général, puis comme une halte d'admiration et d'étonnement solennels.

Roland, seul en évidence devant l'Empereur, s'inclina très bas. Grave, fier et triste, toute sa personne était empreinte d'une distinction hors pair. Il semblait le fils d'une lignée de preux. Malgré les quelques gracieuses plaisanteries que selon sa coutume le vieux monarque lui adressa, son jeune front resta impassible. Quoique absolument neuf à la Cour, il n'y eut en lui ni gêne ni timidité. Ses réponses mordantes et incisives, quoique modestes et respectueuses, aux questions qu'il lui adressa, parurent charmer l'Empereur, accoutumé aux banalités irréfléchies qu'excités ou intimidés par une première présentation on lui débite généralement.

De tous côtés, des chuchotements :

— « Qui est-ce ? Le savez-vous ? »

— « Un nouvel attaché à l'ambassade de France. »

— « Pas possible ! Un pareil attaché, dans ce pays républicain ? »

— « Mais vous voyez; l'ambassadeur le présente. »

— « Ma foi ! c'est pourtant vrai !... »

— « Tiens, mais c'est curieux !... Il y a en lui je ne sais quelle ressemblance... et avec quelqu'un de très connu... Ne trouvez-vous pas ? »

— « Oui... mais qui ?... »

De toutes les bouches sortaient des murmures d'admiration. C'était véritablement le *Veni, vidi, vici :* un triomphe! Le dieu Mars lui-même, dû au pinceau le plus éclatant d'un maître, et descendant de son cadre.

Mais lui, l'objet de toute cette attention, restait froid et impassible, promenant sur cette grande foule un regard scrutateur. Il ne paraissait pas plus avoir conscience du murmure flatteur qu'il suscitait, que si c'eût été le bourdonnement d'une ruche d'abeilles dans le voisinage. Sa préoccupation intérieure seule l'absorbait.

Quand le « cercle » fut terminé, Marie Féodorowna accourut vers son mari presque haletante :

— « Ce jeune homme, que l'ambassadeur de France vient de présenter, qui est-ce ? »

— « Je ne sais ; on dit que c'est un nouvel attaché à l'ambassade. »

— « Je veux le voir de près. »

— « Vous le connaîtrez tout naturellement dans le courant de l'hiver, — répondit Grave-nitz, visiblement contrarié. — Pourquoi se jeter immédiatement à sa tête ainsi ?... »

— « Pourquoi ? — Et Marie Féodorowna lui lança un regard impérieux. — Parce qu'il me plaît ! »

Et, passant son bras dans le sien, elle l'entraîna fiévreusement à la chasse de Roland jusqu'auprès de l'ambassadeur. Elle allait l'interroger, lors-qu'un léger coup d'éventail le fit se retourner. Il se trouva face à face avec la comtesse Perpica, femme d'un grand dignitaire de la Cour.

— « Comment, monsieur l'ambassadeur ! — s'écria-t-elle, — vous êtes de retour depuis trois semaines, et vous n'êtes pas venu chez moi ! Eh bien, vous voilà averti que comme pénitence, je vous attends, pas plus tard que demain soir, pour prendre le thé, avec tous ces messieurs. Vous entendez ? Et si vous ne venez pas, je me fâcherai tout à fait. A propos, vous avez un nouvel atta-ché ? Il est très beau ! Remarquez-vous comme on le regarde ? Mais c'est curieux... Il me semble que j'ai déjà vu cette figure-là quelque part. C'est une réminiscence du passé qui revient comme une bouffée, tandis qu'on le contemple... »

— « C'est là exactement ce que j'éprouve aussi ! » — exclama la princesse de Gravenitz, tombant d'accord avec la comtesse Perpica et entamant un dialogue animé au sujet de Roland.

— « Eh bien, et vous, prince ? — demanda la comtesse. — Avez-vous été également frappé par le nouvel attaché, le baron de Melcy ? »

— « Le baron de Melcy ? — s'écria Marie Féodorowna. — C'est son nom ? »

— « Oui, princesse. »

Après un salut à la comtesse, elle entraîna Gravenitz.

— « Mais, alors, c'est lui qui a fait la cour à Marguerite, à Paris ? »

— « Assurément, et c'est à cause de cela que je le regardais alors que nous étions groupés en attendant Leurs Majestés, » répliqua le prince.

La princesse était bouleversée.

— « Vous ne permettrez pas qu'un pareil mariage s'accomplisse, qu'elle épouse un Français ! » murmura-t-elle avec rage.

— « Jamais !... »

La comtesse Perpica causait toujours avec l'ambassadeur. Son salon était, sinon le premier, au moins l'un des premiers de Berlin. De plus, elle paraissait encore assez jolie aux lumières, grâce à un savant arrangement de sa très mûre

personne. Quand le coiffeur, la poudre de riz, le
blanc de perle et le rouge avaient passé sur ce
visage, très fané et parcheminé le matin au réveil,
elle était, surtout au demi-jour ou à la lumière
tamisée de mode dans les salons d'aujourd'hui,
encore assez agréable à regarder.

Envieuse, très mesquine dans ses haines féminines, comme la plupart de ses semblables de
quelque pays qu'elles soient, mariée à l'un des
personnages les plus influents de la Cour, elle
pouvait être fort malfaisante ou extrêmement
utile, suivant ses prédilections ou ses haines. De
sorte qu'elle était adulée et très entourée des
jeunes gens et des jeunes femmes dont le chemin était à faire.

Nulle, banale, elle devait au frottement du
monde ce qu'il donne, et qu'en dehors de lui rien
ne peut remplacer : une aisance et un certain
jargon facile qui faisait illusion. On lui croyait
de l'esprit, et, le champagne aidant, très osée
dans ses propos après souper, elle amusait ses
auditeurs.

On l'appelait jadis : la belle Hélène. Pourquoi?

S'était-on donc tant battu pour elle autrefois,
lorsque ce visage émaillé brillait des fraîcheurs
de la jeunesse et que cette taille alourdie maintenant, malgré l'effort du corset, n'avait rien

perdu de la souplesse de la guêpe qui butine et
rumine?

La chronique le laissait soupçonner, sans s'expliquer clairement sur le nombre — dont la
liste peut-être était un peu trop longue pour
l'Histoire — d'officiers jeunes, à demi-jeunes,
très jeunes et pas jeunes, petits princes de maisons régnantes, comtes et barons de la Cour, qui,
en sa présence, n'eussent osé s'occuper d'une
autre qu'elle qu'au prix de leur future tranquillité. Et le péril, pour eux, s'aggravait encore s'il
s'agissait de quelque nouvelle venue, source d'eau
vive qui eut reposé des eaux stagnantes des éternelles « trente et quarante. »

Elle s'était, ainsi que Marie Féodorowna, toquée de Roland. « A qui ressemble-t-il? » continuait-elle à se demander. « C'est curieux! je
ne trouve pas... »

Un moment après, l'ambassadeur l'amenait et
le lui présentait.

Tout un noyau de femmes les entourèrent, se
faisant à l'envie présenter le jeune attaché.
Marie Féodorowna, laissant son mari, revint se
mêler à ce groupe. Quand ce fut son tour,
avec la hardiesse et l'aplomb de sa nature
slave :

— « Voyons, offrez-moi le bras! » — dit-
elle à Roland, l'enlevant ainsi d'assaut à la com-

tesse Perpica et aux autres femmes, qui lui parlaient toutes à la fois.

Mme de Gravenitz était résolue à ne pas abandonner sa prise de sitôt. Dans le tumulte des mille voix bourdonnantes, de l'orchestre tonnant, du bruit assourdissant des glissades des danseurs sur le parquet, Roland, comme il arrive généralement, n'avait pas très bien saisi, au milieu de tant de noms et de tant de monde, le nom de la princesse.

D'ailleurs, envahi par son unique pensée : découvrir une piste quelconque qui le conduisît jusqu'à son père, il prêtait peu d'attention aux paroles autour de lui.

— « Et vous ne faites qu'arriver à Berlin? » — lui disait la princesse, s'appuyant beaucoup trop sur le bras dont elle venait de s'emparer.

— « Oui, madame. »

Il répondait froidement, monosyllabiquement, absorbé dans sa préoccupation et fort en colère contre cette matrone cramponnée à lui et qui ne le lâchait plus.

— « J'espère que vous vous plairez ici, cher baron? »

— « Je l'espère, madame la princesse. »

— « Certes, nous essayerons de tout notre pouvoir de vous en rendre le séjour agréable... »

Roland s'inclina machinalement, ses yeux errant toujours de tous côtés.

— « Que vous semblez donc préoccupé! » dit tout à coup Mme de Gravenitz, découragée de ne pas réussir à arracher une seule phrase à son interlocuteur, et voulant coûte que coûte l'obliger à parler.

— « En effet, madame la princesse, je le suis. »

— « Ah! mais ceci devient intéressant! Vous cherchez peut-être quelqu'un? »

— « Oui, madame. »

La princesse soupira, s'efforçant de dire sur le ton du badinage :

— « Une femme admirée ou aimée?... » Elle songeait à Marguerite, prenant immédiatement la détermination de l'expédier à Ragowitz le lendemain, pour tout le reste de l'hiver. C'était une trop sérieuse rivale, le jeune homme lui ayant fait la cour à Paris. Et encore elle ignorait combien les deux enfants s'aimaient!

— « Non, madame la princesse; c'est un homme. »

— « Un homme? »

La princesse, trop femme du monde pour insister dans son interrogatoire, s'arrêta. D'ailleurs, puisqu'il ne s'agissait que d'un homme, cela ne l'intéressait nullement, et la jalousie que Roland lui inspirait déjà s'apaisa. Néanmoins, elle continuait à faire effort sur effort pour l'arracher au laconisme dont il ne se départit pas un instant.

Elle le tenait toujours, et ils allaient ainsi, bras dessus bras dessous, se frayant un passage, la princesse saluée à droite et à gauche incessamment. La cohue devenait de plus en plus compacte et dense. Un courant les poussait de salon en salon, comme le flux de la mer pousse les vagues vers le rivage.

Le décor de ce théâtre mouvant, pour eux qui le traversaient ainsi, changeait à vue d'œil. Là, un général célèbre, suivi de son aide-de-camp et criblé d'étoiles, de croix, de décorations ; les têtes se retournaient : « Tiens ! le maréchal de Moltke ! Quelle mine excellente ce soir, n'est-ce pas ?... »

Ici, quelque célébrissime beauté ou une ambassadrice à la traine fuyante. Rarement un habit noir ; presque tous les hommes revêtus d'uniformes éclatants. Il y en avait une innombrable quantité d'espèces différentes.

D'abord, plus étincelant qu'aucun autre par sa couleur, l'habit écarlate, commun aux deux régiments de cuirassiers — dont l'un, dominant tous les autres, est la célèbre garde du corps dont l'empereur est le chef, — et au régiment des hussards de la garde.

Puis, les habits bleus des deux régiments des dragons de la garde. Plus loin, les fameux uhlans, qui portent l'*ulanka* bleu. Le premier régiment avec revers jaunes ; le second avec revers rouges ; le troisième avec revers blancs.

Tous les officiers de l'infanterie en bleu aussi, avec galons différents, selon leurs régiments. Les uns des galons d'or ; les autres des galons d'argent.

Enfin, la compagnie d'honneur de la garde du château, coiffée des bonnets pointus en acier du temps du grand Frédéric.

Ces habits militaires se mêlaient aux costumes bleus des aides de camp, brodés d'argent, à aiguillettes d'argent aussi, la bande de drap rouge au pantalon. Et les diplomates qui ne portaient pas d'uniformes, étaient également revêtus de l'habit de cour, l'habit bleu.

Le rôle des femmes, là, est beaucoup moins brillant que celui des hommes, tant par le physique que par la mise. Tandis qu'eux sont sanglés dans des vêtements qui les moulent, les centaines d'épaules nues sous le feu des lustres sortent presque toutes de corsages à la coupe impossible, tentatives impotentes faites pour singer les modes de Paris. Et les jupes étriquées de tarlatane qui balayent les parquets, ont l'air d'avoir été achetées toutes faites dans de piteux

magasins de confections. Une toilette bien
faite et de bon goût coupait très exceptionnellement la désolante monotonie de ces « pa-
quets. »

Le bruit confus de cette masse humaine, exci-
tée par la chaleur et hors des premiers embarras
et des difficultés de l'arrivée, devenait une rumeur envahissante. Dans l'oreille de Roland,
des bribes de phrases incohérentes, qui lui parve-
naient toutes à la fois, se confondaient avec les
paroles de la princesse, toujours à son bras, tandis qu'il ne cessait de chercher éperdûment ce
père qu'il était venu retrouver.

Marie Féodorowna avait entrepris de lui nommer tous ceux qu'ils rencontraient, entraînés en
avant sans résistance possible dans cette bous-
culade. La soirée commençait à prendre un intérêt poignant pour le jeune homme, car ces
noms qu'elle lui disait étaient ceux qu'il avait
tant lus dans le journal écrit par sa mère. Grâce
à la vérité du récit de la marquise, il reconnais-
sait à peu près toutes les personnes dépeintes
par elle, vieillies seulement de vingt ans ; et il en
concevait de minute en minute une plus grande
opinion du jugement et de l'intelligence de sa
mère. Grâce à ses seules descriptions, il mettait
la plupart du temps les noms sur les figures ; il
n'entendait même pas, le plus souvent, au mi-

lieu du brouhaha général, ceux que la princesse
prononçait rapidement au passage.

Quand elle s'écria : « Voilà la comtesse de
Blidoff ! »

« Ah ! madame Blidoff ! — se dit-il à lui-
même, — celle qui tourna toujours obstinément
le dos à ma mère, cette grosse noire, de mauvaise réputation , dont les deux filles, imper-
tinentes et mal élevées, lui en voulaient à mort,
sous prétexte qu'elle leur enlevait leurs épou-
seurs... »

Et, un peu plus loin, la princesse nommant
une autre femme : « Et cette maigre et nerveuse
vieille blonde teinte, qui donne des poignées de
main à droite et à gauche, c'est donc là l'enne-
mie intime de ma mère, la comtesse de Hors-
tenpheil, qui, tout en faisant mine de l'adorer,
ne passait jamais dans les maisons où elle avait
d'abord été bien reçue sans que l'accueil qui l'y
attendait n'en fût transformé... »

Mille sentiments divers agitaient Roland à la
vue de toutes ces momies qui entouraient le souverain octogénaire, qui, seul, paraissait jeune,
malgré ses quatre-vingt-cinq ans, parce que seul
il n'essayait pas de remettre à neuf, à l'aide de
cosmétiques, ce que l'âge avait implacablement
détruit.

Ils étaient tous vieux, fanés, surannés autour

de lui, à l'exception de quelques nouvelles
recrues d'aides-de-camp, grands, jeunes, beaux,
élancés et distingués, fraîchement éclos de la
riche pépinière de l'armée prussienne. Roland
voyait tout ce monde à travers le poignant et
douloureux kaléidoscope aux facettes taillées
par les mains doublement chères de sa mère,
sanctifiées qu'elles étaient par le martyre et par
la mort. Si elle avait eu un mot bienveillant à
l'adresse de l'un ou de l'autre, sa sympathie jaillissait chaude de son cœur pour eux.

Marie Féodorowna, tout en le guidant ainsi,
se félicitait de ses peines en le voyant s'intéresser
à ce qui se passait autour d'eux.

Soudain, la marée montante de la foule le
rejeta de nouveau face à face avec Janin, le
secrétaire de l'ambassade. Au même moment,
un général interpellant la princesse, il la laissa
pour compte au vieux guerrier en lui faisant un
profond salut, et s'esquiva avant qu'elle n'eût
trouvé moyen de remettre le grapin sur lui.

— « En voilà, un crampon ! — fit Janin en
riant. — Ce que c'est que d'être un bel homme !
Ces choses-là ne m'arrivent pas, à moi. Mais
puisque vous voilà enfin, voulez-vous venir voir
danser le quadrille d'honneur ? »

Heurtés, bousculés, bousculant et heurtant à
leur tour, ils avancèrent, Janin, son monocle

14.

dans l'œil droit, faisant ses remarques à droite
et à gauche :

— « Tiens ! le brave Ordufa, les cheveux
plus cosmétiqués et plus plaqués avec du cirage
que jamais. Hein ! cette mèche qu'il colle et
retourne avec un art tellement infini sur les places
vides de son crâne, comment la trouvez-vous,
cette idée-là ? — Et là-bas, voyez, le vieux général de la Molda, presque le doyen des aides-de-
camp. Un beau et frais vieillard, celui-là ; si
seulement il ne s'embrouillait pas toujours dans
ce qu'il dit. Voyez donc cet éternel sourire qui
ne le quitte pas... Il paraît qu'il dort avec. —
Et voici le général Malsdorff, avec sa femme.
Cette vieille-là, on l'appelle le *côté des hommes*,
parce qu'elle attire le soir tout l'élément militaire
autour de sa théière. On fait la cour à la femme
pour gagner la protection du mari, et elle prend
pour argent comptant les compliments et les
flatteries qu'on lui débite à l'adresse de ses filles,
— pas gâtées par la nature, elles, par exemple !
si elles le sont par les propos de ceux qui veulent
de l'avancement. Dirait-on que cette vieille
fagottée puisse être la sœur d'une beauté anglaise
qui fut célèbre, il y a vingt ans, par son intrigue
avec un cardinal ?... Mais vous ne connaissez
personne ici, n'est-ce pas, mon cher de
Melcy ? »

— « Je ne connais âme qui vive à Berlin, »
répliqua Roland.

— « Eh bien, je continue à faire le cicerone.
Voyez-vous cette femme assise, chuchotant avec
ce grand homme barbu? C'est Mme de Ballen-
dorf : vie mouvementée, si jamais il en fut, que
celle de cette belle comtesse. Pas précisément à
mettre sur les rangs comme rosière de Nanterre,
par exemple! Aussi est-elle d'un sévère pour la
réputation des autres! — Lui, l'homme, c'est le
prince de Marnfeld. »

— « Son amant, bien entendu? »

— « L'ex, mon bon, l'ex! Pour l'instant,
c'est Burn qui est en fonctions sur ces ruines.
Vous connaissez Burn, qu'on va nommer ambassadeur à Babylone? — Ah! le comte Hubert
Karbisk, qui a planté là sans façon, en Sicile, la
princesse Surolatti, après lui avoir fait quitter
son époux légitime. Mais personne n'ose s'atta-
quer à un monument aux assises si importantes...
Le jeune comte, du reste, est une marionnette
qui joue à merveille son rôle de « génie en
herbe », tant qu'il se meut tiré par les ficelles
paternelles, mais qui s'emballerait lamentable-
ment s'il devait compter sur son initiative per-
sonnelle pour se diriger. — Et cette si jolie toute
jeune femme, cette brune Mélancolie, aux yeux
bleus de madone, c'est la princesse de Mohren-

berg. Elle a épousé, il y a de cela quatre ans, le
prince héritier de Mohrenberg. Aucun enfant
n'est issu de ce mariage, quoique tous les médecins de l'Europe aient défilé devant la jeune
femme. Après cela, on met bien souvent la
femme en traitement sur une chaise longue
quand c'est le mari... Enfin !... Voyez comme il
a l'air indifférent auprès de cette ravissante créature ! On dit qu'à cause de « son état de santé, »
on pourra plaider en nullité de mariage. La pauvrette ! l'avoir demandée à ses parents, s'en être
servi pendant quatre ans, puis la mettre de côté
comme un gant usé !... — Tiens ! la comtesse
Baacke qui s'avance. Sûrement, c'est pour vous,
mon bel Antinoüs. »

Une vieille dame, un peu contrefaite, à la
face de fouine rusée qu'elle essayait de modifier
en prenant une expression de doucereuse sancti-
fication, s'approchait des deux jeunes gens. Il
filtrait de sa bouche, à travers une dentition très
noire et comme s'égouttant d'une vieille fontaine
fêlée, une voix mielleuse parlant toujours très
bas, très componctueusement, — car l'étiquette
de la Cour amortit la criaillerie de l'organe, —
tandis que les méchancetés qu'elle miaulait
comme une vieille chatte, contrastaient d'une
manière saillante avec le murmure plaintif qui
découlait d'elle. Mais autant son sifflement rasait

bas la terre, autant ce qu'elle disait portait loin
et haut, déchirant les réputations, les écroulant
à tout jamais, et ceci avec des hypocrisies d'Iago,
des sous-entendus des mieux réussis, et des api-
toyements de pardons sur des faiblesses qu'elle
proclamait par-dessus les toits, sonnant les cloches à toute volée. »

— « Vous nous arrivez seulement, cher baron?
— glapit-elle à Roland. — Mon Dieu! pourvu
que notre *triste* capitale ne vous déplaise pas trop,
après les enchantements et les frivolités de Paris.
Nous ne sommes ici qu'une race de femmes
sérieuses, solides, pensantes, non des papillons
comme vos jolies Parisiennes. N'est-ce pas,
Kusebeck? »

Elle adressa cette question à un petit homme
maigre et chauve, de trente ans, qui, par les
fonctions qu'il remplissait à la Cour, en aurait
pu dire long sur ces soi-disant *sérieuses* et *pen-*
santes, qu'avec son tact et sa finesse innés il se
voyait constamment forcé d'apaiser dans leurs
chamaillements sur les sujets les plus futiles,
dont elles s'emparaient avec une intensité, une
rage...

Ils arrivaient à l'entrée de la salle où allait se
danser le quadrille d'honneur. Le maître des cérémonies accomplissait les dernières formalités
préliminaires.

Tout à coup, l'orchestre s'ébranla et le quadrille commença. Les Altesses dansaient solennellement, faisant consciencieusement mais avec un ennui visible leur métier de Princes, tandis que chacun de leurs mouvements était suivi par des milliers d'yeux attentifs. La foule n'avait pas jusque là été si compacte encore ; précipitée en avant et se pressant à s'étouffer pour jouir du spectacle, elle assiégeait littéralement la porte de la salle Blanche.

Soudainement acculé, au point d'en être écrasé, Roland sentit une main qui glissait quelque chose presque par force dans la sienne. Se retournant aussi vivement que comprimé ainsi qu'il l'était, comme une sardine dans une boîte de conserves, cela lui fut possible, il chercha du regard qui avait bien pu faire ce coup d'adresse avec la rapidité de l'éclair. Parmi les visages distraits et indifférents qui l'entouraient, il ne découvrit personne sur qui diriger ses soupçons.

Ce quelque chose ainsi parvenu à son adresse, était un papier, plié très serré sur lui-même. Il y lut : « Prenez garde ! Vous avez un ennemi très « puissant. Fuyez Berlin cette nuit même. »

L'étonnement, la stupeur de Roland furent à leur comble. Que signifiait ceci ? Quelque mystification sans doute... Mais il n'eut pas longtemps le loisir de se poser ce problème, car

Marie Féodorowna, entraînant cette fois son
mari, revenait de nouveau à lui.

— « Le Prince de Gravenitz, » dit-elle en le
présentant.

Cette fois, Roland saisit clairement ce nom.
Le Prince de Gravenitz ! mais alors, il était le
père de Marguerite ! Roland tressaillit. Ce tressaillement ne passa pas inaperçu aux yeux du
Prince. Hautain et froid, il fut aussi sec et aussi
cassant que Marie Féodorowna s'était montrée
liante.

— « Partons ! » lui répétait-il. Mais elle ne
l'entendait pas ainsi. Elle avait ressaisi Roland et
ne comptait plus le laisser aller. La froideur de
Gravenitz jetait pourtant de telles douches d'eau
glaciale sur la conversation, qu'elle se sentait
presque incapable de la faire marcher, de trouver
le moindre sujet à mettre en ligne. Elle en perdait l'usage de ses facultés ; elle était aux abois.

En désespoir de cause, terrifiée à l'idée d'un
nouvel abandon du jeune homme si elle ne parvenait pas à le piquer au jeu d'une manière ou
d'une autre, et sans bien réfléchir à ce qu'elle
allait dire :

— « Ah ! Monsieur le baron ! Un petit oiseau
vient de nous trahir un de vos secrets. Vous êtes
amoureux... »

Roland devint pourpre.

— « Oui, amoureux fou, et d'une jeune fille
qui ne nous est peut-être pas inconnue, n'est-il
pas vrai, Prince ? »

Le Prince, excessivement contrarié, poussa du
pied la Princesse pour l'arrêter. Elle se pencha
sur son oreille en lui disant : — « Si je parle
ainsi, ce n'est que pour tâter le terrain. Bien entendu, il ne faut à aucun prix qu'il sache que nous
sommes les Gravenitz de qui elle est la fille. Je
veux jouir de mon dernier hiver dans le monde
sans qu'on me voie avec une aussi grande fille. »

Roland, se trouvant ainsi à l'improviste en présence des parents de sa bien-aimée, et dans le
transport subit de tous les sentiments si divers
qui l'agitaient, perdit absolument toute réserve
et toute mesure, comme il arrive justement, plus
qu'à tout autres, aux natures impressionnables et
nerveuses les plus renfermées, dans les moments
de crises aiguës.

— « Ah ! Madame, il faut que celle qui
m'aime vous ait tout dit, pour que vous abordiez
vous-même ce sujet ! Et puisque c'est le hasard
qui nous rapproche ainsi, pourquoi attendre pour
vous confier que je l'aime, que je l'aime à la
folie ! Mais je suis un homme d'honneur, et il
faut qu'avant tout je vous avoue ce que sa divine
innocence m'a retenu de lui dire. Il faut qu'en
vous suppliant de me permettre d'espérer, je ne

vous cache rien de la triste vérité. Eh! bien, je
ne suis pas réellement le baron de Melcy. Je ne
suis qu'un enfant qui n'a jamais eu de père, malheureux délaissé qu'un brave homme a recueilli,
et auquel il a donné son nom et sa fortune. Arraché à ma mère, qui en est devenue folle avant
d'en mourir à la fleur de l'âge, abandonné par
mon père, c'est pour le retrouver que je suis
venu à Berlin. »

— « Et pourquoi voulez-vous voir votre
père ? » demanda Gravenitz.

— « Pour le tuer et venger ma mère! Ah!
n'est-ce pas, c'est une étrange confidence à faire
quand on aspire à la main d'une jeune fille et
qu'on parle à ses parents? mais j'ai toujours pensé
que la vérité était la plus noble et la meilleure
des diplomaties. »

Pendant cette déclaration passionnée et cha-
leureuse, Roland avait été royalement beau. On
eût cru voir une de ces grandes figures de l'ancienne chevalerie dépaysée dans notre siècle pro-
saïque, un Paladin secourant les faibles et punis-
sant le crime, enivré de droiture et de loyauté,
se dressant fièrement dans sa force et dans sa
simplicité, qu'il offrait seules comme appui à la
femme bien-aimée qu'il demandait qu'on remît
dans ses bras robustes.

Marie Féodorowna était ravie. Cette confes-

sion sur sa naissance illégitime la rassurait. Toute
union avec Marguerite devenait par là impossible.
Elle tremblait d'une joie perverse et d'un espoir
fou.

— « Et vous croyez que cette jeune fille est
notre fille ? » — dit-elle vivement.

— « Madame la Princesse, votre nom me le
fait supposer. »

— « On se trompe le plus souvent dans ses
suppositions, » répondit Marie Féodorowna, et
Roland prit ces mots pour une affirmation contraire. Désespéré, renversé alors de s'être ainsi
livré, il ne savait que faire, dans sa confusion et
dans son trouble. Une noble honte intérieure
colorait ses joues d'une intense rougeur, lui donnant aux yeux de cette femme, qui s'affolait de
plus en plus, un charme encore plus pénétrant.

Quant à Gravenitz, affectant de s'absorber
dans la contemplation du quadrille d'honneur, qui
touchait à sa fin, il s'était retiré de la conversation.

Depuis qu'il savait son nom, Roland se prenait malgré lui d'intérêt pour cette princesse de
Gravenitz, si bienveillante d'ailleurs et si aimable.
Si elle n'était pas la mère de Marguerite, elle
devait être au moins une de ses parentes.

— « Ah ! Madame, — s'écria-t-il avec confiance, quand le Prince se fut éloigné, — rassu-

rez-moi ! Dites-moi que je n'ai pas à regretter de m'être ainsi livré devant le Prince tout à l'heure ! Dites-moi surtout si vous connaissez Marguerite ! »

— « Je la connais. »

— « Beaucoup ? »

— « Beaucoup. »

— « Elle est votre parente ? »

— « Oui. »

— « Alors, madame, vous plaiderez pour moi ? »

Sentant l'un et l'autre qu'ils avaient des choses graves à se dire, ils s'étaient peu à peu mis à l'écart. Appuyée sur le bras de Roland et si proche de son cœur, Marie Féodorowna sentait le sien palpiter comme celui d'une jeune fille à son premier amour. Ses sens étaient en ébullition.

— « Faites un tour de valse avec moi, » — dit-elle sourdement, avide de l'émotion de se sentir serrée dans ses bras.

Elle était très belle encore. S'abandonnant en valsant, ses yeux se fermaient et son corps se pressait avec une volupté si délirante contre Roland, qu'il n'eût pas été un homme s'il fût resté insensible. Cette femme de feu, savante en un art qu'il ignorait totalement, ajoutait à l'enivrement de la valse des sensations que ne pou-

vait lui faire éprouver l'innocente Marguerite.
Justement, l'air que l'orchestre exécutait avec son
fracas entraînant, était un de ceux qu'ils avaient
si souvent dansé ensemble, et qui berçait quel-
ques-uns de ses plus doux souvenirs.

Chaque fois qu'il voulait s'arrêter, voyant
Marie Féodorowna frémissante : « Non ! Non !...
Encore, encore ! » demandait-elle.

Ils avaient ainsi parcouru, toujours valsant,
une longue galerie immense, quand, à la fin,
n'en pouvant plus, perdant la respiration, elle
tomba presque, en tournant, toute étourdie, sur
elle-même. Roland n'eut que le temps de la
saisir et de la traîner, pâmée, derrière un massif
de fleurs, sur une banquette où elle se laissa choir
comme une masse.

Ils étaient seuls dans ce petit réduit. Surexcité
à son tour par l'étreinte folle dans laquelle elle
l'avait maintenu pendant cette danse démesurée,
Roland se pencha vers elle, la croyant malade,
tant elle haletait tout en ne lâchant pas sa main.
Mue par une secousse nerveuse, elle la pressait
passionnément de moment en moment, et à
chaque fois il courait un frisson dans les veines
du jeune homme. Elle était magnifiquement
belle, d'une beauté voluptueuse et charnelle. Sa
gorge, ferme et ronde, montrait à son regard,
que malgré sa timidité juvénile il plongeait dans

le corsage de cette femme qui paraissait évanouie, des splendeurs éblouissantes.

Le cœur de Roland n'était pour rien dans le
tumulte de ses sens. Soudain, et tandis qu'elle
pressait sa main encore, les yeux toujours clos,
elle l'attira à elle, et, comme si elle délirait ou
rêvait :

— « Embrasse-moi ! » murmura-t-elle, lui
donnant, toujours sans connaissance apparente,
un baiser de flamme.

Tandis qu'à demi-ivre, et dans la naïveté de
son innocence et de sa jeunesse, Roland croyait
avoir abusé de son évanouissement et qu'il tentait de s'arracher à l'étreinte de cette caresse
éperdue, deux voix d'homme, parlant bas, mais
distinctement, de l'autre côté du massif qui les
cachait, parvinrent jusqu'à lui.

— « C'est votre fils avec la marquise, assurément. »

— « Je le crains ! »

— « Il n'y a pas l'ombre d'un doute. La ressemblance est commentée par toutes les bouches.
Puis, ce nom de Melcy... »

— « Il faut qu'il parte ! »

— « Quand ? Demain ?

— « Dès demain matin. »

— « Mais comment... Quel motif ? Il est attaché à l'ambassade... »

— « J'ai la tête trop perdue en ce moment pour réunir des idées cohérentes, et puis je ne peux pas rester plus longtemps éloigné de ma femme ; mais, mon cousin, vous qui êtes presque mon frère, sauvez-moi ! Je me fie à vous. A cause de la princesse, je vous en supplie, évitez-moi ce scandale. Il faut imaginer un plan qui décide le départ de ce jeune homme, à tout prix !... »

Un cri perçant retentit, portant au loin dans la longue galerie. Il sortait de la gorge de Marie Féodorowna, levée toute droite, brusquement, comme mue par un ressort. Elle fixait Roland, dont les yeux étincelaient d'une si effroyable colère qu'elle en fut secouée d'une terreur soudaine. Il lui tuerait son mari !

Elle le saisit et eut la présence d'esprit de le repousser au loin, en lui jetant hâtivement : « Ah ! au nom de Dieu, ne me le tuez pas ! » avant que Gravenitz et son interlocuteur, attirés par ce cri terrible, n'aient pu s'élancer vers elle.

On l'entourait déjà. Des groupes se formaient autour du massif qui la cachait encore. Plus pâle qu'une morte, elle se tourna vers le cousin de son mari en lui disant :

— « Donnez-moi votre bras. Il faut que je sorte d'ici ! — et, repoussant le Prince. — Non, *vous*, marchez derrière... Suivez-nous... Il y va de votre vie si vous ne quittez pas le bal à l'instant. »

XXX

« QUE faire ?... Que décider ?... » se répétait Roland, cherchant à dominer les bouillonnements de la fureur qui grondait en lui menaçante. Il avait une telle fièvre, que l'air froid de la nuit et la marche dans la solitude des rues en quittant le bal, ne l'apaisaient pas. Gravenitz avait subitement disparu, entraîné hors du palais par sa femme après cette scène, rapide comme un miroitement d'éclair, et Roland restait pétrifié par cette lumière subite.

Cependant, petit à petit, il rentrait dans la réalité, et le sang froid lui revenant il arrêtait ses plans : écrire à son père pour lui demander un rendez-vous ; remplir la promesse sacrée faite à sa mère de lui remettre les lignes tracées par elle d'une main expirante ; puis après, la venger. Il lui semblait que boire jusqu'à la dernière goutte du sang de son misérable crucificateur, serait trop peu encore.

Pauvre enfant! il croyait que la commotion que Gravenitz recevrait quand il lui détaillerait le martyre de sa mère, serait le commencement de sa vengeance. Il ne connaissait ni les hommes, ni la vie; il se figurait naïvement impressionner ainsi un homme que des liaisons, des amourettes, des aventures sans nombre avaient blasé sur leurs conséquences.

Tout à coup, il laissa échapper un cri.

— « Dieu me pardonne! mais l'écriture de ma mère, la reconnaîtra-t-il seulement?... »

A cette pensée, pris d'un ricanement sinistre :

— « Scélérat, va! je saurai bien te forcer à te la rappeler, cette écriture chérie, » grinça-t-il, les dents serrées.

A peine dans sa chambre, il s'assit vivement et écrivit :

« Monsieur, vous ne vous trompez pas, je suis
« le fils de la marquise de La Roche d'Aurevillers
« et le vôtre, ainsi que je vous l'ai entendu dire
« cette nuit même. C'est pour vous que je suis
« venu à Berlin, et je vous prie de m'accorder un
« entretien. Je vous laisse libre du choix de
« l'heure et du lieu.

« Dans quelques phrases arrachées à mon émo-
« tion, je vous ai dit tout à l'heure qu'un homme,
« bon comme le bon Samaritain, m'a sauvé de
« la mort, m'a recueilli et adopté. Il m'évite

15.

« aujourd'hui le déshonneur de n'avoir pas de
« nom à mettre au bas de cette lettre, et votre
« bâtard peut signer :

« ROLAND DE MELCY.
« *Berlin, le .. février 188.. Hôtel Kaiserhof.* »

Sa détermination : provoquer dans cette entrevue le séducteur de sa mère et le tuer en duel,
était irrévocable.

Le lendemain matin, il envoya sa lettre au
Prince par un domestique de l'hôtel, avec ordre
de rapporter la réponse.

Assis dans sa chambre en l'attendant fiévreusement, il relisait pour la centième fois le journal de sa mère, surtout le passage où elle
racontait d'une façon si déchirante comment
Görlitz par une lettre anonyme, avait déjoué
tous ses efforts. Il se frappait le front avec
fureur, se parlant à lui-même comme un fou.

— « Mais oui... oui !... Il me semble que
j'en ai comme le souvenir confus, maintenant.
Oui, il y eut une lettre, en effet, dans ce pauvre
village où j'étais livré à ces deux sorcières, les
sœurs Delannoy... Mais j'étais si petit !... Après,
il me semble qu'on me traîna d'un endroit à un
autre, en Suisse, sans s'arrêter jamais longtemps

nulle part, jusqu'à ce qu'on me reléguât dans l'institution Randoin-Lavertu, après le siége de Paris. Ah! misérable!... Que va-t-il me répondre?... Pourtant, il ne peut pas refuser mon rendez-vous. Et alors... alors!...

Il marchait avec rage, allant de la porte à la fenêtre, de la fenêtre à la porte. Il se demandait aussi qui avait pu lui glisser ce papier dans le bal pour l'effrayer, le décider à fuir Berlin. Ah! Gravenitz en avait sans doute chargé une de ses innombrables maîtresses?... Une main de femme est seule assez leste et assez habile.

Roland ne se trompait pas. C'était bien une femme, une célèbre beauté Roumaine, en faveur momentanément auprès du Prince.

Que l'attente lui semblait longue! « C'est donc bien loin d'ici, la Thiergarten Strasse? » se demandait-il. Le messager était absent depuis déjà plus d'une heure. Il avait attendu, alors; le prince était peut-être sorti?... Ou bien, il flânait en route.

Roland sonna violemment. Le porteur de la lettre n'était pas de retour, lui répondit le garçon d'hôtel.

Un quart d'heure, une demi-heure, trois quarts d'heure s'écoulèrent encore. L'impatience du jeune homme touchait à la frénésie. Tout en souffrant mortellement de cette anxiété de l'attente, son

esprit travaillait. Il imaginait mot pour mot ce
qui allait se passer entre lui et son père, ce qu'il
lui dirait, les témoins qu'il prendrait pour le
duel : Janin et un des attachés militaires, pensait-il, oubliant que les membres d'une ambassade
ne peuvent servir de témoins contre un dignitaire
du pays auprès duquel ils sont accrédités.

Ce qu'il savait bien, par exemple, c'est qu'il
y allait de sa vie. C'était un duel à mort qu'il
voulait... Et la pensée de Marguerite, écartée
par les atroces préoccupations qui l'absorbaient,
le ressaisit avec force. Il fallait lui écrire, il fallait lui tout apprendre, et quelle complication
épouvantable! cet homme qu'il tuerait, ou par
qui il serait tué lui-même, était un parent de sa
Marguerite adorée...

Mais non! il n'y avait pas à reculer, elle saurait tout, et elle comprendrait qu'il vengeât sa
mère. Son lâche bourreau devait mourir, mourir
comme un serpent qu'on écrase, sans pitié, sans
merci!...

Roland, son éternel pli creusé entre les deux
sourcils, la tête baissée, les mains crispées, était
plongé à un tel degré dans ses lugubres réflexions qu'il n'entendit pas tout d'abord frapper
à sa porte.

La réponse! c'était la réponse! Son cœur battait, tandis qu'il déchirait la grande enveloppe,

marquée d'un énorme chiffre surmonté des ar-
moiries des Gravenitz, qui la contenait.

« Le prince de Gravenitz est dans l'impossi-
« bilité d'assigner au baron de Melcy le rendez-
« vous qu'il lui demande. »

C'était tout... Alors, celui qui eût vu Roland
de Melcy se serait reculé épouvanté. Avec un
bond de lion qui rugit, son poing crispé s'abattit sur la lettre. Puis, comme si ce n'était pas
assez, il la saisit entre ses dents serrées et la
mordant, la déchirant, la broyant avec furie
comme s'il ne pouvait lui infliger assez d'outra-
ges, il la cracha à terre, la trépignant avec sa
botte jusqu'à ce qu'il fut hors d'haleine, comme
un animal possédé par la rage : « Ah ! c'est ainsi !
— cria-t-il éperdu. — Eh bien ! lâche ! cette
entrevue que tu me refuses, je te l'imposerai !
Dussé-je t'attendre pendant des années, comme
un assassin guette sa victime, tu ne m'échapperas
pas ! »

Affolé, il saisit son chapeau et courut à l'ambassade. Là, s'efforçant de prendre du calme, il
questionna ces messieurs sur le prince de Gravenitz. Il apprit que la grande fortune ainsi que le
titre et le nom qu'il portait maintenant, lui étaient
venus par héritage, depuis un certain nombre
d'années seulement, et qu'auparavant il s'appelait le comte de Görlitz.

Il sut encore que chaque soir le Prince se rendait au Cercle, pour y jouer une partie de la nuit.

Il semblait si naturel que le jeune baron de Melcy, au lendemain d'un premier bal et à peine arrivé à Berlin, fût curieux de détails sur les personnages auxquels il avait été présenté, qu'on ne s'étonna pas de ses questions et qu'on ne prit pas garde à l'émotion intérieure qu'un observateur eût remarquée.

Le soir même de cette terrible journée, Marguerite, au théâtre, pria sa cousine Martha de mettre à la poste la longue lettre qu'elle avait passé l'après-midi à écrire à Roland, pour lui redire son amour et le calmer dans son désespoir.

XXXI

L E voile de la nuit couvrait la cité de Berlin. Il neigeait. Un homme, enveloppé d'un manteau, faisait le guet devant l'un des clubs les plus aristocratiques de la ville, allant et venant, longeant les maisons, afin que leur ombre le protégeât, embarrassé de lui-même et cherchant à prendre une allure moins suspecte quand quelques rares passants traversaient la rue. Lorsqu'il entendait le pas des *Schutzmänner* chargés des rondes de nuit, il se rejetait dans quelque coin obscur, derrière un angle protecteur, se collant au mur, immobile, retenant son souffle, jusqu'à ce qu'ils se fussent éloignés. Puis il se remettait en observation devant le Cercle éclairé.

Tout à coup, il s'arrêta : une silhouette venait

de se dessiner de l'autre côté de la rue. Le Prince
de Gravenitz, vêtu de l'uniforme de petite tenue
qu'il portait d'ordinaire, et le grand manteau
militaire à doublure rouge jeté sur ses larges
épaules, se dirigeait vers la porte du Cercle.
Vivement, l'inconnu s'avança et se plaça devant
lui.

— « Qui êtes-vous, monsieur? « demanda le
Prince d'un ton hautain.

— « Quoi! Vous ne me reconnaissez pas?
Je vous ai été présenté au bal de la cour. Je suis
Roland de Melcy... »

— « Je croyais vous avoir donné une réponse
nette, monsieur, et que nous en avions fini
ensemble? »

— « Vous vous êtes trompé, Prince, et puisque vous avez jugé bon de refuser le rendez-vous
que je vous demandais, je suis venu vous
attendre ici. »

Gravenitz était loin d'être à son aise. Ce nom
de Melcy, cette ressemblance qui avait frappé
tout le monde, ne lui permettaient aucun doute.
La scène terrible de Marie Féodorowna après le
bal, et jusqu'à l'air décidé et la froide assurance
du jeune homme, tout se réunissait contre lui.
Cependant, il se contint.

— « J'ai eu l'honneur de vous écrire que je
n'avais rien à vous dire, monsieur. A présent,

j'ai l'honneur de vous saluer, en vous priant de me laisser passer. »

Roland lui barra le chemin, et se dressant de toute sa hauteur :

— « Vous ne passerez *pas*, monsieur ! Si vous m'aviez accordé l'entretien que je vous demandais, ou si hier, au bal, après avoir surpris votre conversation, je m'étais senti assez maître de moi pour vous rejoindre immédiatement, ce ne serait pas dans l'endroit où nous sommes que vous auriez eu à m'écouter. Sachez, d'abord, que je ne suis pas venu à Berlin pour vous demander quoi que ce soit, et que je n'accepterais rien de vous ! J'y suis venu parce que ma mère, à son lit d'agonie, m'a remis pour vous ce dernier message, et parce que je veux vous faire expier ses souffrances. Je ne vais pas pourtant vous assassiner comme je le devrais ; je vous laisse la chance d'une dernière impunité. Ce que j'exige, c'est un duel, où je puisse vous tuer loyalement. »

— « Trève au mélodrame, jeune homme ! — s'écria impatiemment Gravenitz, repoussant la lettre de sa mère mourante que Roland lui tendait. — Et, je vous le répète, laissez le passage libre ! Je pourrais vous écraser, comme un géant fait d'une mouche qui bourdonne autour de lui, mais je ne veux pas de scandale. Si vous per-

sistez, pourtant, j'appelle un « Schutzmann, » et
tout attaché d'ambassade que vous soyez, il vous
arrêtera à ma requête. »

— « Rien ne peut m'étonner de votre part,
et je m'attendais à cela. Je vous connais par les
récits de ma mère, et je savais que vous cher-
cheriez tout simplement à vous débarrasser de
moi. Mais j'insiste, — vous m'entendez, monsieur ? — j'insiste, et vous allez lire ce que ma
mère vous a écrit. » Et il tendit de nouveau la
lettre au prince.

Gravenitz avait réfléchi. Changeant de tac-
tique, il la prit.

— « Allons ! j'y consens. » Et faisant quelques pas avec Roland pour s'éloigner du Cercle,
il se plaça sous un bec de gaz, déchira l'enveloppe et lut :

« Waldemar, malgré vous, l'enfant perdu est
« retrouvé : Dieu me l'a rendu ! Je meurs, et si
« je trouve la force de vous écrire, c'est pour que
« cette lettre vous soit la preuve que celui qui
« vous la remettra est bien votre fils.

« Mon esprit, dégagé à la fin des ténèbres
« dans lesquelles votre dernière trahison l'avait
« plongé, y voit clair. Je le sens ! Dieu va vous
« envoyer une expiation terrible, pour venger la
« mère et l'enfant. Cherchez à la conjurer en
« réparant envers votre fils le mal que vous avez

« fait à sa mère. Que Dieu vous pardonne!
« Moi, même avant de comparaître devant mon
« juge suprême, je ne le puis.

« ANTOINETTE DE LA ROCHE D'AUREVILLERS. »

Ces lignes, quoique tracées d'une main mourante, se détachaient clairement.

Gravenitz parut réfléchir. Roland se taisait.

— « Et que voulez-vous que je fasse pour
vous? » dit-il froidement.

C'était là le premier mot de l'homme, de
l'amant, du père, après cette lecture...

Roland le toisa d'un regard méprisant.

— « Ce que je veux? Je croyais vous l'avoir
déjà dit, Monsieur. Où puis-je envoyer demain
mes témoins aux vôtres?... »

La lumière du réverbère tombait en plein sur
le visage de Gravenitz. Il tenta d'esquisser un
sourire de protection :

— « Que vous êtes enfant! En quoi ce duel
servira-t-il à votre mère maintenant? Tandis que
moi, cette lettre me prouvant que vous êtes bien
mon fils, je puis vous aider dans la vie et accomplir ses vœux, dans la mesure du possible. »

Voyant que Roland bouillait de l'entendre :

— « Laissez-moi achever; vous parlerez ensuite
Voyons! quel grand crime ai-je donc commis?

Quand votre mère m'a aimé, elle était mariée ;
est-ce là ce qui s'appelle une séduction ? Si j'étais
coupable en l'aimant, elle, avec ses devoirs
d'épouse, ne l'était-elle pas davantage ?... »

— « Pas un mot contre ma mère, ou j'étrangle
les paroles dans votre gorge ! — s'écria Roland
en faisant un geste terrible. — Votre crime ?
Vous demandez quel est votre crime ! Vous avez
donc tout oublié ? Et quand il n'y aurait que cette
lettre, avertissant le marquis que les démarches
de ma mère pour me retrouver allaient enfin
aboutir, moi, son fils ! moi, le vôtre !

— « Quelle plaisanterie ! Je n'ai rien écrit !
— répondit Gravenitz, mais il pâlissait, tout en
s'efforçant de sourire. — Laissez-moi m'expliquer... Je vous le répète, votre mère m'a écouté,
et si elle n'avait pas été légère et coquette... »

Ici, Gravenitz n'osa plus continuer. Le visage
de Roland était devenu livide. Les lèvres con-
vulsées, les narines frémissantes, il se dressa brusquement, prêt à abattre ses mains crispées sur
son père.

— « Lâche ! — siffla-t-il, — lâche ! »

Il était effrayant ; ses yeux lançaient des éclairs
comme un volcan jette sa lave incandescente.

Gravenitz sentit un grand battement au cœur.
Sa gorge était serrée au point qu'il ne pouvait
articuler un seul mot distinct. Un râle rauque

sortit comme un murmure de sa bouche contor-
tionnée en sentant les mains furieuses de Roland le saisir. Haletant sous son étreinte, il fit
entendre ces mots à grand'peine :

— « Du calme ! je vous en coujure ! On nous
observe. Laissez-moi le temps de vous répondre... »

Roland le lâcha.

— « Votre colère, ce duel, tout cela est insensé !... Demandez-moi autre chose... »

— « Autre chose ?... Jamais ! J'ai juré à cette
mère, que vous insultez encore, que ma vie n'aurait pas d'autre but que de la venger. Croyez-
vous que parce que je suis votre fils et que c'est
votre sang qui coule dans mes veines, je sois vil
comme vous ? Croyez-vous que je puisse me ré-
signer complaisamment, accepter ainsi le souvenir des années de désespoir de celle qui n'est plus,
et jouir de la vie pour mon compte, en acceptant
un compromis avec son séducteur ? Et en retour
de ce qu'il ferait pour moi, que je le laissasse se
vautrer dans le bien-être et dans l'ambition satis-
faite, comme il le fait sans remords ? Ah ! vous
vous trompez terriblement, Monsieur. Tant qu'il
n'y avait qu'une femme devant vous, le triomphe
de l'impunité vous était acquis ; pour elle seule,
la honte et la douleur, la résignation des victi-
mes... Ses lettres, ses supplications, ou vous les

laissiez sans réponse, ou elle recevait de vous ces
éloquents discours où l'hypocrisie de votre égoïsme sait se mettre à l'aise. C'était là votre rôle!...
Et quand, à la fin, ses prières et sa douleur vous
ont lassé, vous avez trompé la confiance qu'elle
mettait encore en vous, croyant à votre aide dans
ses lamentables recherches! Par quelle haine effroyable avez-vous donc été poussé, pour adresser au marquis cette lettre anonyme, qui ajoutait
ainsi la lâcheté de la trahison à toutes vos lâche-
tés? Et c'était son fils, *votre* fils qu'elle perdait
par vous! Tandis que lui, pauvre petit être abandonné, privé de sa mère, il a tant souffert qu'un
soir, désespéré, il a voulu mourir et est allé se
noyer. Il avait douze ans! — Vous auriez été
débarrassé de lui, n'est-ce pas? c'est dommage!
Et le docteur de Melcy a eu grand tort de le
sauver et de le rendre à sa mère, qui a pu mourir
dans ses bras et lui laisser sa vengeance en héritage!... Ah! vous croyez que la bête en moi
n'a pas rugi? Vous croyez que le bâtard n'a pas
amoncelé en lui ses haines, contre celui qui a fait
tout ce mal pour que le passé fût anéanti et que
l'enfant de sa jeunesse ne revînt pas un jour troubler les eaux paisibles dans lesquelles son existence mensongère navigue doucement? Misérable! Faites votre dernière prière, car je vais vous
tuer comme on abat un chien! » Et, em-

porté par sa fureur, il se rua sur le Prince.

L'attaque était si directe et si soudaine que, saisi au cou par les mains nerveuses de Roland et dans l'impossibilité de se défendre, il se crut perdu. Mais un cri d'effroi put encore s'échapper de ses lèvres, les passants accoururent, et voyant deux hommes aux prises se jetèrent sur l'agresseur et lui arrachèrent le Prince à grand'peine. Des agents de police survinrent, et Roland se trouva cerné.

Il tenta en vain de se dégager et de rebondir sur son père. Malgré sa résistance désespérée, on le terrassa.

— « Arrêtez cet homme ! » s'écria d'un ton de commandement le Prince de Gravenitz.

Roland ne voulut rien dire pour sa défense.

— « Pourquoi attaquiez-vous Son Altesse ? » demanda un des agents.

— « Pour la châtier ! » répondit-il simplement.

Gravenitz, qui s'était d'abord éloigné dédaigneusement indifférent, entendit ces trois mots retentir dans cet air calme et sonore des nuits de neige. Il revint sur ses pas, effrayé du scandale qui pourrait résulter de ces paroles, scandale qui finirait par parvenir à sa femme et à sa fille, ce qu'il voulait éviter à tout prix. Marie Féodorowna était déjà montée contre lui jusqu'à la fureur.

— « Laissez-moi lui parler, » dit-il aux agents
de police. Ils obéirent respectueusement au
Prince de Gravenitz, qu'ils connaissaient bien,
et s'éloignèrent, mais de façon à être à portée de
le secourir si cela devenait nécessaire.

— « Monsieur, peu s'en est fallu que vous ne
me tuiez tout-à-l'heure. Vous devez comprendre
que la répression de votre tentative est absolument livrée à mon bon plaisir, et que je suis ici
chez moi. Je n'ai qu'un mot à vous dire : Si vous
me faites le serment de quitter demain matin
Berlin et de n'y jamais revenir, de ne plus m'at-
taquer si nous nous trouvons de nouveau en présence, je vous fais rendre la liberté. Sinon, la
prison préventive d'abord, puis les assises, vous
attendent ; car votre action contre moi est une
tentative d'assassinat et sera considérée comme
telle. »

— « Et moi, Monsieur, je n'ai que ceci à vous
répondre, — dit le jeune homme, plus surexcité
encore dans sa haine depuis qu'il avait subi l'outrage des mains brutales des policiers. — Nous
vous sommes redevables, ma mère et moi, de
toutes nos tortures. Je suis venu pour vous tuer.
Je vous tuerai ! »

— « Allons ! puisque vous ne voulez tenir
aucun compte de la voix de la raison, que la
punition s'accomplisse. Qu'on l'emmène ! »

Roland ne savait plus ce qu'il faisait. Voyant sa proie lui échapper, comme un jeune cheval fougueux qui ne sent plus son mors il essaya de se frayer un passage au milieu de ces hommes qui le maintenaient. Se défendant comme un lion, il se dégagea un moment. En une seconde, il eut tiré un revolver de sa poche et visé Gravenitz. Le coup partit. Un homme tomba. Il avait atteint le comte de X, l'un des plus hauts dignitaires de la Cour, qui à l'instant même sortait du Cercle et qui, voyant un rassemblement et entendant du bruit, était accouru et se trouvait ainsi par hasard devant Gravenitz. On le crut mort. Mais bientôt il se releva tout chancelant.

— « J'ai la balle dans l'épaule, » murmura-t-il faiblement. Roland, éperdu à l'idée d'avoir manqué son père et frappé un innocent, se laissa entraîner par les agents sans résistance.

Tandis qu'on transportait le comte au Cercle, Gravenitz resta un instant en arrière. Il regardait le groupe de ceux qui emmenaient Roland. Le jeune homme marchait fier et inflexible.

Quand la foule se fut dissipée et qu'il se vit bien seul, lentement, la tête baissée sur la poitrine, le prince de Gravenitz poursuivit sa route.

XXXII

ENDANT cette nuit mémorable, Marguerite pensait tendrement et anxieusement à Roland et à sa grande joie le lendemain, quand on lui remettrait sa lettre. La pauvre enfant ne cessait de se représenter quelle douleur il avait dû éprouver en lisant la réponse du prince, dure et cruelle certainement, car il était dans une colère terrible en écrivant, elle ne pouvait s'y être méprise! Ah! sa lettre, à elle, comme elle souffrait de l'impossibilité dans laquelle elle avait été de la lui faire parvenir avant le matin. Qu'était-il devenu jusque-là? Mais elle ne pouvait se fier qu'à sa cousine, qui s'était aussi chargée de recevoir la réponse de Roland et de la lui transmettre aussitôt.

Son agitation la tint éveillée toute la nuit; elle ne s'endormit guères que vers six heures, et d'un de ces sommeils lourds qui suivent les

grandes lassitudes morales. Elle ne se réveilla
pas avant onze heures, et quand sa femme de
chambre arriva à son coup de sonnette, lui
apportant de l'eau chaude, son étonnement fut
extrême en voyant entrer Martha derrière elle,
en chapeau, un journal à la main.

— « Qu'est-ce qui t'amène à cette heure,
Martha ? »

— « Ceci, — et elle tendit le journal à Marguerite. — Tu vas être stupéfaite ! Tiens, lis. »
— Et elle mit le doigt sur une colonne, la lui
désignant.

« Hier soir, devant le cercle de l'Union, une
« singulière agression a eu lieu. Un jeune Fran-
« çais, le baron Roland de Melcy, qu'on dit
« attaché à l'ambassade de France et ici depuis
« un ou deux jours seulement, s'est rué sur un
« personnage très haut placé de notre pays, qui
« désire rester inconnu. Il a tenté de l'assassiner
« et l'a grièvement blessé.

« Le jeune Français est sous les verrous, à la
« prison de ***. »

Ce journal, ainsi qu'il arrive parfois, à Berlin
comme à Paris, avait pris ses renseignements à
tort et à travers, et fait un petit galimatias de
confusion et de mystère, fort heureusement pour
la pauvre Marguerite. Le reporter ignorait que

la balle reçue par le comte de X ne lui était
pas destinée, et qu'attiré seulement par le bruit,
encore ébloui par la lumière du cercle qu'il quittait à l'instant, il n'avait pas vu le revolver de
Roland braqué dans sa direction, et s'était senti
blessé sans même comprendre de quoi il s'agissait.

Martha ressentit une joie perfide au cri de
Marguerite. Elle la savait non seulement follement éprise de Roland, mais pleine aussi d'admiration pour ses hautes qualités morales. Ce
fait divers ouvrirait un peu les yeux de la riche
héritière, qu'il répugnait à son patriotisme de voir
échoir à un Français, quand tant de pauvres
lieutenants allemands se morfondent dans l'attente des rares filles à grandes dots que l'Allemagne peut offrir.

Mais Marguerite surprit le regard méchant de
sa cousine, et son agitation en fut instantané-
ment calmée.

— « L'article est faux! » déclara-t-elle.

— « Je l'ai d'abord cru comme toi. Aussi
suis-je allée le montrer à mon frère avant de
venir. Tu sais qu'il est toujours au courant des
nouvelles. Celle-ci est positivement vraie. Il
n'était bruit que de cela, hier soir, au club. »

Marguerite restait atterrée.

— « Le pire est, — continua l'implacable

Martha, — qu'on dit la victime à toute extré-
mité. S'il en est ainsi, le pauvre Roland a son
affaire faite, je t'en réponds, à moins qu'il n'ob-
tienne sa grâce de l'Empereur lui-même. »

Ces derniers mots achevèrent d'éclairer Marguerite. S'efforçant de jouer l'indifférence, car
elle voyait maintenant l'hostilité de Martha pour
Roland, et ne voulant pas la laisser pénétrer dans
ses sentiments, elle s'habilla aussi hâtivement que
possible, et, son cœur bondissant d'indignation
contre sa cousine, elle lui demanda froidement :

— « Restes-tu à déjeuner? »

— « Non, je ne suis venue qu'un instant,
pour te montrer cet article. » .

— « Merci de cette preuve d'amitié. » Marguerite appuya singulièrement sur ces derniers
mots, et Mlle de Rosenthal sentit qu'elle avait
commis une faute en prenant ce ton exultant
contre le pauvre Roland tombé. L'adieu fut glacial entre les deux jeunes filles.

Marguerite, dans son impatience de voir son
père, avait trouvé la visite de Martha intermi-
nable.

La porte enfin refermée, elle s'élança vers le
cabinet du prince. Il était seul, assis, la tête
enfoncée dans ses deux mains.

16.

XXXIII

LA prédiction de la marquise commençait dès à présent à s'accomplir ; Némésis la vengeresse se mettait à l'œuvre. Elle allait déchirer lambeau par lambeau le cœur de Gravenitz : son heure était venue.

On avait agi auprès des journaux et empêché qu'on le nommât, et la blessure du comte de X le servait. Mais Roland n'était pas le premier venu. Attaché à l'ambassade de France, des circonstances particulières militeraient en sa faveur. D'ailleurs, il ne tairait certainement pas la vérité à l'ambassadeur, et cela suffisait pour que tout Berlin y fût initié. L'ambassadeur ne pouvait qu'être désireux d'excuser son jeune compatriote. Ainsi, cet épisode de l'orageuse jeunesse du Prince ferait son chemin dans la ville, et que serait-ce, alors! car déjà, à l'exception de leur terrible scène, Marie Féodorowna n'avait pas échangé un

seul mot avec lui depuis le bal. Il la craignait
extrêmement. De plus, quelle disgrâce aux yeux
du monde qu'une telle révélation, malgré l'habi-
leté qu'il déployerait pour tout arranger à son
avantage et se donner le beau rôle.

Lorsque la porte s'ouvrit et qu'il entendit des
pas légers et le froufrou d'une robe, il trembla,
n'osant lever la tête, croyant voir entrer Marie
Féodorowna. Soudain, deux bras se nouèrent
autour de son cou : il reconnut l'étreinte de Marguerite, sa fille chérie, sa fille unique.

— « Père ! mon père ! »

Sur cette poitrine, qui avait toujours été son
abri, elle venait exhaler les sanglots qu'elle ne
pouvait plus contenir.

Le Prince abaissa son regard sur cette tête
blonde qui s'enfouissait ainsi, cherchant sa tendresse, et dont la douce chevelure paraissait
presque mousser sous ce vent de février qui pénétrait par les croisées. Car, enfiévré par une
nuit sans sommeil, Gravenitz appelait impérieu-
sement l'air du dehors pour rafraîchir son front
brûlant.

Il fallait que Marguerite fût entraînée par une
bien irrésistible impulsion, pour venir plaider ainsi
la cause de Roland. Elle à qui jamais son père
n'avait même pu adresser dans toute sa vie un
mot sévère, elle ne savait que trop quel accueil il

avait fait à sa lettre. Mais Martha disait que l'Empereur seul pouvait sauver un homme coupable d'homicide sur un grand de l'Olympe, et, s'exagérant le péril avec l'ignorance de son jeune cœur aimant, elle croyait la vie de son fiancé menacée.

Il était donc indispensable que le prince vît l'empereur, qu'il le vît immédiatement, et cela malgré cet échange de lettres de la veille et la haine que la pauvre enfant lui supposait pour Roland, uniquement parce qu'il osait aspirer à sa main.

Gravenitz, devinant pourquoi sa fille était là, frissonnait du froid de la mort. Il n'ignorait rien de son amour, et n'en avait été que plus épouvanté dès que le nom de Roland, mentionné par la baronne, lui avait donné comme un vague pressentiment. Ce nom, lui-même l'avait choisi autrefois pour l'enfant qui naissait alors, parce que c'était celui d'un des héros de la patrie de sa bien-aimée. Apprenant ensuite que ce jeune homme se trouvait être le fils adoptif du docteur de Melcy, il se rappela avoir rencontré celui-ci vingt et un ans auparavant, lors de la grossesse de la marquise, et son dévouement pour elle. Toutes ces coïncidences, jointes à l'âge de Roland, inquiétèrent le prince, et c'est alors qu'il redemanda sa fille auprès de lui, prétextant une indisposition.

Jamais son cœur n'avait saigné comme il sai-
gnait aujourd'hui pour cette enfant adorée qui
venait à lui, jamais ce frêle roseau que le moindre
vent pouvait briser ne lui avait été aussi cher.

Quand elle releva sa tête de la poitrine du
prince, elle était blanche comme un marbre de
Carrare, si blanche que Gravenitz trembla. Son
jeune et généreux sang ne remonterait-il plus à
ces joues d'albâtre? L'être idolâtré qui était pour
lui toute la vie, se fanerait-il : « *Come corpo
morte cadde* » devant la terrible fatalité des circonstances effroyables amenées par le sort?

Elle leva sur son père deux grands yeux noirs
cerclés de bistre, où, comme des gouttes de rosée, perlaient des larmes. Puis elle se laissa
tomber dans un fauteuil et, joignant deux pauvres petites mains amaigries en signe de prière :

— « Père ! oh père ! sauve-le ! » balbutia-t-
elle, presque inintelligiblement.

— « Qui t'a raconté cette histoire ? » dit Gravenitz, en fronçant les sourcils. Marguerite montra
le journal.

— « Malheureuse enfant ! Il n'est pas en mon
pouvoir de le sauver ! L'Empereur est inexorable.
Il faut qu'il expie ce qu'il a fait. »

— « Mais, père, il ne l'a pas fait ! Cela lui
est aussi impossible qu'à toi, de vouloir tuer
quelqu'un... »

— « Les preuves l'accablent », ajouta le
Prince, sur le point de laisser échapper qu'il
était présent à l'évènement.

— « Mon père ! ta tendresse ayant toujours
éloigné de moi tout chagrin, ceci est la première
douleur de ma vie !... Père, il faut que je te dise
tout... Je l'aime ! »

Chaque parole entrait comme un fer rouge
dans le cœur du Prince.

— « Ma pauvre enfant ! Tu voyais un être
idéal, un héros, là où il n'y a qu'un vulgaire
aventurier. Allons ! du courage, il ne faut plus
penser à lui. »

Marguerite eut un sourire navrant.

— « Tu crois donc que ce que je viens d'apprendre peut me faire cesser de l'aimer ? »

Gravenitz fit un signe d'affirmation.

Elle se leva toute droite devant lui, plongeant
ses yeux dans les siens :

— « Ainsi, tu as pu supposer qu'un doute sur
Roland pouvait effleurer mon cœur seulement
un instant ? Un doute sur *lui !* sur lui dont aucune
pensée, même la plus secrète, ne m'est inconnue ! Ah ! je croyais que tu connaissais mieux ta
fille ! Mais si, en ce moment, il surgissait là,
lui-même, entre nous deux, et s'il me disait :
Marguerite, oui, je suis coupable ! sais-tu ce que
je verrais dans son aveu ? Je verrais que le cha-

grin l'a rendu fou, et j'irais à lui pour le soutenir,
pour le plaindre, pour l'aimer plus encore! Oh!
père! lui! coupable?—et une flamme céleste illuminait son regard.—Tu te trompes! tu te trompes, mon père! Laisse-toi convaincre! Et quand
même il y aurait des preuves accablantes, je dirais encore : On se trompe, c'est faux! Ce n'est
pas la première fois qu'on se trouve sur une
fausse piste dans une affaire de ce genre! Et plus
je le verrais accusé, honni, plus je lui appartien-
drais, quand même toutes les puissances de la
terre et du ciel se lèveraient pour l'accuser!
Comme le Christ, il saura boire sa coupe jusqu'à la lie et gravir son calvaire; mais il ne le
gravira pas seul, car tu auras beau m'enfermer,
me cadenasser, je le rejoindrai, fût-il sous mille
verrous! »

Épouvanté de cette exaltation croissante :

« Viens, mon enfant chérie, viens, calme-toi!
viens dans mes bras! comme dans tes chagrins
d'autrefois, » fit Gravenitz, en l'attirant tendrement. Ses lèvres étaient blêmes, il faisait des efforts effroyables pour ne pas laisser éclater son
émotion.

Il la prit sur ses genoux, caressant de ses deux
mains glacées et tremblantes cette chevelure
blonde, son adoration et sa gloire. Il la regardait,
retenant à grand peine ses larmes qui cherchaient

un passage, et dont la première, en entraînant les autres, eut déchaîné l'orage terrible qui grondait en lui. Pendant quelques instants, ils ne purent ni l'un ni l'autre dire un mot; leur gorge serrée retenait les paroles.

Enfin, Gravenitz murmura :

— « Marguerite, je croyais que tu m'aimais de toute ton âme! »

— « Oui, mon père! »

— « Et que tu avais en moi une confiance absolue? »

— « Certainement. »

— « Et que tu ne pouvais supposer que je fusse capable de te tromper? »

— « Oh! mon père! »

— « Tu vois cette Bible? Eh bien! sur ce livre saint et sur ta tête sacrée, que je chéris plus que tout en ce monde, je t'affirme que le baron de Melcy a véritablement commis le crime dont on l'accuse, et qu'il est impossible qu'il devienne jamais ton mari. »

Gravenitz craignait en parlant ainsi de provoquer un évanouissement, une révolte effrayante, tandis que son regard atone rencontra au contraire les doux yeux candides de la divine enfant, brillant d'une flamme inaccoutumée.

— « Pauvre père! le bruit public t'égare, toi aussi!... Qui sait? Roland a peut-être des enne-

mis qui auront inventé cette machination abomi-
nable. On est si jaloux de lui! Il leur est si supérieur à tous! Vois-tu, depuis trois mois que je
l'aime, je lis dans son cœur comme il lit dans le
mien... Si l'on te disait, à toi, que ta fille a
commis un crime; si même vingt mille personnes
t'affirmaient qu'elles l'ont vue le commettre, ne
les chasserais-tu pas comme des calomniateurs et
des menteurs? Leur témoignage m'atteindrait-il
un seul instant dans ton esprit?... Mais, mon père,
tu n'en aurais pour moi que plus de dévouement
et d'amour, dans ta sainte pitié! Eh bien! cet
amour et ce dévouement-là sont les miens, pour
celui que j'ai choisi entre tous. Et si tu savais
comme je suis forte intérieurement! Je sais si
bien que tu ne le laisseras pas mourir, car le coup
qui le frapperait me tuerait en même temps, et,
mon père chéri, tu ne veux pas que ta fille
meure! N'est-ce pas? dis-moi que tu feras tout
pour le sauver! Crois-tu que je ne voie pas l'é-
motion qui te brise, tes yeux voilés de larmes,
tes lèvres contractées? Pourquoi veux-tu ne pas
pleurer! Pleure, au contraire, cher père! pleure
devant ta fille, car si tu restes inflexible, si tu
laisses frapper Roland, tu le sens bien dès à présent... — et un soupir déchirant s'échappa de
ses lèvres — ta pauvre petite est perdue! C'est
en vain, qu'après la mort ou la condamnation de

17,

Roland—et elle frissonna lugubrement — tu
promenerais ta Marguerite de pays en pays, de
médecin en médecin... Le ressort brisé ne se
redressera plus, la fleur tombera morte de sa tige
cassée. »

Elle parlait avec calme, mais son accent était
si navrant que le malheureux souffrait le martyre
et que, bientôt, l'angoisse dépassant les forces
humaines, ses larmes descendirent une à une sur
ses joues.

— « Tais-toi! Tais-toi! Ne vois-tu pas que
tu me tortures? »

Alors, Marguerite, le quittant lentement, vint
appuyer sa tête alourdie sur la grande vitre de la
croisée. On touchait à la fin d'une triste matinée; le ciel était chargé d'épais nuages noirs qui
se chassaient les uns les autres. Ses yeux s'atta-
chèrent à ce spectacle, et ceux de Gravenitz à
elle.

Il ne pouvait les détourner de cette silhouette
debout entre lui et la lumière, de ce corps plus
amaigri et plus transparent depuis le retour de
Paris. Dans sa simple robe du matin, elle ressemblait à la Mignon si magistralement peinte
par Ary Scheffer : « Mignon regardant le ciel et
soupirant après! » Cette fragilité diaphane, cette
faiblesse d'enfant dans laquelle l'âme battait des
ailes et semblait prête à s'envoler, lui entrait

dans le cœur comme une lame d'acier. Marguerite disait vrai. Comment survivrait-elle au châtiment du crime de son bien-aimé?...

En cet instant, le prince eut la vision d'un long cercueil noir. Son enfant chérie, sa pâle Marguerite y était étendue dans sa robe blanche, ses petites mains repliées sur sa poitrine et des fleurs entre ses doigts glacés. Lui sanglotait, désespéré, devant ce cercueil qu'on allait fermer sur elle à jamais.

Il ne fit qu'un bond jusqu'à la porte, descendit l'escalier et se trouva dans la rue. Son coupé attelé l'y attendait depuis longtemps.

— « Au palais! » cria-t-il.

Quelques instants après, haletant, le prince de Gravenitz était en présence de son souverain.

XXXIV

IL serait difficile d'imaginer une agitation plus grande que celle qui régna à l'ambassade de France le lendemain de l'attentat de Roland et de son arrestation, qu'on venait d'apprendre par les journaux du matin. Tout le personnel était sur pied.

— « C'est incroyable! Il y a quelque chose là-dessous! » — disait l'ambassadeur à ses secrétaires qui l'entouraient, stupéfaits.

— « Et nous? Quelle attitude allons-nous prendre dans cette affaire? Voilà qui devient embarrassant! » dit Janin.

L'ambassadeur marchait tout en réfléchissant.

— « Monsieur Janin, il faut que vous alliez aux informations immédiatement. Il est indispensable que vous me rapportiez les renseignements les plus précis. Tout cela peut très bien se réduire à un simple canard de journaliste, ou bien à quelque querelle d'honneur sans grande importance. Qui sait? M. de Melcy a peut-être tout simplement marché par inadvertance sur les cors du comte de X., qui est grincheux, et fort capable, à l'occasion, d'un mouvement de violence, et le jeune homme, avec l'inexpérience et l'impétuosité de son âge, peut s'être laissé aller à de regrettables représailles. »

L'ambassadeur se rappelait tout à coup les recommandations de son cousin de Melcy à l'arrivée de Roland. Étrange lettre que celle que le docteur lui avait écrite, disant, avec des réserves et des sous-entendus singuliers, qu'il était important de veiller sur Roland et de chercher à comprimer les élans imprudents auxquels il pourrait se livrer, etc., etc.

Quand Janin, selon les ordres qu'il avait reçus, se présenta chez le chef de la police, il vit que sa visite était attendue.

— « Quelle bête d'histoire, hein! herr secrétaire? » furent les premières paroles de ce fonctionnaire.

— « Assurément! Mais, s'il vous plaît, monsieur, il est donc vrai que le baron de Melcy a été arrêté et que l'aventure a quelque gravité? »

— « Si c'est vrai! Mais certainement! et l'aventure, comme vous l'appelez, est tout ce qu'il y a de plus fâcheux. » Et il apprit à Janin

comment un haut personnage, dont le nom ne
devait pas être prononcé, s'était vu en butte aux
agressions de Roland et de quelle façon le comte
X avait été blessé à sa place.

— « Il faut qu'il soit fou ! » pensa Janin, et
il demanda l'autorisation de pénétrer jusqu'au
prisonnier.

— « Je ne crois pas qu'il y ait d'objection à
cela, — dit le chef de la police. — Pourtant,
permettez-moi d'en référer d'abord au ministre. »
Et il donna poliment son congé à Janin, qui
se hâta de retourner à l'ambassade. On venait
d'y recevoir une lettre à l'adresse du jeune de
Melcy. Très lourde et devant contenir plusieurs
feuilles de papier, elle portait le timbre de Berlin.
C'était celle écrite la veille par Marguerite, et
que Martha, maintenant que Roland était à
portée de s'expliquer avec elle, avait fait mettre à
la poste par sa femme de chambre après le
théâtre, n'osant plus l'intercepter comme les précédentes, et depuis que Roland était en prison, elle
le regrettait fort, pensant qu'on finirait par connaître sa participation à l'envoi de Marguerite et
que ce serait très grave dans les circonstances
présentes. Cette lettre n'agitait pas moins l'ambassade tout entière, surtout depuis le retour et le
récit de Janin. Tout ce qui se rapportait à Roland
prenait une importance considérable.

On croyait qu'il ne connaissait âme qui vive à Berlin. Il l'avait dit à Janin le soir du bal, et voilà qu'il arrivait pour lui un grand pli cacheté, dont l'adresse était écrite en allemand, et certainement, d'après l'aspect des caractères, par une main du pays, exercée dès l'enfance à écrire cette langue.

— « Nous n'avons pas le droit de l'ouvrir, — dit l'ambassadeur, — mais puisqu'on va vous accorder la permission de voir le malheureux enfant, emportez-la. Qu'il la lise devant vous, et prenez-en connaissance. Je ne préviens pas encore mon cousin de Melcy. Il sera bien temps de le troubler si les choses prennent une tournure plus sérieuse. Ah ! ces satanés enfants qu'on adopte ! Toujours ils vous portent malheur ! »

Quand Janin se présenta de nouveau chez le chef de la police, l'autorisation l'y attendait. Un agent supérieur l'accompagna à la prison de ***. Il était expressément défendu de laisser le prisonnier voir qui que ce fut sans témoin.

Il trouva Roland calme et réservé, dans son attitude habituelle. Le pli qu'il tenait à la main frappa tout de suite les regards du jeune homme. Ses premiers mots furent :

— « Vous m'apportez une lettre ? »

Janin la lui remit, et aussitôt il déchira l'enveloppe : il avait reconnu la chère écriture. Son

cœur en bondit. C'était comme un message de
lumière et d'espoir éclairant sa sombre nuit. Mais
subitement sa joie disparut; déjà pâle, il devint
livide. Une adresse accompagnait la signature
de Marguerite, et c'était celle-là même du Gravenitz auquel il avait écrit la veille. Il ne le
croyait que parent éloigné de Marguerite, Marie
Féodorowna lui ayant répondu au bal, quand il
s'adressait à elle et à son mari comme à son père
et à sa mère : « On suppose souvent ce qui n'est
pas !... » Et maintenant, il apprenait que c'était
son père... Ainsi, ce père qu'il était venu trouver, son père à lui, était aussi le père de Marguerite ! En le frappant, il l'atteignait, *elle !*

— « Qu'avez-vous, mon cher ami ? » s'écria
Janin. Roland, qui depuis quarante-huit heures
avait supporté tant d'émotions sans broncher, et
attendait, impassible, dans cette prison, ce que le
sort allait décider de lui après sa tentative de la
veille (et il comprenait que ce ne serait pas peu
de chose), se sentit à la fin vaincu. Un froid glacial lui courut dans ses veines, et malgré un effort
inouï pour se tenir debout, il tomba à la renverse
sans connaissance.

Tout en le secourant avec empressement,
Janin, venu dans le but de chercher à savoir
quelque chose, saisit la lettre échappée à Roland
et en lut la signature : « Marguerite de Vor-

salska... » Donc, une lettre de femme, une amourette...

L'officier de police présent à l'entrevue, entendit l'exclamation de Janin.

— « Ah! le jeune baron connaît la fille du prince de Gravenitz? » dit-il tranquillement.

Ces mots, quoique prononcés à voix basse, parvinrent distinctement à Roland comme il revenait à lui. Il était si pétrifié, si accablé qu'il restait couché à plat comme un mort, autant pour cacher la douleur formidable qui le terrassait que pour mettre quelque cohérence dans ses idées égarées. Il était si stupéfait, si faible, qu'il ne pouvait parler, et peut-être garda-t-il encore les yeux clos, ne voulant rien perdre de ce qui allait se dire sur un sujet d'un intérêt si palpitant pour lui.

— « La fille du prince de Gravenitz? Mais je le croyais sans enfants? »

— « En effet, mais tout Berlin sait bien que la jeune comtesse Marguerite de Vorsalska, qu'on tenait cachée comme la Belle au Bois dormant dans un vieux château de Pologne, parce que sa mère ne veut pas être vieillie par sa présence, est la fille, la *vraie* fille du prince de Gravenitz. Allez! le vieux Vorsalski, quand il épousa la comtesse Marie Feodorowna, était à demi mort, et pas plus en état d'avoir des enfants que la

17.

crosse de mon fusil. La liaison de la jeune femme avec le brillant cousin qu'elle épousa par la suite n'est un secret pour personne, sans cela je ne vous en dirais rien. »

— « Ah ! vous revenez à la vie ! Tant mieux ! » s'écria Janin, aidant Roland à se relever.

Ce dernier ne répondit pas, mais se hâta de reprendre la lettre de Marguerite, qu'il parcourut puis cacha sur sa poitrine. Il regardait devant lui, abasourdi du coup terrible qui le frappait.

L'agent, voyant la pâleur mortelle du jeune homme, lui demanda s'il ne voulait pas boire quelque chose.

— « Je vous remercie, je n'ai besoin de rien », dit-il simplement. Toutes ses pensées se concentraient sur la nouvelle effroyable qu'il venait d'apprendre.

Pendant la nuit, et s'exagérant la blessure du comte de X, il avait compris quelle serait la gravité de sa situation dans le cas où cette blessure deviendrait mortelle. Ce qui le rassurait pourtant un peu, c'était la certitude que l'ambassadeur agirait en sa faveur. Au besoin, il lui confierait toute la vérité, et dans cette vérité il y aurait pour lui des circonstances atténuantes. Gravenitz, de son côté, serait conduit, par crainte d'une esclandre, à intervenir auprès de l'Empereur, qui sans doute voudrait empêcher

qu'un pareil scandale atteignît un personnage
aussi important.

Maintenant, tout s'effaçait pour lui devant
cette atroce pensée : Marguerite, sa fiancée, sa
bien-aimée, était... sa sœur!!!... Jamais elle ne
pourrait devenir sa femme! Et afin de' la ména-
'ger, elle, il mourrait sans accomplir le but de sa
vie : venger sa mère !

— « Mon cher ami, — dit Janin, — je suis
surtout venu avec le désir de vous être utile et
afin de rendre un compte exact à M. l'ambassadeur de ce qui peut être fait pour vous. Voyons!
il n'y a rien au fond de tout ceci, n'est-ce pas?
C'est certainement un malentendu?... »

Roland se taisait.

— « Allons! dites-moi tout ! — continua Janin, et il lui donnait les journaux pour le décider à parler. — Voyez ce qu'on dit de l'affaire.
Mais, le comte de X, le connaissez-vous seulement ? Et cet autre personnage, dont on tait le
nom. Qui est-ce ? »

Roland lisait attentivement. En effet, le nom
de Gravenitz ne se trouvait nulle part, ce qui
prouvait à quel point il craignait le scandale et
combien il avait dû agir auprès des journalistes.

Le jeune homme lisait encore quand la porte
s'ouvrit. On apportait une nouvelle lettre pour lui.

— « Par permission supérieure, le prisonnier

est autorisé à recevoir ce pli, » dit le gardien en
s'adressant à l'officier de police.

C'était l'écriture de Marguerite.

« Je t'écris à la hâte, mon bien-aimé ! Sachant
« que tu es innocent de ce dont on t'accuse, je
« viens de me jeter aux genoux de mon cher père,
« toujours si bon pour moi. Il s'est empressé
« d'aller trouver l'Empereur, et dans ce moment
« même il lui demande ta libération. Courage,
« mon bien-aimé ! Ta fiancée ne t'abandonnera
« jamais. »

Janin ne put rien tirer du jeune homme, complètement refoulé sur lui-même. A toutes ses
questions, il répondait :

« Je refuse toute explication, dussé-je en
mourir ! »

XXXV

LE prince de Gravenitz obtint la mise en liberté de Roland. Elle lui fut accordée contre l'engagement de l'ambassadeur de France qu'il serait immédiatement révoqué de son poste d'attaché, et quitterait le territoire allemand dans les vingt-quatre heures.

Roland accepta ces conditions. Ah! la veille, comme il les eût repoussées avec indignation! Mais, par la découverte fatale qui venait de fondre sur lui, tous ses projets croulaient. Jamais, dans les crises les plus aiguës de sa vie, il n'avait été accablé, annihilé dans tout son être comme en ce moment.

En sortant de prison, il se rendit chez l'ambassadeur pour lui faire ses adieux. Là, on lui remit une troisième lettre de Marguerite. Elle voulait le voir, et lui donnait rendez-vous chez son amie la princesse de Rüstenberg. Ce rendez-

vous était pour trois heures et demie, et il était
deux heures.

Roland prit rapidement congé des membres
de l'ambassade et se fit conduire à l'hôtel Kaiserhof. L'express pour Paris, qu'il s'était engagé
à prendre, ne partait qu'à huit heures du soir.
Brisé par tant d'émotions, il lui fallait à tout
prix un peu de calme et de repos avant de se
ttouver en présence de Marguerite. Il se sentait
comme un homme ivre, qui veut retrouver son
équilibre et ne le peut pas. Tout abasourdi et
dans le vague encore, il dut se mettre en route.

La jeune fille l'attendait déjà, arpentant de
long en large le salon de la princesse impatiemment. Elle était arrivée si pâle auprès de son
amie, que celle-ci avait eu un sursaut en la voyant.
Maintenant deux taches de sang marquaient les
pommettes de ses joues.

— « Que c'est long d'attendre ! Peut-être est-
il en prison encore ? Peut-être l'empêche-t-on de
venir ici ? » disait Marguerite à la jeune princesse. Elles savaient toutes deux quelles étaient
les conditions de la liberté de Roland : il partait,
et ne remettrait jamais les pieds à Berlin. La
princesse se sentait déchirée jusqu'au fond de
l'âme par la pitié que lui inspirait sa malheureuse
petite amie. Sa douleur n'avait rien de celles
qu'un caprice pour un beau jeune homme peut

faire éprouver à une enfant de dix-sept ans. On la sentait causée par une passion à laquelle la vie même était rivée.

Enfin, la sonnette retentit.

— « C'est lui! » dit la princesse, l'ayant vu de la fenêtre descendre de voiture. Tandis qu'elle se hâtait de disparaître, ne voulant pas distraire une seule minute de ce temps qui leur était compté par la gêne de sa présence, Marguerite, si émue que ses jambes ne la soutenaient plus, s'affaissait chancelante dans un fauteuil.

Chaque pas de Roland dans l'escalier imprimait une nouvelle secousse à ce pauvre cœur désolé.

La porte s'ouvrit. Le domestique annonça d'une voix de stentor :

— « Le baron de Melcy. »

Tant que la porte resta ouverte, Roland s'avança, très grave, très pâle, avec sa démarche de grand seigneur. S'inclinant devant Marguerite, il effleura de ses lèvres, suivant l'usage allemand, la petite main amaigrie qu'elle lui tendait. Il semblait à la pauvre enfant qu'elle ne l'eût quitté qu'hier, dans le salon de leur hôtel à Paris.

La porte une fois fermée :

— « Roland ! »

— « Marguerite ! »

Et ils s'enlacèrent si étroitement, si passionnément, que sur le cœur de l'un s'imprimaient
en violentes secousses les battements du cœur
de l'autre. Rien n'existait plus pour eux que la
sensation suprême de l'ardente attraction qui les
jetait l'un vers l'autre.

Cette étreinte, où leurs deux êtres vibraient
en se réunissant, dura une longue minute. Puis,
comme si la raison lui revenait, Roland s'arracha
presque avec violence des bras de Marguerite,
qui le serraient et ne voulaient pas se détacher
de lui.

Éperdue, elle leva les yeux vers lui. Il y avait
dans le regard du jeune homme une expression
si étrange et si farouche, qu'un instinct rapide
comme l'éclair lui donna le pressentiment poignant d'un malheur plus affreux encore que celui
qu'elle connaissait.

— « Roland! ne me regarde pas ainsi!
Parle! Il y a quelque chose d'épouvantable que
j'ignore... On ne t'a pas relâché comme je le
croyais. On va peut-être te condamner aux travaux forcés, à la mort, pour ce crime qu'on
t'impute, et que je sais bien, moi, que tu n'as
pas commis! Oh! mon Roland, parle! » —

L'infortunée, ignorante des lois comme de la
vie, allait jusqu'aux plus invraisemblables suppositions. — « Si cela est, tranquillise-toi, je t'en

conjure! Mon père a une influence sans limites!
Je retournerai près de lui, je le supplierai de
nous aider encore!... » Et elle le regardait, affolée de plus en plus, tant l'aspect de Roland était
terrifiant.

Tout le sang absent de son visage, une sueur
froide perlant sur ses tempes, ses os saillant
comme si sa chair s'était fondue aux émotions
des jours derniers : l'égarement de la folie se lisait dans ses yeux. Le malheureux n'avait jamais
senti plus profondément son violent amour pour
celle qu'il savait maintenant être sa sœur! Jamais
sa chair et son âme n'avaient si éperdûment et
si passionnément voulu ce qui était devenu un
crime. Et il sentait, dans chaque palpitation de
Marguerite, un amour aussi effrayant et aussi impérieux que le sien.

Il ne pouvait proférer une parole, tant la révolte grondait en lui contre la Providence qui
avait permis cela...

— « Roland! parle-moi! rassure-moi! Tu le
sais bien, il ne peut y avoir pour nous qu'un seul
malheur au monde, c'est d'être arrachés l'un à
l'autre. Si même mon père était impuissant à
obtenir ta grâce et que ton sort fût irrévocable, serait-ce un si grand malheur, puisque je
ne te quitterai jamais! Non, jamais! Quand
même tu serais proclamé le plus vil des malfai-

teurs, le dernier des criminels, qu'importe! Il y
a ici, dans cette poitrine, un cœur où est ton
trône à jamais, et où tu règnes en roi! »

Et elle continuait, dans l'exaltation d'une adoration si délirante qu'il est impossible de la décrire.

— « Pour moi, tu seras toujours le plus noble,
le plus pur, le plus glorieux des hommes! Si
l'on te condamne aux travaux forcés, je t'y sui-
vrai! Si l'on te condamne à mort, je mourrai
avec toi et nous monterons au Ciel ensemble! »

Tout en parlant, elle le caressait tendrement,
elle s'appuyait, elle pesait sur lui, elle le pénétrait d'elle-même et de sa douce chaleur, mêlant
leurs deux êtres dans l'intensité de son sentiment
qui la faisait sienne, sans que rien pût la séparer
de lui dans ce monde ni dans l'autre, où sa foi
vive les réunissait.

La folie sublime des martyres chrétiennes était
en elle. Ceux qui doutent et s'étonnent du sur-
naturel de leur courage, l'eussent compris en la
voyant. La profondeur et l'innocence de son
amour lui communiquaient leur force sacrée. Ces
natures fragiles et nerveuses, sont portées par des
élans d'une énergie inouïe au devant du danger
et des tortures mêmes, lorsque la passion les
entraîne.

Plus elle parlait, et plus l'ardeur de ses paroles
doublait l'agonie et la lutte dans le cœur de

Roland, s'ajoutant de tout leur fanatisme à ce qu'il éprouvait ainsi qu'elle. Par un suprême effort, il retint les larmes qu'elle lui arrachait et apaisa un moment la tempête qui grondait en lui. Il couvrit alors de ses deux mains les beaux cheveux d'or de cette tête blottie sur sa poitrine, puis, d'une voix qu'il s'efforçait d'assurer :

— « Je suis venu, Marguerite, parce que je voulais vous parler avant mon départ. Calmez-vous, mon enfant, je vous en supplie, car ce que j'ai à vous dire m'est horriblement pénible, et si vous m'aimez, vous chercherez à me soutenir et non à me troubler davantage. Ma pauvre Marguerite! Dieu a compté beaucoup sur notre courage et sur notre capacité de souffrance à tous deux... Nous nous voyons aujourd'hui pour la dernière fois. »

Il essayait de parler, reprenant haleine difficilement, mais parlant vite, se hâtant comme si à chaque mot il recevait un coup de couteau dans le cœur et préférait abréger le supplice en les recevant tous à la fois.

Si Marguerite n'avait pas été pétrifiée par ce qu'elle entendait, elle eut senti sous ce débit rauque et saccadé, qui s'efforçait de paraître paisible, la désolation, la détresse de l'âme qui luttait. Mais elle était brisée : elle ne vit rien.

— « Roland! Pour parler comme tu parles,
il faut que tu sois devenu fou ! »

— « Pauvre Marguerite ! Jamais je n'ai possédé
davantage ma raison entière ! ! ! » et malgré lui,
un sanglot l'étouffa.

— « Et c'est avec ta raison que tu viens me
dire tranquillement, à moi ! à moi à qui tu as
juré ta foi éternelle : c'est fini, à partir d'aujour-
d'hui nous sommes morts l'un pour l'autre ? »

Elle croisa ses bras en parlant et le regarda
bien en face. Roland baissa la tête en signe
affirmatif.

— « C'est bien cela que tu es venu me
dire ? »

— « C'est bien cela. »

— « Mais alors, tue-moi tout de suite, et ne
reste pas là, froid comme un marbre, en lacérant
mon cœur ! » Elle eut un cri déchirant qui traversa Roland de part en part.

— « Marguerite ! Pouvez-vous croire que si,
avec tout mon sang, avec le sacrifice de ma vie
présente et à venir j'avais pu l'éviter, j'eusse
hésité un instant ? Et, regardez-moi ! Ai-je l'air
d'un homme fou ?... J'ai l'air d'un homme bien
malheureux ! Vous ne pouvez pas lire autre
chose en moi ! Pauvre Marguerite ! croyez-
moi... nous dire un adieu éternel, voilà tout
ce qui nous reste sur la terre. »

Malgré ses efforts surhumains pour dominer l'émotion que le désespoir de la frêle enfant lui causait, le malheureux ne put soutenir son rôle plus longtemps. Un déchaînement de passion et d'agonie viriles, comme Marguerite ne lui en avait jamais vu, l'envahit, et l'instinct de l'amour rejeta les pauvres enfants dans les bras l'un de l'autre.

Ce fut encore Roland qui, le premier, se dégagea.

— « Marguerite ! une dernière fois, et à vos pieds ! — Il s'agenouilla devant elle, enlaçant sa fine taille et plongeant ses yeux avec adoration dans les siens. — Pour votre repos et pour le mien, il faut en finir. Laissez-moi partir ! »

— « Jamais, avant que tu ne te sois expliqué, » criait-elle impétueusement.

— « Je ne le peux pas ! »

— « Tu ne le peux pas ? Comment, tu viens me dire adieu pour toujours et tu refuses de me dire pourquoi tu me quittes ! Pourquoi tu brises ma vie ! Car, ne vois-tu pas que tu me tues ? Le plus grand criminel, avant qu'il livre sa tête au bourreau, sait pourquoi on le frappe ! »

Roland, à bout de force, restait muet.

— « Je te l'ordonne, au nom de ce Dieu qui me veut si malheureuse, parle !... Pourquoi re-

prends-tu ta parole ? Pourquoi me retires-tu ton
amour ? »

Il ne trouvait rien à lui répondre, il se taisait
toujours.

— « Ah ! tu mens ! — s'écria-t-elle. — Tu
en aimes une autre ! Je le vois clairement maintenant, je n'ai été qu'un caprice pour toi. Voilà
pourquoi tu ne voulais pas m'écrire quand je
suis partie de Paris... et pourquoi tu voulais me
faire parler d'abord à mes parents. Cela t'évitait
de te compromettre par tes lettres, et tu te
disais : Ils refuseront leur consentement, et tout
sera dit... Ah ! cruel !... lâche !... »

Cette enfant si douce et si tendre n'était plus
elle-même. Pour la première fois de sa vie, elle
éprouvait un sentiment d'indignation et de
fureur, et vis à vis de qui ! de celui qu'elle avait
placé si haut dans son âme et dans son cœur.

Éperdu devant cette accusation, Roland lança
ces mots :

— « Mais demandez à votre père s'il consen-
tirait jamais à notre union ! »

Marguerite, ensevelie dans les coussins du
canapé, releva subitement la tête, et derrière un
voile de larmes un éclair de joie étincela :

— « Ce n'est que cela ? Tu as vu mon Père,
et il refuse son consentement ?... Ah ! pourquoi
ne pas le dire tout de suite !!! »

— « Marguerite, votre père et moi n'avons
pas abordé cette question ; mais, aussi vrai qu'il
y a un Dieu, il le refuserait, et je ne le lui de-
manderai jamais ! »

Toutes les rages que le souvenir de sa mère
faisaient surgir en lui contre son séducteur, écla-
tèrent dans son regard à la pensée du Prince.
De ses yeux, remplis d'attendrissement un moment auparavant, il ne jaillissait plus que des
flammes. Marguerite croyait devenir folle en le
regardant. Roland vit soudain un rictus atroce
déformer ses lèvres, tandis que ses yeux, agrandis
par la stupeur, reflétaient l'expression des siens à
la colère que Gravenitz y suscitait. Il courut
ressaisir ce corps de vierge, et, le pressant avec
délire et en palpitant contre le sien :

— « Marguerite ! il faut me croire, il faut me
comprendre ! — s'écria-t-il. — Je n'ai jamais
aimé, je n'aimerai jamais une autre que vous !
Entendez-vous ? Jamais ! Vous jetteriez dans ma
vie la douleur la plus rongeante, si je pouvais
supposer que vous vous imaginez mon cœur
changé pour vous ! Il ne le sera jamais... Mon
enfant chérie, il y a des choses que vous saurez un
jour, et qui nous séparent sans que nous y puis-
sions rien ! Quand vous les saurez, vous me plain-
drez autant pour ce que j'ai dû vous dire aujour-
d'hui que vous m'avez condamné tout à l'heure.

« Laissez-moi partir, Marguerite ! Vous me
suivriez partout, jusque sur l'échafaud, disiez-vous
il n'y a qu'un instant, et votre cœur est à moi !...
Eh bien ! ce cœur, qui m'appartient, ne veut-il
pas avoir foi en moi et croire fermement que je ne
puis agir autrement que je ne le fais ?... Dites-
vous : ce que ce malheureux me dit est incom-
préhensible, mais je sais qu'il faut le croire,
parce que c'est lui qui le dit ! Dites-vous encore
que s'il m'a fallu briser votre vie que j'eusse
voulu rendre si belle, et que si vous êtes à plaindre, il y a encore un être plus malheureux que
vous qui, choyée, adorée par vos parents, ne
serez jamais seule ; tandis que ce malheureux est
né, comme un maudit, pour être répudié, rejeté
toujours. Chaque fois qu'un éclair de joie et de
bonheur a brillé pour lui, il s'est éteint aussitôt
dans le désert des sombres désespérances Celui-
là est tout seul au monde. Seul dans son enfance, seul dans sa vie d'homme, il sera seul
encore dans la mort, car jamais il ne prendra une
autre femme que vous. Vous entendez ? Jamais !
Jamais ! Jamais... »

Pendant un instant, les bras nerveux du jeune
homme la serrèrent contre lui au point qu'il crut
la briser dans une dernière étreinte. Et il la caressait, la tutoyait, et ces mots : — « Pardonne-
moi ! Aie pitié ! Je n'ai que toi au monde !... Ne

me méprise jamais!... » sifflèrent dans les oreilles de Marguerite, tandis que le corps de son
amant se fondait presque dans le sien, sa poitrine appuyée sur la sienne, ses genoux pressés
contre les siens. Tout à coup, s'arrachant d'elle
avec une violence terrible :

« Marguerite, adieu!... adieu pour toujours!...
Non! ne me retenez pas! »

Et il hurla presque, car Marguerite, affolée, se
cramponnait à lui : — « Ne voyez-vous pas
que le devoir, l'honneur me commandent de
partir? Que je n'en ai pas la force?... »

Elle essaya encore de le retenir, de lui barrer
le passage, le serrant comme dans un étau de
ses deux bras noués avec force. Il la traîna age-
nouillée, la tête renversée, cherchant à gagner la
porte, et là, par un effort désespéré, il sépara
ses mains crispées, tordues autour de lui.

Quand elle se releva, les bras vides, le roule-
ment de la voiture qui l'emportait s'entendait
déjà. Elle courut à la fenêtre, en arracha le rideau, et quand la voiture tourna l'angle de la rue
voisine, elle put voir encore la tête de Roland,
enfoncée dans son mouchoir. Elle comprit qu'il
sanglotait.

Lorsque la princesse de Rüstenberg revint près
de Marguerite, elle la retrouva méconnaissable,
les yeux démesurément ouverts, la face convulsée.

18

— « Marguerite! mon amie! ma sœur! » s'é-
cria-t-elle terrifiée.

Marguerite ne pleurait point. Essayant d'esquisser un sourire navrant :

— « Tout est fini, — dit-elle. — Je rentre
à la maison pour mourir. »

FIN DE LA TROISIÈME PARTIE.

QUATRIÈME PARTIE

—

XXXVI

SI Roland, désespéré d'échouer dans sa vengeance, avait su comment le sort se substituait à lui, il aurait compris que son but était bien atteint. Mais, hélas! le sort est aveugle, et si, aux terreurs de Gravenitz que le jour ne se fît sur son passé et sur sa culpabilité à l'égard de son fils, s'ajoutait la torture de ses remords devant le malheur de sa fille, le châtiment ne le frappait pas seul.

Ah! si au moins les innocents étaient épargnés, et si ceux qui sont la cause du mal en souffraient en proportion de leurs actes. Mais, si Gravenitz connaissait le remords, ce n'était que depuis bien peu de temps, et seulement maintenant que les conséquences de sa conduite le menaçaient. Tandis que Roland et Marguerite souffraient dans l'effondrement de leur amour brisé à jamais, avec toute l'aggravation des forces de la jeunesse et de l'ardeur de deux cœurs qui pouvaient croire au bonheur et le demander à la vie, ne l'ayant pas démérité encore.

En disant: — « Je rentre à la maison pour mourir, » — Marguerite n'avait pas menti.

Quand elle revint, sa mère était sur le seuil de l'hôtel, en grande toilette et prête à sortir pour faire des visites. Toujours froide et altière, préoccupée d'elle-même, de sa toilette et de mille futilités, ou de sa constante jalousie pour le prince qui redoublait depuis qu'elle lui savait un fils, preuve vivante de son amour pour une rivale, elle ne demanda pas même à sa fille ce qui lui donnait ce regard fixe, cette figure cadavérique.

— « Quelle nouvelle idée a pu germer dans cette tête romanesque! » pensa-t-elle.

Elle ne se doutait bien entendu pas de quel déchirant rendez-vous venait la jeune fille, et ne

savait rien ni des supplications de Marguerite
à son père, ni de la démarche de celui-ci auprès
de l'Empereur.

La princesse monta dans sa voiture, bour-
soufflée de la vanité que sa personne encore
belle lui inspirait sans qu'elle se lassât de cette
satisfaction, tandis que la pauvre petite, son fardeau atroce sur le cœur, montait péniblement
les marches de l'escalier, la mort pénétrant plus
profondément dans son être à chacun de ses pas.

Mais son père était là, et il devina bien, lui,
d'où elle venait! Presque aussi bouleversé qu'elle,
la saisir dans ses bras, la serrer sur sa poitrine
fut l'affaire d'une seconde. Il la regardait, et à
ce moment-là il eut voulu mourir et expier dans
les plus atroces tortures les écarts de sa jeunesse,
s'il eût seulement pu ainsi empêcher cette chose
terrible : le désespoir du seul être que son féroce
égoïsme lui avait jamais permis d'aimer. De ses
bras robustes, il la porta dans sa chambre, et
comme elle était froide et qu'elle frissonnait, il
la posa sur son petit lit blanc, essayant de la
réchauffer par des frictions, par son haleine, par
sa chaleur, à lui, qu'il cherchait à lui communiquer.

— « Dis? Cela va mieux, n'est-ce pas? » —
demandait-il en suppliant, les yeux remplis d'une
humilité navrante qui semblait appeler un par-

don. — N'est-ce pas, tu vas prendre quelque
chose, pour me faire plaisir? »

Il courut à la sonnette, et quand la femme
de chambre parut : « Apportez du cognac, du
bouillon chaud. Voyez! elle grelotte, elle va se
trouver mal! » et l'homme généralement inaccessible à tout sentiment de pitié, se jeta à
genoux et se cacha le front sur les deux petites
mains pâles de l'enfant qui ne parlait pas, ne
sentait même presque plus, et dont les rêves
s'envolaient au loin, bien loin de ce père pros-
terné à ses pieds dans une agonie de douleur,
vers celui dont elle ne pouvait comprendre la
désertion et qui, elle le sentait bien, emportait
sa vie. Les grandes douleurs de cet ordre-là rendent égoïste; l'homme est tellement fait pour
s'absorber dans l'amour!

Pourtant, lorsque son regard vide qui allait
machinalement autour d'elle, — car sa pensée
était toute au bien-aimé qu'elle venait de quitter
pour toujours, — tomba sur son père, une immense compassion l'envahit! Le prince, dans ces
deux derniers jours avait vieilli de dix ans. Alors,
elle songea au contre-coup qu'il recevait de sa
douleur à elle, et essaya de parler.

— « Tu m'aimes donc bien? » soupira-t-elle
dans un gémissement, et sans que le jeu de sa
physionomie s'associât à ses paroles, car le far-

deau qui écrasait son cœur était si lourd que
toute élasticité permettant de sourire avait disparu.

— « Si je t'aime! mais je donnerais tout mon
sang pour t'éviter une heure de souffrance! Ne
vois-tu pas que j'en mourrai, si tu meurs! Ne
sens-tu pas ce que tu es pour moi! » et, avec
un cri presque féroce, il laissa si lourdement
tomber sa tête sur le sein de la frêle créature, et
s'y abandonna convulsivement à de tels sanglots
accumulés dans son corps de géant, qu'elle en
fut presque étouffée.

Le soulevant doucement de la main: « Pauvre
père! ne pleure pas! » lui murmurait-elle avec
des calineries de mère qui veut bercer le chagrin
de son enfant. Et il la laissait faire, n'entendant
pas ses soupirs désespérés, ne voyant pas qu'auprès de sa douleur bruyante à lui il y avait un
désespoir si profond qu'aucune irruption extérieure n'en aurait pu traduire le déchirement.

Il voyait des yeux sans larmes, il entendait
une voix calme et assurée, et lui, l'égoïste d'une
longue existence, comment eût-il pu comprendre
qu'elle se contenait pour ne pas l'affliger davantage.

Il se trompait donc, tout-à-l'heure, en lui croyant
un irremédiable chagrin. Elle était si jeune,
en effet, et il la gâterait tellement, la distrai-

rait de tant de manières; elle oublierait à la
fin et en aimerait un autre. Ne savait-il pas
par expérience que les plus grands amours ne
sont pas éternels? Oui! Et voyez! elle arrivait
déjà à lui sourire, et pas une larme n'obscurcissait le doux regard qu'elle lui jetait. Sa tendresse
l'avait exagérément inquiété.

— « Tu vas tout à fait mieux à présent,
n'est-ce pas? »

Et il tendait à ses lèvres la tasse de bouillon
dont pour le rassurer elle cherchait à avaler
quelques gorgées. « Tu vas essayer de dormir
deux bonnes heures, et de descendre ensuite
pour le souper, afin de ne pas tourmenter ta
mère. »

Tourmenter sa mère! Hélas! elle savait bien
qu'une souffrance à elle n'affecterait jamais Marie
Feodorowna. Son respect filial n'avait pu l'empêcher de lire dans ce cœur de marbre, vide de
tout élan de tendresse et de pitié pour qui que
ce fut, et que les brûlantes fougues des passions
sensuelles ou la jalousie farouche qu'elle ressentait
pour tout ce que son mari pouvait aimer,
réchauffaient seules. Même son amour pour sa
fille la rendait féroce. Elle le sentait bien plus
profond que celui qu'il avait pour elle, devenu
très superficiel pendant les dernières années.

Le prince, après avoir baissé les rideaux des

fenêtres et tiré également ceux de mousseline blanche du petit lit où reposait Marguerite, afin que l'obscurité l'aidât au sommeil, lui donna un dernier baiser au front et, rassuré, sortit de la chambre sur la pointe des pieds.

Père aveugle! s'il avait su lire dans l'âme de cette enfant et entrevu ce qui l'attendait dans un prochain avenir! Mais il croyait son chagrin guérissable, et, d'autre part, le silence ayant été absolument gardé quant à la vérité sur l'agression de Roland, cette double terreur calmée, il se tranquillisait.

Marguerite tint sa promesse. Très calme, et aussi blanche que sa robe, elle descendit à l'heure du souper. Quand elle tourna le bouton de la porte pour la refermer derrière elle, son père accourut lui prendre les mains. Lorsqu'il la revit, meurtrie de la déchirure qui avait fait jaillir le sang de son cœur, il fut saisi d'épouvante, ses illusions tombèrent, et il se demanda avec angoisse comment elle résisterait au coup de lanière de l'effroyable désespoir qui venait de fondre sur elle. Elle lui sourit avec effort et gravement, puis alla tendre son front à la princesse, qui, mise en assez méchante humeur pour n'avoir été entretenue que d'elle pendant tout le temps qu'elle venait de passer avec son mari, lui donna un baiser glacial. Elle n'avait répondu

que par monosyllabes aux inquiétudes qu'il lui
manifestait. Depuis la découverte de sa liaison
avec la marquise, elle ne lui parlait plus.

— « Pourquoi toujours et éternellement cette
fadasse robe blanche, Marguerite! — dit-elle
avec une impatience qui cherchait un prétexte
pour se faire jour. — Je veux que tu égayes
ta toilette par quelques fleurs et des rubans de
couleur. Avec ton teint sans éclat, tu as l'air
d'un cadavre ambulant, cela me coupe l'appétit
et m'ôte ma bonne humeur. »

Marguerite baissa les yeux sans répondre.
Elle luttait si violemment pour garder une contenance calme, qu'à chaque instant elle se sentait
défaillir. Son père le comprenait instinctivement.

— « Laissez donc votre fille tranquille, Marie
Féodorowna! — dit-il avec colère. — Moi,
j'adore Marguerite en blanc, et si son teint n'a
pas d'éclat, il a la transparence de celui des
anges. » Et, tout vibrant d'amour et de pitié, la
regardant avec des yeux qui semblaient ne jamais
pouvoir se rassasier d'elle, il s'avança pour l'entourer de ses bras. C'en fut trop. Les nerfs de
Marguerite, qui avaient trouvé la force de se
maîtriser devant la dureté de sa mère, se déten-
dirent à ce mouvement de tendresse, et elle fut
prise d'un terrible accès de larmes qui la sou-
lagèrent du poids qu'elle portait depuis l'après-

midi. Elle sanglotait, avec des cris et des hoquets tels que Marie Féodorowna, qni d'abord avait haussé les épaules, s'en effraya elle-même. Le médecin fut appelé. Le prince, aidé de Mlle Kleist l'avait portée sur le canapé ; on dégraffait sa robe, on cherchait à la faire boire. Quand les larmes cessèrent, une épouvantable crise de ces convulsions qu'on ne peut imaginer si l'on n'en a pas été témoin, leur succéda et dura toute la nuit. Le docteur Schläger demanda deux de ses confrères en consultation. Douze heures, effroya-blement longues pour Gravenitz et même, autant qu'il lui était possible de sentir quelque chose, pour la princesse, les conduisirent au matin.

On avait mis Marguerite dans un bain, vêtue de sa longue chemise blanche. Elle se tordait, avec des cris déchirants, dans ces convulsions qu'on ne pouvait calmer, éclaboussant l'eau sur ceux qui l'entouraient.

Enfin, il y eut une accalmie. Elle tomba dans une grande torpeur, dans une insensibilité si complète qu'on la crut morte. Son pouls ne battait presque plus. Peu à peu, pourtant, sous les stimulants les plus énergiques, une faible respiration commença à soulever sa poitrine. Le prince, penché sur elle, sentit ce souffle à peine perceptible encore. Le malheureux, le front inondé d'une sueur glaciale, avait adressé à Dieu

toute cette nuit-là des prières folles dont il ne se
serait jamais cru capable. Comme Job, il en
appelait à toutes les puissances du ciel et de la
terre pour que cette enfant ne mourût point.

XXXVII

QUAND le docteur Ricard de Melcy vint à la gare recevoir Roland, il ne trouva plus que l'ombre du grand et beau garçon qu'il y avait accompagné si peu de jours auparavant.

Les évènements s'étaient succédé si rapidement que le docteur, prévenu par dépêche et très ému des nouvelles que son cousin lui donnait, et se préparant à partir le soir même par l'express, reçut encore à temps une seconde dépêche lui apprenant que les choses s'arrangeaient et qu'il ne trouverait même plus Roland à Berlin.

Depuis ces terribles journées, Roland sentait que la vie avait perdu tout intérêt pour lui. Cette chaude impétuosité, réclamant la vengeance qui avait été jusque-là le grand mobile de son existence, ne bouillonnait même plus dans ses veines, puisqu'il ne pouvait venger sa mère sans

19

briser le cœur de Marguerite. Un seul sentiment
l'envahissait: la sombre résignation du désespoir.

Le docteur ne manifesta rien tout d'abord de
sa vive inquiétude. Il comprenait, avec son tact
infini, que toucher en ce moment aux plaies
profondes de l'âme de Roland, ce serait comme
s'il éraflait une blessure avec un couteau, et que
les sources auxquelles ce puissant organisme
puisait la force étaient taries. Il ne voulait voir
personne, et restait des heures enfermé, seul. Il
semblait que cela seulement fût un bien pour
lui, et sa tristesse s'y complaisait.

Il parvenait par des efforts inouïs à dissimuler
les orages de son âme. Les natures fortement
trempées ont des pudeurs inconnues aux organi-
sations faibles: il aurait eu honte de se laisser
aller au point de les montrer. Il se disait avec
une mâle énergie que l'homme est né pour
souffrir, pour combattre et pour se dominer.

Il essaya de l'étude avec frénésie, voulant
exhaler dans une grande œuvre la tourmente
qui était en lui. A n'importe quelle heure de la
nuit, le docteur voyait luire sous sa porte un
petit filet de lumière. Et ce beau grand corps
d'Antinoüs, si droit et si vivace, se desséchait et
se voûtait, car des vingt-quatre heures de chaque
jour il en consacrait au moins dix-huit à vingt
au travail, la tête plongée dans ses livres. Il ne

marchait plus, ne montait plus à cheval. La
réserve qui avait toujours été le fond de son
caractère s'accentua encore. Chaque matin, en
entrant dans sa chambre, le docteur, le trouvant
plus pâle et plus amaigri que la veille et lui
demandant anxieusement de ses nouvelles, obte-
nait seulement :

— «Je vais bien. Je ne souffre pas. » Aucune
autre réponse ne sortait jamais de cet être anéanti
par le désespoir.

— « Cher enfant! pourquoi ne pas me dire
au contraire que vous souffrez! Laissez-moi
prendre ma part de vos chagrins... »

Alors, Roland, avec un sourire navrant :

— « Vous êtes bon comme Dieu, monsieur,
et j'accepterais avec bonheur votre sympathie,
mais vous n'y pouvez rien... »

Et il rentrait dans l'horrible certitude de son
néant, car venger sa mère, laver dans le sang
ses tortures et les affronts qu'elle avait subis,
puis faire de Marguerite sa femme, avaient été
les seuls buts de sa vie. Alors, dans sa fierté
invincible et sa terreur de ne pas réussir à cacher
plus longtemps sa faiblesse et ses larmes devant
son père adoptif, il le priait de le laisser, et, une
fois seul, il fondait en sanglots éperdus.

La fièvre le prenait souvent, une fièvre qui
creusait ses traits et rendait ses yeux plus brillants

que des phares dans la nuit. Elle le minait et fondait son corps dans un amaigrissement effrayant, témoignant quels ravages cette souffrance, subie sans une plainte, faisait en lui.

Hélas! une grande douleur se greffant sur une nature concentrée, devient un bien autre danger que si elle s'attaquait à un être communicatif et en dehors. Ceux-ci, les cris, les larmes, les plaintes les usent et les fatiguent; la lassitude qui suit inévitablement toute dépense physique rétablit l'équilibre en eux. Mais pour les autres, et quand leur imagination est surexcitée, s'ils se taisent, ils se rongent.

Bientôt, une toux sèche se déclara, et le docteur se détermina à ne pas permettre plus longtemps un état de choses qui menait Roland droit au suicide. Il lui dit qu'il ne l'avait pas arraché à la mort pour lui permettre de se laisser consumer par le chagrin, et que, bon gré mal gré, il partirait pour l'Algérie avec son ancien professeur, afin de voir de nouveaux pays et de respirer un air vivifiant.

— « J'insiste, et s'il le faut, je l'ordonne, » dit-il en finissant.

Quoique très à contre-cœur, Roland céda pour ne pas affliger le bon docteur, et fit ses préparatifs de départ. Le docteur sauvait ainsi la vie physique, mais, en coupant court à l'étude et

à l'ambition qu'elle fût peut-être parvenue à provoquer en lui, il lui créait des loisirs forcés,
doublés par le désœuvrement des voyages, et
qui le plongeraient plus avant encore dans le
désespoir. Il voyait sans cesse Marguerite devant
lui, la face convulsée, alors qu'il l'avait quittée en
s'arrachant violemment à son étreinte. Là encore,
la main du maudit s'appesantissait sur lui, puisqu'il ne pouvait rien expliquer à cette enfant
qu'il lui fallait abandonner, et dans le cœur de
laquelle peut-être était resté un doute sur son
amour et sur sa fidélité.

Si ce père lui avait dit au moins un seul mot
de pitié, de remords! Mais rien! rien! Et il avait
osé, dans sa lâcheté infâme, lui proposer de hon-
teux compromis, lui demandant comme à un
valet ce qu'il réclamait pour ne plus l'importuner
dorénavant.

Le voyage de Paris à Marseille, la traversée,
tout cela, quoique neuf pour Roland, ne lui
donna aucune diversion. L'avidité des regards
autour de soi, ces allées et venues, cette joie des
autres voyageurs à voir des pays inconnus, cette
agitation pour ce qu'il considérait à présent
comme des futilités, il ne les pouvait plus comprendre, marchant toujours dans un sombre
rêve, machinalement, sans se demander où il
allait puisqu'il n'avait plus de but devant lui.

Quoique cherchant toujours à fouetter son énergie, il trouvait à peine la force de soutenir pendant quelques instants une conversation banale. Si seulement il avait consenti à parler de ce qui torturait son cœur. Mais non, pas une fois, malgré tous ses efforts, M. Durand n'obtint de lui un seul mot confiant.

Sa pensée allait du souvenir de sa mère à celui de sa bien-aimée Marguerite, et faisait des plans machiavéliques pour parvenir à une vengeance qui atteindrait son père sans la toucher. Le propre du malheur et de l'injustice est de rendre l'homme méchant, et Roland avait tant souffert!

Ils débarquèrent en Algérie vers le milieu de mars. Dès l'arrivée, le jeune homme subit l'influence favorable du bon air et du repos. M. Durand écrivait de longues lettres pleines d'espoir au docteur, lorsqu'un soir, Roland trouva sur sa table une lettre portant le timbre de Berlin. Il l'ouvrit avidement. Elle était de Janin, le secrétaire d'ambassade, qui lui écrivait de temps à autre, et contenait ce passage:

« On parle de la maladie grave de la com-
« tesse Marguerite de Vorsalska, fille du premier
« mari de la princesse de Gravenitz. Vous vous
« rappelez que c'est à l'intervention de son
« second mari, son mari actuel, que vous devez

« l'heureuse issue de votre petite affaire avec le
« comte de X., affaire dont on se préoccupe
« toujours ici et dont on cherche l'explication.
« On dit la jeune fille perdue, et une immense
« sympathie pour elle règne dans la haute société
« et à la cour. »

M. Durand vit Roland chanceler :

— « Il faut que je parte sur le champ! »
s'écria-t-il, en regardant son compagnon d'un
air effaré.

— « Ciel! Qu'y a-t-il? »

— « Elle... Elle se meurt!... »

Il suffoquait, et s'élança comme un fou hors
de la chambre pour s'enfermer à double tour
chez lui.

XXXVIII

UI, l'heure de l'expiation et de la justice
rétributive avait bien sonné pour Gravenitz. Roland dans son exil d'Afrique,
la marquise dans sa tombe glacée n'en auraient
pu imaginer de plus terribles.

Berlin était en horreur à Marguerite depuis les
scènes déchirantes qui avaient précédé sa maladie.

— « Je crois que si je retournais à Ragowitz,
l'air natal me ferait du bien, » avait-elle dit à son
père.

Le château de Ragowitz étant situé à quelques
heures seulement de Varsovie, on pouvait s'y
procurer les secours nécessaires à une malade.
On partit. D'abord le changement d'air donna
quelque semblant de force à Marguerite, mais la
faiblesse reparut bientôt et s'accentua chaque
jour davantage. Il fallut bien se rendre à l'évi-

dence: elle se mourait. Gravenitz allait assister à une chose atroce: l'agonie d'une maladie délabrante, abîmant et conduisant pas à pas vers la mort hideuse, la jeunesse, l'espérance et la joie de la maison.

La Joie de la maison! C'était le doux titre qu'un soir, abreuvé par les perpétuelles jalousies de Marie Féodorowna, il avait donné à la radieuse enfant, alors âgée de six ans, qui, grimpant sur ses genoux à la vue d'un nuage qui obscurcissait son front, se mit à le consoler, à essayer de le distraire par son gentil babil. Instinctivement, la petite femme future, devinant son rôle consolateur, vibrait déjà dans cette fillette. Tranquillement, gravement, tout en jouant, comme un être plus avancé dans sa compréhension que dans ses années, elle le calma doucement.

Oui, elle s'en allait! Et lui, l'homme riche, l'homme puissant ne pouvait rien devant ces deux choses fatales: la destinée et la mort.

Tous les paysans, vassaux de la princesse, dans les villes et villages groupés autour de Ragowitz, partageaient l'anxiété du prince. On ne connaissait la jeune fille que par des bienfaits, trace lumineuse de son passage dans l'existence de ces pauvres hères déshérités.

Quand, après la crise terrible qui avait mis sa

vie en danger, elle se releva, s'efforçant de
reprendre ses habitudes pour ne pas alarmer son
père, la brave Nani Kleist, épouvantée de l'état
de cette petite fille qu'elle avait élevée avec une
si tendre affection, demanda à Marie Féodorowna
si elle n'était pas inquiète :

— « De quoi? » lui répondit-elle.

— « Mais du changement qui s'est produit
en Marguerite. »

— « Quel changement? »

— « Madame la princesse ne voit-elle pas
comme elle maigrit? »

— « Elle a toujours été frêle et souffreteuse.
Elle n'est pas plus maigre qu'elle ne l'était. »

— « Madame la princesse ne remarque-t-elle
pas l'étrange expression presque constamment
distraite de ses yeux? — insista la vieille gouvernante. — Son babil, qui remplissait la maison comme le chant du rossignol dans les bois,
tout cela n'est plus! C'est à peine s'il s'échappe
deux mots de ses lèvres dans l'espace d'une
heure... »

— « Ma parole! vous êtes aussi ennuyeuse
que le prince au sujet de cette petite fantasque.
La vérité est que vous la gâtez tous beaucoup
trop, et que ce jeune français qu'elle s'était mis
en tête d'épouser ne courait après elle que pour
ses écus. »

La princesse parlait avec une rage sourde, mais effrayante. Elle pardonnait encore moins à Roland de n'avoir pas cherché à la revoir avant de quitter Berlin, après ce baiser de flamme du bal, que d'être le fils de son mari.

Melle Kleist écouta sans mot dire, mais elle savait combien la nature de Roland était mâle et forte, et différente du caractère tout à fait superficiel et hypocrite de Gravenitz. Et, quant à Marguerite, Marie Féodorowna elle-même vit bientôt qu'il n'était que trop vrai que l'enfant ne guérirait pas. En conçut-elle un grand chagrin? Non! Cette petite lui avait toujours trop pris du cœur de son idole, puis, dans ses jalouses subtilités, la pensée que si Gravenitz l'aimait tant c'est que ses traits lui rappelaient sans doute ceux d'une femme préférée, la poursuivait.

Comment, ayant à l'égard de son mari des exigences telles et qu'elle faisait remonter jusqu'aux époques les plus éloignées, se permettait-elle alors des abandons et des écarts comme ceux du Bal?...

De fait, aux débuts de leurs amours, le cœur de Gravenitz était plein de cette autre femme dont il haïssait tant le fils aujourd'hui, et qu'il avait si passionnément adorée. Malgré lui, son souvenir ne le quittait pas, et Marguerite lui devait sans doute cette vague ressemblance avec

elle. Peut-être lui devait-elle aussi d'être si différente de sa mère?... Marie Féodorowna sentait
instinctivement combien peu de part était la
sienne à cet être charmant.

Mais, pour son père, Marguerite emportait la
vie et la lumière avec elle. Harcelé par les tracas
semés autour de lui par les aventures de sa jeunesse, dont les suites se levaient menaçantes
aujourd'hui, le malheureux voyait se redoubler
la surveillance de sa femme.

Des scènes terribles suivaient chaque nouvelle
découverte, et l'unique douceur de ses dernières
années était dans l'amour simple et tendre de la
jeune fille. Il ne voulait pas croire que Dieu pût
être assez cruel pour la lui ravir, et ne la quittait
pas d'un instant, aspirant les derniers parfums
de cette fleur qu'il voyait se faner dans ses bras.

Marie Féodorowna, elle, ayant horreur de la
maladie et de l'approche de la mort, quittait le
château, laissant pour la première fois son mari
à lui-même.

Un jour que le père et l'enfant se trouvaient
seuls, la main de l'enfant dans celle du père :

— « Mon père, on m'a raconté quelque
chose... » soupira-t-elle.

— « Quoi, mon ange? »

— « Quelque chose que je n'ose te répéter...»

— « Parle, ma chérie, parle. »

Marguerite, se hissant de sa chaise longue avec
effort, se posa doucement sur les genoux de son
père, comme elle faisait quand elle était toute
petite.

— « Il s'agit de... Roland de Melcy... »

Le front du prince se rembrunit.

— « Mon père, je sais tout, depuis deux
jours. Je sais la cause du crime qu'il a voulu
commettre... »

Gravenitz pâlit.

— « Écoute : ce pauvre garçon avait un
père... un père qui l'avait abandonné, lui et sa
mère... Et ce père savait qu'un méchant homme
avait enlevé le pauvre petit enfant à sa mère, —
la pauvre, pauvre mère! Et, le croiras-tu? ce père
qui aurait pu chercher l'enfant, aider la malheureuse mère à le retrouver et le lui rendre, eh
bien! au lieu de cela... »

Gravenitz devenait livide. Marguerite, timide
et confuse, continuait à voix basse, la tête sur
son épaule et la bouche presque sur son oreille :

— « Au lieu de cela, fatigué des plaintes et
du chagrin de la pauvre femme, un jour qu'il l'a
savait enfin parvenue à apprendre où il était, il
écrivit au méchant homme, et l'enfant fut emmené si loin, si loin, qu'elle perdit entièrement
sa trace... jusqu'à ce qu'un jour, le docteur de
Melcy le retrouva dans son hôpital. On venait

de l'y transporter presque asphyxié déjà... Le
pauvre petit, trop malheureux, avait voulu se
noyer! Et il n'a revu sa mère que folle, rendue
folle toute jeune, et si belle encore, par l'agonie
cruelle dont ce monstre était la cause. Et elle est
morte presque tout de suite après que le bon
docteur le lui avait rendu. »

« Comprends-tu maintenant sa colère, père?
Mets-toi à sa place! n'aurais-tu pas aussi, toi,
cherché à tuer celui qui aurait tant fait souffrir
ta mère, et ne l'excuses-tu pas, maintenant que
je t'ai tout appris? »

— « Et le père... on le nomme?... »

— « Personne n'a pu me le dire. Tu sais bien,
les journaux n'ont jamais donné que des ini-
tiales... »

Le prince respira.

— « Et comment sais-tu tout cela?... »

— « C'est hier soir qu'à la fin, ma fidèle
amie, Amélie de Rüstenberg, qui va être forcée
de nous quitter, me voyant si affaiblie, si près
de la mort... — un sanglot lui coupa la voix
— eut pitié de moi, et me confia tout: « Ne
méprise pas Roland de Melcy, — m'a-t-elle dit,
— cette douleur-là, tu ne dois pas l'avoir! Il n'a
jamais cessé de t'aimer. » Et elle m'a tout conté,
et je suis si heureuse maintenant, puisqu'il m'aime
toujours... Et tout cela est bien vrai, car Amélie

le sait par des personnes qui connaissent le père de Roland. »

— « Allons! allons! tu es fatiguée ce soir, chère petite. — La gorge desséchée par la mortelle frayeur que ce récit lui avait causée, le prince essayait de parler. — Près de la mort? — dit-il, tentant un sourire, — mais tu es bien mieux aujourd'hui qu'hier! »

— « Père, tant que j'ai eu un peu d'espoir, je t'ai rassuré comme j'ai pu. Mais, maintenant, ne vaut-il pas mieux que je te dise la vérité pour que nous nous en consolions ensemble?... Je t'assure, je ne suis pas triste de mourir. J'y suis résignée, vois-tu, car je vois tant de choses dans la vie qui me répugnent! Toute la nuit, j'ai pensé à cette affreuse histoire... Ce pauvre petit être condamné au malheur par la cruauté de cet homme, sa mère folle et mourant par sa faute aussi, et lui, lui, honoré, flatté, haut placé dans le monde, lui le bourreau, tandis que l'enfant, qu'aucune loi ne protège, obligé de se faire justice à lui-même, est alors blâmé, méprisé, et, père chéri, si tu n'étais pas venu à son secours à cause de ta fille, puni terriblement peut-être!

« Ah! songe à ce qu'il a souffert toute sa vie, le pauvre Roland! Et quand même il eût tué son indigne père, eut-ce été un crime, cela? Le père coupable méritait bien ce châtiment d'être frappé

par la main même de son fils, et la mort est
trop peu pour punir un criminel pareil! Vois,
père! toi, qui sans être mon père m'a aimée
comme si tu l'étais, qu'est-ce que je serais devenue
sans toi?... Ah! si je connaissais ce père de
Roland, j'irais à lui, et je lui dirais: « Tu es vieux,
tu vas bientôt paraître devant Dieu! Le comprends-tu, que ce crime de ton pauvre fils affolé,
quand même tu serais tombé mort devant lui,
c'est à toi que Dieu en demandera compte, c'est
toi qui dois l'expier! »

Marguerite parlait avec exaltation, et comme
si elle était en face du criminel. L'œil enflammé,
hagard, sinistre, elle avançait sa main levée et
l'étendait avec horreur, comme pour le chasser
et mettre une barrière entre lui et la bien-aimée
de son fils.

Terriblement impressionné, Gravenitz reculait
avec épouvante devant ce geste menaçant. Ses
cheveux se hérissaient sur sa tête, il tremblait à
être brisé par le choc convulsif de ses membres.
L'enfant adorée se dressait en juge accusateur.

Mais la providence permit qu'un torrent de
larmes vint soulager Marguerite, et Gravenitz,
ramené à la réalité, courut à elle, qui continuait
d'un ton déchirant, à travers ses sanglots:

— « Et dire que si Roland n'avait pas eu ce
père cruel, j'aurais pu être si heureuse, si heu-

rcuse... et je ne serais pas là, mourante, loin de
lui! Ah! je comprends tout si bien maintenant!
Son abandon, ses adieux déchirants... Résolu à
tuer ce père, tôt ou tard, un pareil crime l'amè-
nera peut-être à l'échafaud, — car on ne tue pas
les pères qui font mourir les enfants, mais on
tue les enfants qui, après avoir souffert par eux
des années, tuent leur père, — et c'est pourquoi
il ne veut pas unir son sort au mien. Oh! qu'il
a tort! Même sachant tout, même sûre qu'il
périra sur l'échafaud un jour, j'aurais mieux
aimé être sa femme désespérée que de le perdre! »

Gravenitz restait attéré. Le médecin avait
défendu expressément que Marguerite s'agitât.
Sa parole animée et incessante provoquait une
toux qu'elle ne pouvait réprimer, et le malheureux prince vit son mouchoir se teindre d'un sang
qui venait à flots et qu'elle cherchait vainement
à arrêter. Il la prit, la coucha doucement, lui
glissa dans la bouche quelques gouttes de limo-
nade glacée prescrite pour ces crises.

Le lendemain, elle était beaucoup plus mal.

Il est impossible de rendre par des mots la
candeur divine de ce visage durant les derniers
jours; une clarté intérieure transparaissait comme
la lueur d'une flamme luit au travers d'une lampe
d'albâtre. Il était positivement inondé de la

lumière de cette âme qui allait prendre son essor
jusqu'à Dieu, et qui, dernière œuvre d'amour et
de grâce, mettait au cœur de son père la soif de
racheter ses fautes et l'humilité de la repentance,
avant d'agiter ses blanches ailes pour s'envoler.

Tandis que la mort se glissait chaque jour
plus près de l'enfant, Gravenitz passait une
grande partie des nuits tenant entre ses mains
les menottes brûlantes de la petite « Eclairée. »
Il fit alors plus de progrès vers la lumière morale
qu'il n'en avait faits pendant de longues années.
Tout son passé, les rêves de son enfance, les
époques de sa gloire et de ses succès lui appa-
rurent creux et éclaboussés de péchés, lorsque,
haletant et terrifié dans le long silence de ces
nuits, il sentait s'évanouir de ce corps le souffle
de la vie comme le soleil s'éteint dans le ciel
après une belle après-midi d'été.

Marguerite restait des heures étendue dans les
bras de son infortuné père, se débattant comme
un oisillon mourant.

— « Dieu est impitoyable ! » murmurait-il en
refoulant ses sanglots. Il sentait que la vue de son
désespoir était déchirant pour Marguerite.

Un soir, elle le réveilla en sursaut :

— « Père, — lui dit-elle, — tu feras quelque
chose pour moi après ma mort?... »

— « Fillette, tu ne mourras pas ! Ne parle

pas ainsi. Tu es tout ce que j'ai sur terre! »
s'écria-t-il, en la serrant passionnément contre son
cœur et fondant en larmes.

— « Roland aussi était tout ce que sa pauvre
mère avait sur terre, et cependant son indigne
père ne le lui a pas laissé retrouver! — dit-elle
gravement, s'efforçant de ne pas pleurer. —
Écoute, père, tu es si puissant! Tu connais tant
de monde! Tu sais tout! Promets-moi que tu iras
trouver le père de Roland, que tu le convaincras,
que tu le décideras à demander et à obtenir le
pardon de son fils. Je ne veux pas que Roland
devienne un assassin. Si j'avais été sa femme, j'aurais adouci le cœur du pauvre délaissé, malgré
l'infamie de son père. Je l'aurais aimé trois fois
plus, pour cet indigne père et pour cette mère
qu'il n'a plus; il en a tant besoin. Père, n'oublie
pas comme tu m'as aimée, toi, quelle heureuse
enfance tu m'as donnée! »

A ces mots, les lèvres de l'enfant cherchèrent
la figure de son père, pour y déposer ses chastes
et tendres caresses, âpres et déchirantes pour lui,
parce que sous chacune d'elles il sentait son
péché, cause de la mort de cette innocente, le
déchirer comme une morsure.

— « Oui, — continuait-elle, restant suspendue
au cou de son père, — tu as été plus qu'un
père pour moi, tu as été une mère! Chaque

matin, quand j'ouvrais les yeux, qui me rendait
la vie si douce, dis-moi, si ce n'est toi?... Si je
désirais une chose, tu me la donnais! Avais-je
un chagrin, tu le dissipais... Tandis que lui, il
a toujours été tout seul. Oh! père, n'est-ce pas?
tu iras trouver son père!... »

Et ce fut ainsi quelque temps encore, puis un
beau soir du printemps naissant, aux premiers
rayons que la lune, pénétrant jusqu'aux rideaux
blancs du petit lit, laissait glisser sur l'oreiller de
la jeune fille, l'éclairant d'une lueur séraphique,
on l'entendit soupirer: « Roland... Roland... »
Et, tâtonnant, n'y voyant presque plus déjà, et
pressant dans sa main mourante celle du prince:
« Tu verras son père... Tu lui diras de lui demander son pardon... »

Ce furent ses dernières paroles. Deux ou trois
faibles gémissements, un râle, l'air s'échappant
des poumons... et tout fut fini.

Sans plus de souffrances, sans agonie, l'enfant
s'en était retournée au ciel, douce messagère
d'amour et de paix, sa tâche achevée.

XXXIX

OMMENT Roland et son compagnon l'avaient-ils fait en si peu de temps, ce long voyage d'Algérie à Berlin, de Berlin à Varsovie? — car à Berlin ils apprirent que le prince et la princesse de Gravenitz étaient partis avec la jeune comtesse de Vorsalska pour la Pologne, où l'enfant voulait rendre le dernier soupir.

Le malheureux avait voyagé aussi rapidement que les communications et la vapeur le permettaient. Dans cette course folle de l'Afrique au nord de l'Europe, il n'eut conscience de rien, tant la surexcitation de son désespoir faisait battre le sang de ses artères à les rompre, aveuglant ses sens, aveuglant son regard, ne lui permettant pas une autre pensée que le désir fou, effrayant, d'atteindre l'endroit où Margue-

rite était avant que la mort ne la lui eût irrévo-
cablement dérobée.

C'était presque un insensé qui débarqua à la
gare de Varsovie. Sautant hors du wagon avant
l'arrêt du train, bousculant passants et employés
et courant vers une voiture, se heurtant à tout
sur la route, Roland bondit dans la première qui
se présenta, comme un tourbillon qui s'engouffre :
« Le château de Ragowitz! » cria-t-il au cocher,
qui crut avoir affaire à un fou.

Il ne s'était pas rasé depuis cinq jours ; à peine
avait-il pris quelque nourriture sommaire et
dormi un moment sous l'accablement du désespoir et de la fatigue. Lui si calme et si réservé
d'ordinaire, ses yeux caves, ses cheveux en désordre, donnaient l'idée de la démence. Vingt
fois dans une minute, il portait ses mains crispées à sa tête branlante, la dandinant de droite
à gauche comme s'il n'avait plus sa raison. Pas
une fois, pendant tout le voyage, il n'avait donné
une réponse cohérente aux questions que
M. Durand lui adressait.

Le docteur était venu à Marseille les recevoir.
Il voulait à tout prix empêcher son fils bien-
aimé de retourner à Berlin. Mais, saisi d'une
telle pitié devant l'effroyable douleur de Roland
qui, quoi qu'il arrivât, voulait revoir Marguerite
une dernière fois, il n'eut pas le cœur d'insister.

La voiture marchait lentement, dans les rues tortueuses et mal pavées qu'il fallait traverser avant de sortir de la ville et de s'engager en pleine campagne pour se rendre à Ragowitz. Roland trépignait d'impatience.

Tout à coup, elle s'arrêta, rencontrant un encombrement qui rendait la circulation impossible.

Une procession de jeunes filles en blanc, tenant haut le crucifix, débouchait d'une route voisine, et un doux chant d'église remplissait l'air, montant vers le ciel.

— « Coupez à travers ces gens! » hurlait Roland, la tête à la portière.

— « C'est impossible, Monsieur. Il faut que je laisse passer l'enterrement. »

Une foule immense envahissait les chemins de toutes parts. Tous les véhicules, bloqués, se réunissaient les uns aux autres tant bien que mal, au risque de mille accidents.

Pendant que Roland criait, pressait le cocher de marcher avec une fureur croissante, cette musique majestueuse, aux accents divins, s'exhalait, se répandait comme le parfum de l'encens, détendant les nerfs les plus tendus, fondant les âmes les plus froides et les conduisant à l'attendrissement et aux émotions et vibrations les plus intimes de l'être.

Les bannières saintes, portées par les jeunes

filles vêtues de blanc, flottaient dans le bleu du ciel. Les cierges tremblaient dans l'air pur et léger du printemps naissant, alourdi par la senteur des milles roses massées sur le char mortuaire. Puis la procession se déroulait lentement, s'allongeait comme un long ruban qu'on déroule.

Et tandis que les cymbales, avec leurs notes lugubres et étouffées, rhythmaient la marche funèbre de Saül, des moines de toutes les confréries en d'austères vêtements de bure, pieds nus, égrénant leurs chapelets, marchaient à pas réguliers, la tête basse.

Derrière eux, un immense char mortuaire drapé de blanc et d'argent, écrasé sous le poids des fleurs qui cachaient le cercueil d'un enfant ou d'une vierge enlevée trop tôt.

Puis venait une longue file d'hommes en noir, les parents conduisant le deuil, piétinant lentement, presque sur place, tant on avançait peu. Eux aussi, avec leurs têtes baissées vers la terre, leurs pas mesurés, glaçaient l'âme.

Le son des cloches, tintant lugubrement et se répercutant de clocher en clocher, se croisant dans l'espace, avait quelque chose de sombre et de solennel. Toutes ces différentes sonneries, aux vibrations d'abord distinctes, s'enflaient, se grossissaient, se mouraient, se confondant en une immense clameur. Leur glas, froid comme l'airain, exprimait bien plus le mystère, l'inconnu, l'infini devant lequel on tremble, que les divagations consolatrices de l'espoir en un ciel futur.

Subitement, tout se tait. Seul, le grand beffroi de la cathédrale frappe à coups distancés. C'est le *Miserere* des morts. Alors, on distingue l'orgue et le chant dans l'intérieur de l'église, et des voix s'élèvent. Des notes graves se mêlent à la répercussion solennelle des coups lents et isolés du grand beffroi, qui ne cesse de faire entendre son glas d'airain.

Devant le portail de la vaste cathédrale, le char à grands panaches blancs et surchargé de sa montagne de fleurs blanches immaculées, tiré par six chevaux blancs aussi, caparaçonnés des pieds à la tête de velours blanc étoilé d'argent, s'arrête.

Le cortège se masse, dans le plus grand ordre, sur deux longues files, l'une à droite, l'autre à gauche du char funèbre.

Un grand apaisement se fait. La foule elle-même ne bouge plus. Dix novices d'une confrérie de moines en longues robes de laine blanche, cinq de chaque côté, s'alignent près du char. Dans un ensemble solennel, ils soulèvent un long et étroit cercueil, tendu de velours blanc frappé, sur lequel se détache une croix d'or constellée de pierreries.

Pourquoi la vue de cette étroite boîte conte-
nant une morte fait-elle tressaillir Roland à ce
point? Pourquoi se soulève-t-il dans la voiture
et regarde-t-il ainsi? Il suit des yeux les dix novices, pénétrant, avec cette charge sur leurs
épaules, dans la cathédrale. Par les grandes
portes béantes, on la voyait dans toute sa profondeur, tendue de velours blanc scintillant
d'étoiles en argent. Cette tenture en drapait entièrement l'intérieur et, tombant en longs plis de
la voûte jusqu'à terre, masquant les parois et
même les minces fenêtres ogivales, amortissant
toute la lumière du jour, eut plongé l'église dans
les ténèbres si mille bougies ne l'eussent parse-
mée de leurs points lumineux.

On entendait du dehors les Suisses frappant
leurs Hallebardes, et Roland voit — ou est-ce
un rêve?—une procession de jeunes filles, vêtues
et voilées de blanc et tenant chacune un cierge
allumé, s'avancer du Maître-Autel à la rencontre
du corps. Il voit encore, les précédant, un homme,
une mitre d'or sur la tête, tenant devant lui une
immense croix de vermeil, et des prêtres en grand
costume, revêtus de chasubles et de dalmatiques
aux chatoiements d'or.

Ils psalmodiaient, sur un air monotone et lugubre, le psaume des trépassés. L'orgue, qui s'é-
tait tu un instant, enfla de nouveau son immense

voix et remplit l'édifice de ses larges accords.
Doucement, les dix novices déposaient le cercueil sur un vaste catafalque, aux quatre coins
duquel la flamme des torchères s'élevait d'un
nuage d'encens, parmi un amoncellement de
verdure et de fleurs.

Pourquoi les yeux de Roland s'agrandissent-
ils tout à coup démesurément?

C'est qu'il vient d'apercevoir, soutenu par deux
hommes, Gravenitz, chancelant, sortir de la première voiture de deuil.

Alors, avant même que M. Durand ait pu se
rendre compte de son mouvement, Roland,
sans se donner le temps d'ouvrir la portière, la
fait voler en éclats d'un coup d'épaule. La glace
se brise en mille morceaux, il se précipite hors
de la voiture à la stupeur des assistants. Dans son
exaltation désespérée, il se fraye un passage à
travers la foule, renversant ce qui ne s'écarte
pas, jusqu'à ce que son grand corps livide se
dresse devant Gravenitz, gravissant péniblement
les marches de la cathédrale, absorbé dans sa
douleur.

— « Assassin de ma mère et de Marguerite! »
hurla le malheureux affolé, enfonçant ses ongles
comme deux griffes dans le cou du prince.

On veut le saisir, l'écarter. Les hommes accou-
rent, les femmes crient et se reculent jusque sous

les pieds des chevaux, quand tout à coup, dominant le tumulte :

— « Non ! — crie une voix, celle de Gravenitz. — Laissez-le ! laissez-le faire ! car elle m'a
dit, en mourant : « Va trouver son père, dis-lui
de mériter son pardon ! » Eh bien, c'est moi ! Je
suis son père ! et je l'ai abandonné honteusement.

« Je m'accuse devant tous, je m'humilie publiquement devant lui et je lui demande pardon…»

Et le vieux grand seigneur tombe à genoux
sur les dalles des marches, en levant ses mains
jointes vers Roland.

Puis, les étendant vers le cercueil :

— « Pardonne !… Pardonne !… car voilà
l'expiation. »

Et il éclata en sanglots.

FIN

IMPRIMERIE ÉMILE COLIN, A SAINT GERMAIN,